E.T.A. HOFFMANN

NUSSKNACKER UND MAUSEKÖNIG

UND ANDERE PHANTASTISCHE GESCHICHTEN

胡桃鉗與老鼠王

——霍夫曼奇幻故事集——

E·T·A·霍夫曼——著　楊夢茹——譯

本書榮獲德國歌德學院 Goethe-Institut「翻譯贊助計畫」支持出版

導讀

以愛之名論人之為人：析霍夫曼作品另張容貌

葛容均

貫穿這本故事集的主軸是「愛」與「愛慾」。從著名的兒童奇幻之作〈胡桃鉗與老鼠王〉至本集最後一篇收錄的〈柯雷斯柏參事〉，乃至重要篇作如〈睡魔〉、〈金盆子〉，以及較少為人所知的〈除夕夜冒險〉，無一不是關於愛的故事，尤其愛情與愛慾所考驗追愛者之承受力。在〈胡桃鉗與老鼠王〉當中小女主角對於胡桃鉗王子的相信與惜愛，屢屢遭至大人們診斷為因病而生的荒謬之談。唯有〈金盆子〉中三蛇姊妹的急切呼喚：「相信，相信，相信我們呀！」蛇女賽芃緹娜對主角安瑟姆的懇切詢問：「你認識我嗎？你相信我嗎，安瑟姆？愛情是信仰，你有能力愛嗎？」道出了霍夫曼留筆於這些愛的篇章的核心價值。小女主角瑪莉正是具有著愛人愛物的能力，方能見得胡桃鉗王國的奇幻瑰麗。

但霍夫曼懂得美好的愛情並非總是一人單心嚮往之，空有貪痴嗔而無真實察覺愛的雙面刃僅會落得〈睡魔〉主角的下場。「愛」可以廣大神聖，甚至帶有「神性」之超凡普世光輝，但「愛情」乃需甘願在紅塵中翻滾，品嘗「人性」抱懷的箇中滋味，更何況「愛慾」索求的墜落及難以企求之救贖。作品如〈除夕夜冒險〉便道出了貪嗔癡類愛慾的苦果警示，而〈柯雷斯柏參事〉文中參事一角卻明瞭透徹：愛是「巨大的恐懼中卻也結合了前所未有的極樂」。

回歸霍夫曼在這冊內中篇或短作中的風格（在此除兒童奇幻〈胡桃鉗與老鼠王〉例外），「愛情」與「愛慾」雖非僅此些作品所持有，然，此番作品筆觸下在在突顯之懸疑驚悚、瘋癲狂亂、黯黑深淵，這亦為霍夫曼書寫藝術風格的重要元素，不容忽視。收錄這些故事的作品集，能使讀者窺見霍夫曼更加完整的藝術風貌。誠如赫曼・赫塞曾說，「作家的功能不在指引方向，而在於喚起人們內心的慾望」，凡人如我們，孰能成就超然聖賢。即便為沙門或佛陀子弟，悖離肉身所感、情慾渴求，〈柯雷斯柏參事〉、〈睡魔〉、〈金盆子〉與〈除夕夜冒險〉能給予人之為人所必經之為難與真實。

別誤會了！霍夫曼並非希冀人類活於幻想當中，而是「對現實施法、想改變或甚至是超越它」。本冊所收錄翻譯之作，便是最佳代言。「現實」不以井然有序之法道存在，愛慾情念橫亙其中，〈柯雷斯柏參事〉、〈睡魔〉、〈金盆子〉與〈除夕夜冒險〉這類故事誇大現實之紊亂、放大現實之慾念，篇篇以愛之名述說人之所以為人，不僅心智作用，更有肉身體會，無須矯情掩飾或愚蠢妥協。霍夫曼在〈柯雷斯柏參事〉與〈金盆子〉中成全了情之所致，於〈睡魔〉和〈除夕夜冒險〉內血淋展現人心執念及脫序慾念的下場。霍夫曼寫之，在於超越。我們讀之，則在體悟。佐以平衡之道，不喪理感，不避情念誘惑，以愛知愛，以慾曉慾，這便是霍夫曼完整藝術之所在。

商周能夠慧眼識得霍夫曼的作品，出版中譯本，這點令我喜不自勝：終於，我們獲得了一部霍夫曼故事的好譯本，除了這些故事本身值得玩味，更能提供認識霍夫曼寫作風格多變、多樣貌的重要素材。

（本文作者為台東大學兒童文學研究所助理教授）

推薦序

藏在音樂裡的文學祕密花園

Zoe

耶誕節的歡樂音樂即將響起，而全世界最受歡迎的芭蕾舞劇《胡桃鉗》也即將隆重上場。在西方，這齣芭蕾舞劇象徵著人們心中那位永遠純真的孩子魂，裡面悅耳的音樂，充滿想像力的冒險故事，每年一定要去看，就像小孩子要父母每晚重複說的那個最喜歡的床邊故事一樣。

《胡桃鉗》是俄羅斯作曲家柴可夫斯基（Pyotr Tchaikovsky, 1840-1893）繼《天鵝湖》、《睡美人》之後最終一部芭蕾舞劇，也算是他的天鵝之歌，因為過一年，作曲家就過世了。

《胡桃鉗》裡的配樂，每一首都十分悅耳，因為太受歡迎了，柴可夫斯基應愛樂者的要求另外寫管弦組曲，也就是不只是在芭蕾舞劇裡，在一般的音樂會裡也可以演奏其中的樂曲，後來也被編成鋼琴四手聯彈，還有鋼琴獨奏。這樣在家裡，每一個人都可以彈奏胡桃鉗，還有胡桃鉗其中最終的雙人舞（Pas de deux），是交響樂團最喜歡演奏的安可曲，因為會讓大家帶著歡樂的心情回家呢！

在芭蕾舞劇裡有一齣經典就是法國作曲家迪利伯（Leo Delibes,18115-1910）寫的柯佩里拉（Coppelia）。

柯佩里拉是一個跟人一樣大的玩具娃娃，但因為太像人了，而且被擺在陽台上，竟然被一位即將結婚的男子愛上，他的未婚妻可就傷心了，自己心愛的人怎會愛上一個「沒有生命」的娃娃？於是女孩勇敢地躲進科佩里拉的家，結果發現要讓這個娃娃有生命需要真實的人犧牲生命來交換，而她的未婚夫竟然就是囊中之物，於是在一番折騰之後，兩人逃出娃娃之家，男女主角終於結婚。不再迷戀「沒生命」的東西，從此過著幸福快樂的生活。

鋼琴，可不是沒生命的，它一但被演奏，就是充滿靈魂的樂器，就怕沒有人去彈它呢！每個學過鋼琴的人，小的時候一定會彈到一首霍夫曼的船歌（Barcarolle de Hoffmann），這首曲子旋律優美，右手以琶音來彈出像豎琴一樣的樂音，左手是威尼斯船歌的節奏，其實這首曲子是來自德國作曲家奧芬巴哈（Jacques Offenbach,1819-1880）所寫的法語歌劇《霍夫曼的故事》（Les contes d'Hoffmann）裡霍夫曼心愛的三個女士其中的第三位茱莉亞唱的船歌，這位女孩唱這首曲子是要引誘霍夫曼，因為這首歌曲太美妙了，沒有人想到其實是一段無望的愛情呢！

學音樂是一個極為難以描述的抽象過程，然而以上描述的音樂：胡桃鉗、柯佩里亞、霍夫曼的故事等，如果先閱讀文學故事的版本之後（或同時）再去演奏（唱／跳），肯定會更加有趣呢！

中譯本的《霍夫曼奇幻故事集》終於問世了，因為甚至在英文的世界裡，霍夫曼這位奇特作家的作品都不像跟他同時期的德語文學家被翻譯的那麼多。

以上我介紹的古典音樂名曲全都是來自霍夫曼筆下的人物與作品發展而成的呢，這對學音樂的人與愛樂者來說是一大福音，原來音樂裡面藏著這樣的文學故事，而被音樂呈現出來時，我們聽到的是作曲家將文字過濾到音樂的網子上，經過深思熟慮之下而譜出扣人心弦的樂音啊！

霍夫曼本身其實也是作曲家，是浪漫時期的天才人物，與樂聖貝多芬只差六歲，兩人活躍的時代是相同的。在他過世後，德國作曲家，本身也是作家的舒曼（Robert Schumann, 1810-1856）寫的成名曲，就是以霍夫曼的作品得到靈感的八首鋼琴樂曲《克萊斯勒之魂》（Kreisleriana）。舒曼曾表示這是他個人最喜歡的曲子，因為他本人跟霍夫曼的想像力不謀而合，舒曼將這組樂曲獻給跟他同年紀的波蘭鋼琴家兼作曲家蕭邦（Frederic Chopin, 1810-1849）（而霍夫曼也曾在華沙跟波茲南度過他人生最幸福的一段日子喔）。

音樂值得一輩子來奉獻，而一輩子的時間真的不夠來全面了解音樂，還好現代的資訊發達，像這本書的中文繁體字版都出現了，誠摯的請您到深藏在音樂裡的文學花園裡一遊，風景很奇特，絕對不虛此行！

Zoe 寫於二〇一八年十一月

美國 Juilliard School 學士與碩士、IC之音 FM 97.5 古典音樂節目主持人、北藝大推廣部音樂美學講師、師大法語中心音樂美學講師、出書十二冊

目次

胡桃鉗與老鼠王

Nussknacker und Mausekönig

耶誕夜

十二月二十四日這天，醫務顧問史塔包曼的小孩一整天都不准踏進藥房一步，更別提隔壁的上房了。弗里茲和瑪莉窩在較小的後廂房，天色很暗了，這一天按照習俗不點燈，他倆不由得害怕了起來。弗里茲找到正悄悄自言自語的妹妹（她剛滿七歲），其實從一大早開始，他就聽到關起門的後廂房不時傳出窸窸窣窣，以及極輕微的敲打聲。就在剛才，他也聽見一個小個子、膚色較深的男人腋下夾著一個很大的盒子，輕手輕腳從走道經過。他知道，除了杜賽邁爾教父之外，不作第二人想。瑪莉高興得拍起手來歡呼：「啊，杜賽邁爾教父一定又幫我們做了什麼好東西了。」

州法院顧問杜賽邁爾不是個英俊的男人，又瘦又小，臉上滿布皺紋，右眼貼了一大塊黑色膏藥，而且一根頭髮也沒有，這就是他為什麼要戴一頂好看的白色假髮的原因，假髮是玻璃纖維做的藝術品。教父本身是個有藝術天分的人，甚至熟諳鐘錶工法，可以自己製作。若是史塔包曼家的時鐘故障，唱不出歌來的時候，杜賽邁爾教父就會來，摘下玻璃纖維假髮，脫下黃色的短外套，繫上一條藍色圍裙，用尖尖的工具插進鐘的內部，一旁觀看的瑪莉覺得好痛啊，但鐘絲毫未受損傷，反而重新恢復活力，馬上開始發出好玩的咕咕聲，唱起歌來，讓大家高興得不得了。他每次來的時候，口袋裡總裝有給孩子的小玩意，有時是眼睛會轉，會嘖嘖讚美一些怪模怪樣東西的小人兒，有時是一個會有小鳥跳出來的盒子，有時候則是別的玩具。到了耶誕節，他一定花很多功夫製作一件漂亮的藝術品，因此東西送來之後，父母親就細心收藏起來。

瑪莉問：「喂，這次杜賽邁爾教父做了什麼給我們呀？」弗里茲認為，這次和從前一樣，是一個內部有許多英挺士兵來回行軍、反覆操練的堡壘，應該有別的士兵想要進入堡壘，在裡面的士兵勇敢發射加農砲，爆炸聲震耳欲聾。「不要，不要，」瑪莉打斷弗里茲，「杜賽邁爾教父跟我說過一座美麗的花園，園內有一座很大的湖，戴著金項鍊的高貴天鵝在湖上，唱著動聽的歌。花園裡有一個小女孩走到湖邊，把天鵝引過來，餵牠們吃甜甜的杏仁泥。」

「天鵝不吃杏仁泥，」弗里茲粗聲粗氣地說，「而且杜賽邁爾教父也做不出整座花園來，我們根本很少玩他做的玩具，都是看一下子就被拿走了，我反而比較喜歡爸爸和媽媽送我們的禮物，不但可以好好保管，還怎麼玩都行。」

兩個孩子猜來猜去，猜這次會收到什麼禮物。瑪莉說，土嚕嚕小姐（她的大娃娃）容貌變了許多，因為她比從前更粗心，一天到晚摔在地上，臉上難免留下抹不去的坑坑疤疤，此外，她比從前更不注意服裝整潔，狠狠責罵根本不管用。格蕾卿得到一把小洋傘，媽媽也高興得笑了。弗里茲想，他的宮廷馬廄裡就缺一隻靈巧的狐狸，他的軍隊則是缺騎士缺得厲害，這些爸爸都知道。其實孩子們都曉得爸媽已經買好了禮物，至於他倆現在提出來的東西，爸媽也都心裡有數。

此時聖嬰耶穌友善虔誠的眼睛發出的光芒照了進來，耶誕禮物好像被滿載祝福的手摸了一下，營造出無與倫比的歡欣快樂。這提醒了孩子們默默許願心中最想得到的禮物。他們的姊姊露薏絲補充說，現在，聖嬰耶穌透過父母親的手送禮物，為他們帶來歡樂與樂趣。孩子們想收到什麼禮物，祂清楚得很，所以他們用不著希望得到這個，盼望獲得那個，只要靜靜的、懷著虔誠的心等待就可以了。小瑪莉若有所思，弗里茲咕噥說出：「這次我很想要一隻狐狸和輕騎兵。」

天全黑了，弗里茲和瑪莉緊緊靠在一起，一句話都不敢說，好像有一雙柔和的翅膀在四周飛來飛去，又好像聽到遙遠地方傳來的好聽音樂。亮光掠過牆壁，孩子們於是知道，聖嬰耶穌此刻正在閃亮的雲朵上飛翔，去別的幸運兒童那裡製造歡樂。就在這一瞬間響起了清脆的聲音：叮鈴、叮鈴，門打開了，光從大房間照進來，小孩子大聲驚呼：「哇！哇！」站在門檻上發呆。爸爸和媽媽走進門，握住孩子們的手，說：「來呀，來呀，寶貝們，來看看聖嬰耶穌送了什麼禮物。」

禮物

拜託你，親愛的讀者或者聽眾弗里茲、特奧多、恩斯特，無論你叫什麼名字都無所謂，請回憶一下，去年布置得美輪美奐，放耶誕禮物的那張桌子，此刻活靈活現如在眼前，然後你便能想像，此刻孩子們眼睛發亮，靜靜站在那裡，瑪莉要一會兒之後才大嘆一聲呼喊：「喔，好漂亮，喔，好漂亮。」弗里茲跳了又跳，一臉喜悅。孩子們必須一整年都乖乖聽話、守規矩，因為他們從來沒像這次一樣，收到這麼多美麗又精采的禮物。

房間中央的耶誕樹上掛了好多金色銀色的蘋果，糖霜杏仁及彩色糖果好似樹上抽芽長出來的蓓蕾與花朵，樹枝上還掛著別種可口的甜食。耶誕樹上最值得讚美、最美麗的東西，莫過於深色枝椏上數不清的小燈，像亮晶晶的小星星閃呀閃，親切地邀請孩子們去摘花和果實。周圍的東西全部熠熠生輝，五顏六色美不勝收。目不暇給的東西太多了，沒錯，實在無法一一描述！

瑪莉盯著小巧的娃娃，各種乾淨的迷你工具，還有一件用彩帶裝飾，看起來特別漂亮的絲質洋裝，就掛在瑪莉眼前的一個架子上。她從各種角度觀賞，左看右看，忽然對著大家說：「喂，漂亮，喂，可愛，好可愛的小洋裝：我要，一定要，我一定要穿上！」

弗里茲這會兒繞著桌子試騎那隻新狐狸，他在桌旁找到上了鞍轡的牠，已經騎了好幾圈了。從狐狸背上下來後，他想：這真是一頭野性十足的猛獸，但沒關係，他一定有辦法馴服牠。他打量著新的輕騎兵中隊，騎兵們各自穿著紅色、金色的制服，扛著銀色的槍，騎在閃耀的白色駿馬上，簡直讓人以為連馬匹也是純銀打造的。孩子們現在稍微安靜了些，來到圖畫書這邊，幾本書已經打開了，他們很想馬上瞧瞧書裡各種嬌豔的花與穿金戴銀的人，還有畫得好逼真，好像真的活著又能說話的小孩正在玩耍，可愛極了。

正當他們拿起書來展讀之際，門鈴又響了，他們知道，是杜賽邁爾教父送禮物來，於是全都跑到靠牆而立的桌子旁。禮物隱藏在一把傘的後面，藏了好久，忽然間傘被拿開，孩子們看到什麼：點綴著繽紛花朵的草地上屹立著一座華麗非常、配上鏡子窗戶和金塔的城堡。大門上的串鈴會發出聲音，打開門和窗戶可以看到非常小巧的紳士淑女，戴著鑲羽飾的帽子，身穿長襬衣裳，在每間大廳來回散步。中間大廳看起來像深陷火海，銀色枝狀吊燈上點了好多小蠟燭，穿著迷你外套和長褲的小孩隨著鈴聲起舞。一位穿鑲嵌綠寶石大衣的男士時不時往窗外望，揮手後就不見人影，杜賽邁爾教父也是，但是這位小人偶只比爸爸的拇指高一點點，偶爾在城堡大門前站一會兒，再走進去。

弗里茲兩手撐在桌上，仔細端詳雄偉壯麗的城堡、跳舞散步的小人兒，然後開口說：「杜賽邁爾教父，讓我們進城堡一次嘛！」州法院顧問明白表示，這是絕對不可能的。他說的沒錯，小弗里茲想走到城堡裡面，實在傻氣，城堡加上金塔也沒有他高呢。弗里茲也看出來了，接下來的片刻，那些紳士淑女一直走來走去，小孩跳舞，綠寶石男士從同一扇窗戶探出頭來，杜賽邁爾教父一再出現在大門前，弗里茲不耐煩地說：「杜賽邁爾教父，這次從對面那扇門走出來好不好？」

「不行，親愛的小弗里茲，」州法院顧問回答。

「那就讓那個綠色的男生，那個一直往外看的人，和其他人一起散步好了。」

「這也不行，」州法院顧問重新說一遍。

「不然叫那些小孩下來吧，」弗里茲大喊，「我想近一點看他們。」

「哎，統統不行啊，」州法院顧問惱火地說，「機械裝置設定好之後，就不能改變了。」

「什——麼？」弗里茲拉長聲音問，「統統不行？杜賽邁爾教父，跟你說，你那些住在城堡裡精心打扮的小人兒，如果只會那一套，他們就沒多大用處，我不太想管他們了。不對，我的輕騎兵還不錯，他們要按照我的意思操練，前進、後退，而且沒有關在一間屋子裡。」說著他跳到放耶誕禮物的桌子，把他的輕騎兵放到銀色的馬上，慢吞吞來回踱步，隨心所欲轉動、安裝、射擊。

瑪莉輕手輕腳走開了，她也覺得城堡裡的小娃娃走來走去，反覆跳舞，一下子就看膩了，只不過向來乖巧聽話的她，不希望像哥哥那樣引人注意。

州法院顧問杜賽邁爾一肚子火對孩子們的爸媽說：「這樣的藝術作品對於還不太懂事的小孩來說，實在不適合，我只想把我的城堡帶回去。」這時媽媽也加入談話，他給她看城堡的內部構造，以及技藝高超，能讓迷你娃娃轉動的驚人齒輪組。顧問拆下一個個零件，再一一組合起來。這時他的心情轉好，又送了幾個棕色皮膚、相貌端正，配上金色臉龐與手腳的男人和女人給孩子們。城堡組件全部都是胡椒蜂蜜餅做的，聞起來有誘人的薑餅味，弗里茲和瑪莉高興得不得了。露薏絲姊姊依照媽媽的意思，穿上剛收到的那件漂亮洋裝，看起來美若天仙；瑪莉想，如果她也要穿上洋裝，她希望自己那件的款式和姊姊的相差無幾。大家都說沒問題。

受保護的人

事實上瑪莉一點都不想離開放禮物的桌子，因為她還沒發覺任何稀罕的東西。緊挨在耶誕樹旁、呈閱兵式的輕騎兵中隊出發了，因此凸顯出一位傑出的矮小男人，他安靜、謙虛地站在那裡，像在靜靜等候隊伍打身旁走過。猜想不少人會覺得他的體格很不怎麼樣，姑且不論這個，他略顯長且魁梧的上半身，與短而細的腿很不相稱，他的頭因此顯得特別大。整潔的服裝稍微彌補了外觀上的不足，可以看出他的品味與教育程度。他穿了一件非常好看的紫羅蘭色輕騎兵迷你夾克，配上許多白色的綵帶和小鈕釦，長褲的裝飾相同，足登帥氣十足的小靴子。若是一位大學生穿上這雙靴子，肯定昂首闊步；穿在衣著筆挺的軍官腳上更是相得益彰。尺寸恰恰好的靴子套在嬌小的腳上，簡直就像畫上去似的。奇怪的是，這身衣裳後面加了一件看似木頭的笨重窄版大衣，還戴了一頂礦工帽。瑪莉此時想到，杜賽邁爾教父也披著一件不合身的外套，頭戴一頂歪七扭八的帽子，卻仍然是一位親切的教父。

瑪莉細細端詳起杜賽邁爾教父，他平常的穿著和這位小人兒一樣秀氣，卻遠不如他好看。瑪莉多觀察這位她第一眼看見就有好感的男子，更感覺得到他臉上流露出來的怡然自得。那對淺綠、略凸的眼睛盛滿了親切與友善，下巴貼了修剪合宜的棉花鬍子，非常適合他，鮮紅嘴唇上的甜美微笑因此更引人矚目了。

「喂！」瑪莉終於說話了，「親愛的爸爸，樹上那個好可愛的小人是誰的？」

「他呀，」爸爸回答，「他呀，親愛的女兒！應該好好為所有人服務，他要幫你們咬開硬梆梆的胡桃，他是露薏絲的，也是妳和弗里茲的。」爸爸說著小心地把他從桌上拿開，順勢把那件木頭做的大衣往上拉，小人兒的嘴巴張開了，張得好大好大，露出兩排潔白的小尖牙。瑪莉根據爸爸的指令，放了一粒胡桃進去，喀嚓一聲，小人把它咬碎，殼脫落，甜果仁落在瑪莉的手上。現在連瑪莉在內的每一個人都知道了，這個可愛的小人來自胡桃鉗家族，以祖業維生。他們高興得大聲歡呼，爸爸說：「親愛的瑪莉，妳很喜歡這位胡桃鉗朋友，就要好好保護它。但是我之前說了，露薏絲和弗里茲和妳一樣，都有權利使用它！」

瑪莉把它拿在手上，讓它敲開胡桃，她特地挑最小的，免得小人的嘴巴張太大，這應該對它不太好。露薏絲過來了，胡桃鉗朋友也必須為她服務，而它顯然十分樂意，因為它不斷友善地展露笑靨。操練和騎馬幾回合之後，弗里茲累了，他覺得敲碎胡桃的聲音很有趣，一蹦一跳到姊姊和妹妹那邊。弗里茲也想吃胡桃，滑稽的小人從這隻手交到那隻手，馬不停蹄一開一闔，讓他開心得哈哈大笑。弗里茲每次都送最大也最硬的胡桃進去，忽然間喀嚓、喀嚓，三顆牙齒從胡桃鉗的嘴巴蹦出來，它的下巴變鬆，搖搖晃晃的。

「哎呀，我可憐的胡桃鉗！」瑪莉大叫，把它從弗里茲的手中奪過來。

「它是個單純愚笨的傢伙，」弗里茲說，「想當胡桃鉗，卻沒有完整的牙齒，大概是個半吊子吧。把它給我，瑪莉！它要幫我咬碎胡桃，咬斷剩下的牙齒，還有下巴，這個沒用的東西活該。」

「不要，不要，」瑪莉哭著說，「才不給你呢，我親愛的胡桃鉗，看哪，它難過地看著我，讓我看它受傷的小嘴！你是個鐵石心腸，鞭打你的馬，甚至射死一個士兵。」

「本來就該這樣，妳不懂，」弗里茲說：「胡桃鉗是妳的，也是我的，把它給我。」

瑪莉哭得更厲害了，很快把生病的胡桃鉗包到她的小手帕裡。爸媽和杜賽邁爾教父都來了，瑪莉沒想到教父竟然站在弗里茲那一邊。但是爸爸說：「我確實要瑪莉保護這個胡桃鉗，我看得出來，它現在的確需要保護，所以瑪莉可以全權處理，別人不需要插手。除此之外，弗里茲要一個因公受傷的人繼續值勤，可真讓我訝異。身為一名優秀軍人，難道不知道絕不能要傷兵列隊站好的道理？」

弗里茲好生慚愧，再也不管胡桃和胡桃鉗，悄悄走到桌子的另一頭，他的輕騎兵中隊擺放的地方，士兵們站過崗哨之後都回宿營地去了。瑪莉把胡桃鉗脫落的牙齒統統找回來，從自己的白色小洋裝剪下一小塊布當繃帶，包紮他受傷的下巴，然後用手帕把臉色蒼白，一副嚇壞了模樣的小人兒裹起來，動作比剛才還要小心。她抱著他搖啊搖，像抱小孩一樣，一邊看新圖畫書裡漂亮的圖片；圖畫書就放在禮物堆中。杜賽邁爾教父笑個不停，又一直問：她怎麼如此奉承一個醜陋不堪的小傢伙？

她一反常態生起氣來。於是她想起，自己第一次看到小人時拿來和教父比較過，於是很嚴肅地說：「誰曉得呢，親愛的教父，如果你像我親愛的胡桃鉗一樣好好打扮，也穿上一雙漂亮的小靴子，誰知道你會不會和他一樣好看！」

瑪莉搞不清楚爸媽為什麼笑那麼大聲，為什麼州法院顧問的鼻子變紅了，而且不像之前呵呵大笑，其中肯定有特別的理由吧。

奇特的人

踏入醫務顧問家的客廳，門後左邊那面寬敞的牆有個高高的玻璃櫃，櫃子裡放著孩子們每年收到的美麗禮物。爸爸請一位手藝很好的木匠做這個櫃子時，露薏絲還很小，木匠知道要用色澤淺的木片，深諳如何巧妙布置，好讓放在櫃子裡的東西比拿在手上把玩時還要好看。瑪莉和弗里茲搆不著的最上面那一層，放著杜賽邁爾教父的藝術品，下面那層專放圖畫書，底下的兩層讓他們倆想放什麼都可以。

瑪莉經常把最下面那層布置成娃娃的住家，弗里茲則是讓他的軍隊駐紮在上面那一層。今天也是如此，弗里茲在上面陳列了他的輕騎兵，瑪莉把下面的土嚕嚕小姐挪到一邊，再把精心打扮的新娃娃放進有全套家具的房間裡，然後邀請自己去娃娃家吃甜點。我說了，這個房間有全套家具，確實如此，我專心聆聽的聽眾瑪莉，不知道你是否和這位迷你史塔包曼一樣（你已經認識她了，她也叫瑪莉），對！我是說，你是否和她一樣，擁有一張迷你緹花沙發，幾把可愛的小椅子，一張小巧玲瓏的茶几，特別是擁有一張非常可愛整潔，可以讓嬌豔的娃娃休息的小床？這些東西全部放在櫃子的一個角落，牆上甚至貼了彩畫壁紙，而你大可想像，瑪莉今天晚上才幫新娃娃取名為克蕾仙，克蕾仙住在這個房間裡實在太舒服啦。

夜已深，時間接近午夜，杜賽邁爾教父已經回家了。孩子們不管媽媽如何提醒該上床睡覺了，就是捨不得離開玻璃櫃。「真的，」弗里茲最後說：「這些可憐的傢伙（說的是他的輕騎兵）也要休息了，我很清楚，只要我在這裡，沒人敢打瞌睡！」說完他就走了。瑪莉苦苦懇求：「再待一下下，讓我在這裡再待唯一一次小小的一下，親愛的媽媽，我得辦理一些事情，辦好了我就上床睡覺！」

瑪莉是個乖巧、理性的孩子，慈祥的媽媽可以放心地把她和玩具留在這裡。瑪莉不是全然受到新娃娃以及新玩具的吸引而想留下來；但別忘了燈火，媽媽一次把壁櫥四周的蠟燭吹熄了，只留房間中央一盞從天花板吊下來的油燈，油燈發出柔和幽雅的光。「一會兒就回房去喔，親愛的瑪莉！不然妳明天就沒辦法準時起床了。」媽媽說著走進臥室。

媽媽前腳走開，瑪莉立刻動手做她早就想做，但不能做的事情，她自己也弄不懂，為什麼不能跟媽媽透露這個心願呢？她手上抱著生病的胡桃鉗，他還裹在手帕裡；她小心翼翼地把他放在桌上，動作很輕地打開手帕，檢查傷口。胡桃鉗的臉色很蒼白，同時又露出憂傷親切的微笑，深深觸動了瑪莉的心。

「喂，小胡桃鉗，弗里茲哥哥弄痛了你，別生氣啊，野蠻的官兵遊戲讓他的心腸變有點硬，心地其實沒有那麼壞，是個很好的男孩，我可以向你保證。現在我要好好照顧你，一直到你強壯起來，心情轉好為止；把你的小牙齒裝好固定住，脫臼的肩膀復位，這些事情杜賽邁爾教父一定都懂。」

瑪莉還沒講完，才提了杜賽邁爾這個名字，胡桃鉗的嘴就歪得厲害，眼睛射出閃著綠光的刺。就在瑪莉驚愕不已的時候，盯著她瞧的又是那個誠實的胡桃鉗，那張笑中猶帶憂傷的臉。她知道，是一陣穿堂風吹來，房間裡油燈上的火光瞬間晃動，使得胡桃鉗的臉變了樣。

「我這麼容易就嚇到了，是不是個傻女孩呀？我甚至以為這個木頭小娃娃會割破我的臉呢！但是胡桃鉗對我非常好，他奇怪透頂，心腸卻很善良，所以，應該適當照顧他才對！」說著瑪莉抱起她的朋友胡桃鉗靠近玻璃櫃，蹲下來對新娃娃說：「我真的拜託妳，克蕾仙小姐，把妳的小床讓給生病又受傷的胡桃鉗，將就著在沙發上睡吧。妳想想，妳很健康，體力很好，不然也不會有紅豔豔、圓嘟嘟的臉頰，而且很少有漂亮的娃娃有這麼軟的沙發可以睡喔。」

克蕾仙小姐全身上下閃閃發光的耶誕節裝扮，看起來優雅中帶著惱怒，不發一聲。

「我何必這麼麻煩。」瑪莉說著，拿出隨身攜帶的漂亮小緞帶包紮胡桃鉗受傷的肩膀，替他蓋上被子，鼻子以下都藏在被窩裡。「他不能待在不聽話的克蕾仙這裡，」她繼續說，拿出小床以及躺在上頭的胡桃鉗，放到上面那層，與弗里茲輕騎兵紮營的美麗村莊靠得很近。

她關上櫃子想回臥室，那邊——孩子們聽好了！壁爐、椅子以及櫃子後面，到處聽得到輕輕悄悄的呢喃、嘀嘀咕咕、窸窸窣窣。牆上的鐘咕噥了幾下，愈來愈大聲，但沒有敲響。瑪莉看過去，坐在鐘上面的金色貓頭鷹翅膀垂下，把整座鐘蓋住了，難看的頭及歪斜的鳥喙伸向前。鐘又開始咕咕噥噥，聲音更大，字句清晰可聞：「鐘、鐘呀、鐘呀鐘、鐘呀鐘呀，只能輕輕的咕噥，低低的咕噥。老鼠國王的耳朵可尖了，噗噗，砰砰，儘管唱吧，唱一首老歌給牠聽，噗噗，砰砰敲小鐘，敲呀敲，一下子就結束了！」然後砰砰，鐘非常低沉沙啞地敲了十二下！

瑪莉很害怕；忽然間，坐在牆上掛鐘上面的不是貓頭鷹，而是杜賽邁爾教父，他身上黃色燕尾服的燕尾如翅膀垂下來。看到這一幕時，瑪莉嚇得差點逃跑，但她保持鎮定，哭泣地大喊：「杜賽邁爾教父、杜賽邁爾教父，你在上面幹嘛？下來我這邊，別嚇我，你這個討厭的杜賽邁爾教父！」

四周響起不尋常的吃吃笑和口哨聲，接下來牆壁後面好像有許多小腳踱步以及奔跑的聲音，許多微亮小燈火從縫隙裡探出來。但那不是小燈火，不是！是發亮的小眼睛。瑪莉這才發覺，到處都有老鼠在張望，正想盡辦法鑽出來。才一下子，房間裡的老鼠愈來愈多，咚、咚、砰、砰砰，到處跑來跑去，隊伍有大有小，最後列隊站好，好像弗里茲的士兵要出發打仗時的隊伍。

瑪莉覺得好滑稽，她不像別的小孩，天生對老鼠心生厭惡；正想把恐懼趕走之際，突然傳來可怕刺耳的口哨聲，使得她脊背一陣發涼！哇，她現在在看什麼！不，說真的，可敬的讀者弗里茲，我知道，你和智勇雙全的統帥弗里茲·史塔包曼一樣勇敢無畏，但如果你看得到現在瑪莉眼前發生的事，你肯定會跑開，我甚至相信，你會立刻跳上床，把棉被拉起來蓋住耳朵，非這樣不可。

哎呀！瑪莉這會兒完全沒轍了，因為，孩子們聽好了！從地底來的暴力正貼著她的腳如火如荼噴濺出沙子與石灰、碎裂成片的砌牆方石，地下嘶嘶嘶、咻咻咻地冒出七隻面目可憎，戴著七頂閃亮皇冠的老鼠腦袋瓜。不一會兒，脖子上長出七個腦袋瓜的老鼠身體也動了起來，奮力向前，有七頂王冠裝飾的那隻大老鼠以大合唱的方式高聲歡呼，一連三次，吱吱叫著走向整個隊伍，隊伍此刻忽然開步走，喝、喝、咚、咚走起來，直直走向櫃子，朝向緊挨玻璃櫃站著的瑪莉。

瑪莉害怕得不得了，心臟噗通噗通跳得好快，覺得都快跳出胸膛了，然後她必死無疑。但是現在她卻覺得血管內的血液靜止不動了。她半昏迷地搖搖晃晃向後，手肘撞上櫃子，上面的玻璃變成碎片，唏哩、嘩啦、啪一聲掉下來。當下她覺得左手臂一陣強烈刺痛，但是心臟頃刻間輕鬆多了，再也聽不見吱吱叫和口哨聲，四周變得好安靜。她不敢睜眼看，但她相信，老鼠也被玻璃碎片的唏哩嘩啦給嚇得跑回洞穴裡。但如果牠們又出來了怎麼辦？

瑪莉後面的櫃子裡開始傳出奇異的咕嚕咕嚕，有個十分細微的聲音在說：「醒醒，醒醒，要上戰場了，夜裡開拔，醒醒，上戰場。」此時，小鐘敲出悅耳和諧又優美的音調！「哦，那是我的串鈴，」瑪莉高興地說，立刻跳到一旁，她看到櫃子裡發出特別的光，熱鬧非常，大夥兒在忙碌。好多娃娃胡亂跑來跑去，小小的手臂揮舞著劍。胡桃鉗這時忽然坐起來，把被子遠遠丟開，雙腳一躍下了床，口中大叫：「喀嚓喀嚓、喀嚓，愚蠢的鼠輩，廢話又蠢又瘋，鼠輩，喀嚓、喀嚓，老鼠，喀哩喀拉，通篇廢話。」他一邊說一邊抽出一把小小的劍，朝空揮砍並且說：「諸位，我親愛的扈從、朋友，以及兄弟，你們可願與我一起奮戰？」

立刻有三個小丑、一個傻老頭、四個掃煙囪工人、兩個彈齊特琴的男人，以及一位鼓手驚天動地叫嚷：「統帥，我們追隨您，誓死效忠。我們與您同生共死，奮戰求勝利！」他們紛紛奔向受到鼓舞的胡桃鉗，他則不懼危險從櫃子上層往下跳。

好！每個人都紛紛往下跳，他們不只穿戴好料子與絲綢衣裳，身體裡面也只有棉花和剁碎的乾草，此外別無他物，因此一個一個有若小羊毛袋般跳下來。可憐的胡桃鉗，手和腳險些斷了，你們想想，他的身體很脆弱，彷彿剛剛才從菩提樹鋸下來，而他站的那一層距離地面差不多有兩英尺。是的，胡桃鉗跳躍的瞬間，若不是克蕾仙小姐火速從沙發跳起來，用她柔軟的手抽出劍，接住這位英雄的話，他的手和腳早就摔斷了。

「喔，可愛好心的克蕾仙！」瑪莉抽抽噎噎，「我錯怪妳了，妳明明就樂意把小床讓給胡桃鉗！」

克蕾仙小姐一邊溫柔地把年輕的英雄抱到她絲質般光滑的胸前，一邊開口說：「先生！生病又受傷的您，別冒險戰鬥了，看看您英勇的扈從鬥志高昂，肯定會大獲全勝。小丑、傻老頭、掃煙囪工人、彈齊特琴的男人以及鼓手都在下面，在我這層的旗手群情激動！先生！您想在我的臂彎裡安歇，或者從我羽飾的帽子俯瞰勝利！」

克蕾仙說了這些，但是胡桃鉗粗魯得一直跺腳，克蕾仙只好趕快把他放到地上。就在這一瞬間，他優雅地屈膝，低聲說：「女士！我戰鬥時將不斷想念您的恩寵與慈悲！」

克蕾仙身子彎得好低，低到手臂能碰到他，溫柔地把他扶起來，解下有許多亮片的腰帶，想為他披上，但胡桃鉗往後退了兩步，手放在胸前，很開心地說：「別對我這麼好，女士，因為，」他頓著了，長嘆一聲，很快地把瑪莉為他包紮的那條小帶子從肩膀上扯下來，啣在嘴唇上，像軍官披上綬帶似的，勇敢地揮舞已出鞘的劍，猶如一隻小鳥從櫃子邊上快速靈巧地跳到地板上。

好心又優秀的聽眾們，仔細看好了，胡桃鉗又變成和之前一樣活蹦亂跳，證明瑪莉為他做的一切頗具療效，之所以復原這麼快，是因為瑪莉所為又好又正確，以至於他現在不必收下克蕾仙小姐的帶子，也不必包紮，忽然之間容光煥發，神采飛揚。忠誠善良的胡桃鉗比較喜歡用瑪莉樸素的小帶子裝扮自己。

接下來如何發展呢？胡桃鉗一跳下來，吱吱叫、嘰嘰喳喳又恢復了。哇！大桌子底下有一大群數不清的老鼠，有七個頭的醜惡老鼠尤其引人側目！這就是接下來的發展！

戰役

「忠誠的扈從鼓手，排成行軍隊形！」胡桃鉗大聲下令，鼓手立刻咚咚咚敲起來，他的鼓藝精湛，玻璃櫃的窗戶震動不斷，隆隆作響。房間裡一陣唏哩匡啷，瑪莉發覺，所有弗里茲軍隊駐紮的盒子盒蓋連同士兵，全都使盡全力跳出來，跳到最下面那層列隊站好。

胡桃鉗前後走動，說些激勵士氣的話給部隊聽：「號手的狗動也不動，鎮定非常，」胡桃鉗粗聲粗氣地說，快步走向臉色發白的傻老頭，老頭的尖下巴抖得厲害，胡桃鉗興高采烈說：「將軍，我知道您膽識過人，經驗豐富，戰場上重要的是迅速掌握全局以及運用當下，騎兵和步兵由您指揮，我很放心，您不需要座騎，您的腿很長，足堪跑步之用。您就做該做的事吧。」老頭乾瘦的長手指立刻按住嘴唇高聲吹起來，力道之大，好似有數百隻號角齊聲吹奏。

櫃子裡又傳出咯咯笑和跺腳的聲音，瞧，弗里茲的重騎兵和龍騎兵，尤其是簇新發亮的輕騎兵都出來了，不久都站在地板上。一團接一團舉著迎風招展的旗子，在樂音中以分列式隊形走過胡桃鉗面前，在房間地板上排出大陣仗。弗里茲的加農砲在砲兵簇擁下走在騎兵隊伍前面，馬上就要砰砰開砲，然後瑪莉看見豌豆打入了大隊老鼠陣營，在老鼠身上灑上一層白粉，讓牠們羞得抬不起頭來。一支重裝砲兵連直接走向媽媽的腳蹬，砰、砰、砰，薑汁餅前仆後繼打在老鼠身上，害牠們跌得東倒西歪，傷亡慘重。但老鼠繼續往前逼近，並且撞倒了幾座加農砲，接下來傳出乒乓乓、乒乓、乒乓，煙硝四起，瑪莉看不清到底發生了什麼事。確定的是，每個軍團都在激憤中上陣廝殺，而勝利屬於哪一方始終呈現拉鋸戰。老鼠的隊伍愈來愈龐大，牠們深諳於發射小小的銀色藥丸，直接打進玻璃櫃內。

克蕾仙和土嚕嚕焦躁地跑來跑去，小手都擰傷了。克蕾仙淒厲哭喊：「我是最漂亮的娃娃，難道要在花樣年華死去！」土嚕嚕說：「我保養得這麼好，難道是為了死在這四堵牆內？」她倆擁抱在一起，即使周遭非常嘈雜，她倆的哭聲仍舊清晰可聞。

敬愛的聽眾，她們完全搞不清楚這場混亂因何而起。乒乒、乒乒、噗通、嗶嗶——猛擊戰鼓，猛擊戰鼓——咚、咚咚、咚、咚咚、咚。一團混亂，老鼠國王與眾家老鼠大聲吱吱尖叫，然後大家聽到胡桃鉗威嚴的聲音，頒布有利的命令，看他穿過受砲火轟擊的隊伍走出去！

傻老頭發動重騎兵展開幾次出色的攻擊，深感顏面有光，但是老鼠步兵團用下流惡臭的子彈投擲弗里茲的輕騎兵中隊，在他們的紅色短上衣上留下好多污痕，使得他們不願前進。傻老頭讓他們向左轉，指揮若定而得意洋洋的他讓重騎兵與龍騎兵都轉向，意思是說，他們全都向左轉，回家去也。這麼一來，在腳蹬上站崗的重裝砲兵岌岌可危。不消多時，來了一大群醜惡的老鼠拚命向前衝，讓腳蹬連同砲兵以及加農砲一股腦都倒了。

胡桃鉗大驚失色，下令右翼後退。你曉得，我通曉戰事的聽眾弗里茲！一旦採取這個行動，差不多就等於逃跑的意思，而我現在就在哀悼這個軍隊將給瑪莉深愛的小胡桃鉗帶來災難！把眼睛從這場災禍轉開吧，瞧瞧胡桃鉗軍隊的左翼，一切仍然完好，統帥與軍隊對他們寄予厚望。激烈戰鬥中，大批老鼠騎士接獲命令，神不知鬼不覺地衝出來，憤怒地大聲吱吱叫，投入胡桃鉗軍隊左翼的戰事，並遭到前所未有的抵抗！

越過櫃子的邊框不知有多艱險，旗幟大軍在兩位中國皇帝的指揮下，緩慢地向前挪動，排出一個四方形隊伍。這幾個勇敢、鮮豔華麗的軍隊由許多園丁、蒂羅爾人、通古斯人、理髮師、小丑、邱比特、獅子、老虎、長尾猴和猿組合而成，冷靜、勇敢、耐力十足地戰鬥。如果不是敵軍一位放肆的騎兵上尉鎮定地上前咬斷一個中國皇帝的首級，皇帝倒臥下去時又殺死了兩個通古斯人和一隻長尾猴的話，這支勇猛如斯巴達的精英部隊早就從敵人手中奪下勝利了。如此一來形成一個漏洞，讓敵人有辦法鑽過來，整個部隊沒多久便被打得七零八落。這場惡行卻沒有為敵方帶來多少好處，一個殺紅眼的老鼠騎兵一劍刺穿勇猛敵人的當下，一個鍊條拴住牠的脖子，牠立刻嚥氣。胡桃鉗軍隊一度後退，而且節節後退，死傷愈來愈多，現在這個情勢是否有利於運氣不好的胡桃鉗，帶著一小撮人馬在玻璃櫃前堅守下去呢？

「後備軍應該過來！傻老頭、小丑、鼓手，你們在哪裡？」胡桃鉗說，他希望玻璃櫃裡能再衍生出新軍隊來。果然，幾個棕色肌膚、金色的臉，戴著帽子與頭盔的男人和女人從王冠上下來，但是他們的打鬥技巧十分生疏，揮來揮去就是對不準敵人，差點把統帥胡桃鉗的帽子從腦袋瓜上削下來。敵方的獵人咬住他們的腿，他們摔得四腳朝天，胡桃鉗因此又折損了幾位戰友。

敵人密密包圍起胡桃鉗，連一隻蒼蠅都飛不進來，受困其中的胡桃鉗非常害怕。他想跳過櫃子的邊框，但是腿太短，克蕾仙和土嚕嚕昏倒在地，沒法幫他。輕騎兵與龍騎兵愉快地從他身邊跳過，再跳進去，陷入絕望的他大喊：「一匹馬，一匹馬，一個王國抵一匹馬！」就在這時，兩個敵方狙擊手用木頭大衣包住他，獲勝的老鼠王從七個咽喉發出喜悅的吱吱聲，同時跳了進來。

瑪莉再也受不了，「噢，我可憐的胡桃鉗，我可憐的胡桃鉗！」她邊哭邊說，迷迷糊糊抓起左腳的鞋子，用力往陣容最龐大的那堆老鼠丟去，丟到國王身上。剎那間，大家不是死就是四散逃逸，瑪莉只覺得左臂一陣刺痛，劇烈程度勝過先前，痛暈了倒在地上。

生病

瑪莉睡得不省人事，醒過來時，她躺在自己的小床上，明亮的陽光透過結冰的窗戶照進房間。一個陌生男人坐在旁邊，她隨即認出他是外科醫師魏德詩坦。醫師輕聲說：「她醒了！」媽媽走過來，看她的眼神充滿了擔憂與疑惑。

「喔，親愛的媽媽，」小瑪莉囁囁嚅嚅，「那些醜陋的老鼠都走了吧？好心的胡桃鉗獲救沒？」

「不要講這些莫名其妙的話，親愛的瑪莉，」媽媽回答，「什麼老鼠和胡桃鉗。妳這個壞孩子，讓我們害怕又擔心。小孩太任性，不聽父母的話就會這樣。妳昨天晚上和妳的娃娃玩，一直玩到半夜，睏得不得了，可能被平常不會出現在這裡的老鼠嚇到了。手臂撞到櫃子玻璃，劃破了手臂，剛才魏德詩坦醫師還從傷口裡取出卡在裡面的玻璃碎片呢，那塊玻璃險些劃破血管，若果真這樣，妳的手可能動不了，流血而死。感謝老天讓我半夜醒了，心想這麼晚，不知道妳睡了沒，因此起床去客廳看看。妳昏倒在玻璃櫃旁邊，流了好多血。我差點也嚇得昏過去。我看妳倒下去的地方，到處都是弗里茲的鉛士兵，還有一些娃娃，碎掉的旗手，薑餅人；胡桃鉗躺在妳流血的手臂旁，離妳左腳鞋子不遠。」

「喔，媽媽，媽媽，」瑪莉說：「妳一定看到了娃娃和老鼠大戰之後留下的痕跡，老鼠想把指揮娃娃大軍的可憐胡桃鉗抓走，我嚇壞了。我拿鞋子丟老鼠，接下來發生什麼事，我就不知道了。」

外科醫師魏德詩坦朝媽媽眨眨眼，於是媽媽很溫柔地對瑪莉說：「算了，我的寶貝孩子！放心，老鼠都跑了，胡桃鉗待在玻璃櫃裡，很健康也很快樂。」

醫務顧問此時走進房間，與外科醫師魏德詩坦談了好久；然後醫師幫瑪莉量脈搏，瑪莉聽見他說，發燒是傷口引起的。她得臥床休息，吃藥。

如此過了好幾天，雖然手臂仍然疼痛，但她的病已經好了，沒什麼不舒服。她知道胡桃鉗從那場戰役被救了出來，完好如初，有時候她覺得好像在夢中，即使他的聲音滿是憂愁，但仍非常優雅地說：「瑪莉，最忠誠的淑女，我非常感謝您，但您其實可以多為我做一些！」到底還能做什麼，瑪莉百思不得其解。她怎麼想也想不出來。

手臂受傷使得瑪莉沒辦法盡情玩耍，每當她想看書，或者翻一翻圖畫書就眼冒金星，她只好放棄。因此時間變得好長好長，她翹首盼望黃昏，因為那時媽媽會坐在床邊，朗讀許多有趣的故事，陪她說話。此刻，媽媽剛講完了法拉丁王子[1]的故事，門開了，杜賽邁爾教父一邊走進來一邊說：「我一定要親眼看一看，生病又受傷的瑪莉現在好不好？」

穿著黃色短上衣的杜賽邁爾教父印入瑪莉眼簾，那天晚上胡桃鉗抵抗老鼠的失敗戰役景象活生生如在眼前，她不由自主大聲對著州法院顧問大叫：「噢，杜賽邁爾教父，你真是醜死了，我看見你了，你坐在鐘上面，用你的翅膀蓋住它，不讓它敲鐘報時，免得老鼠受到驚嚇。我聽到你呼喚老鼠王！你為什麼不幫胡桃鉗，為什麼不幫幫我，你這個醜陋的杜賽邁爾教父，我受傷又生病，必須臥床休息，是不是都是你的錯？」

媽媽驚訝地問：「妳怎麼啦，親愛的瑪莉？」

杜賽邁爾教父扮個奇怪的鬼臉，用噠噠噠單調的聲音說：「鐘擺必須嚓嚓嚓，啄食，不想行為得體，鐘、鐘、鐘擺必須呼呼呼，輕輕地嚓嚓嚓，大聲敲鐘叮鈴叮啷，唏哩框啷，框啷嘩啦，娃娃不怕！鈴鐺敲呀敲，敲呀敲，老鼠王飛奔，貓頭鷹高飛，劈里啪啦，啪啦卜卜，鈴鐺叮叮，鐘，呼呼嚓嚓，鐘擺必須嚓嚓嚓，不想得體地啄食，呼嚕又呼嚕，皮皮又卜卜！」

1 Emir Fakhr-al-Dīn II.（1572-1635），德魯茲派親王，不斷為統治的轄區抵抗鄂圖曼，因而有「黎巴嫩第一人」之稱。

瑪莉瞪大眼睛注視杜賽邁爾教父，他完全變了一個人，比之前任何時候都要醜，右手不斷揮來揮去，好像在操弄一個線偶。要不是媽媽也在，要不是弗里茲這會兒也溜進她房間，並且大笑打斷了教父的自言自語，瑪莉早就嚇呆了。

「嗨，杜賽邁爾教父，」弗里茲說：「你今天好滑稽呀，看起來真像我早就丟到壁爐後面的玩偶。」

媽媽很嚴肅地問：「親愛的州法院顧問，這個玩笑很罕見呢，您究竟想表達什麼？」

「我的天！」杜賽邁爾笑著回答，「您沒聽過我好玩的鐘錶匠之歌嗎？我經常唱給像瑪莉這樣的病人聽呢。」接著他很快坐到瑪莉的床邊，說：「別怪我沒有一下子挖出老鼠國王的十四隻眼睛，我沒辦到，現在要補償妳，讓妳真正快樂起來。」說著他的手伸進一個袋子，動作輕緩地取出胡桃鉗，他已經把他掉落的小牙齒都裝回去，現在一口牙齒整齊又潔白，僵硬的下顎也修好了。瑪莉高興得大聲歡呼。

媽媽微笑著說：「妳現在知道杜賽邁爾教父對妳的胡桃鉗有多好了吧？」

「但妳得承認，瑪莉，」州法院顧問打斷醫務顧問夫人的話，「妳得承認，胡桃鉗不強壯，長得也不能說很好看。如果妳想聽，我願意告訴妳，他的家族為什麼都遺傳了這樣的相貌。也許妳聽過皮爾麗帕特公主，巫婆老鼠母后，以及手藝精湛的鐘錶匠的故事？」

「聽我說，」弗里茲突然插進來，「聽我說，杜賽邁爾教父，你幫胡桃鉗把牙齒鑲得又好又整齊，下顎也不再搖晃得厲害，但是為什麼他沒有劍了，你為什麼沒替他配掛上那把劍？」

「喂，」州法院顧問不滿地說，「你非要吹毛求疵，窮追猛打嗎？孩子！胡桃鉗的劍關我什麼事，我治好了他的身體，他現在可以按照自己的意思打造一把劍。」

「話說得沒錯，」弗里茲說，「是個能工巧匠，就知道如何製造武器。」

「好啊，瑪莉，」州法院顧問接著說，「告訴我，妳知道皮爾麗帕特公主的故事嗎？」

「不知道呢，」瑪莉回答，「講吧，親愛的杜賽邁爾教父，講啦！」

「我希望，」醫務顧問夫人說：「我希望，親愛的州法院顧問先生，您的故事不會很恐怖，通常您講的故事都挺恐怖哩。」

「一點兒也不，敬愛的醫務顧問夫人，」杜賽邁爾答道，「剛好相反，我很榮幸要講的這個故事有趣極了。」

「說嘛，喔，說嘛，親愛的教父！」孩子們異口同聲，於是州法院顧問開始了：

硬胡桃的童話

皮爾麗帕特的母親是國王的妻子，所以她是王后，皮爾麗帕特打從出生的那一刻開始就是公主了。國王有了美麗的小女兒，高興得跟什麼似的。她躺在搖籃裡，國王大聲歡呼，跳起獨腳舞來，忽然對其他人說：「哈！看過比我的小皮爾麗帕特更漂亮的人嗎？」諸位大臣、將軍、院長以及參謀軍官與他們的王一樣，單腳跳躍並且大叫：「沒有，從沒見過！」

這件事確實無可反駁，因為打從世界存在以來，從來沒誕生過比皮爾麗帕特公主更漂亮的嬰兒。她的小臉蛋彷彿是柔和的純白與粉紅色織成的絲棉，小眼睛亮晶晶如蔚藍的天，一綹綹鬈髮像是發亮的金線捲成的。皮爾麗帕特來到世上還帶了兩排小巧的貝齒，才出生兩小時，首相想靠近細看她的輪廓時，她就咬了他的手指，讓首相大叫出「天哪」。但其他人堅稱他尖叫的是「好痛啊」。直至今日，每個人的說法仍然有異。

長話短說，小公主真的咬了首相的手指，於是心醉的國人這下知道了，皮爾麗帕特天使般美麗的嬌小身軀裡，精神、性情以及理解力樣樣俱全。如前所述，每個人都很開心，唯有王后很害怕，心神不寧，沒有人知道箇中原因。首先人們注意到，她命人嚴密守著小公主的搖籃。幾扇門都有衛兵駐守，兩位保母緊守搖籃，每天深夜還有六個保母坐在房間裡。看起來荒唐至極，而且沒有人能理解，這六個保母必須抱一隻貓在腿上，整夜撫摸貓的毛，讓牠不停地打呼嚕。親愛的孩子們，你們不可能猜得出小公主母親這番安排的理由，但我知道，馬上就要告訴你們。

事情是這樣的，小公主爸爸的宮廷有一次聚集了好多傑出的國王和俊美的王子，宮裡冠蓋雲集，富麗堂皇。為此舉行了好多場騎士比賽、喜劇表演和宮廷舞會。國王為了要表示自己坐擁金山銀山，從國庫動支好大一筆錢。御廚私底下告訴他，宮廷星象家算出屠宰牲口，也就是舉行盛大香腸饗宴的日子。他驅車親自邀請所有的國王與王子來喝湯，然後端出驚喜，請大家享用美食。他很和善地對王后說：「親愛的，想必妳知道，我多喜歡吃香腸啊！」

王后曉得他話裡的意思，就是要她依照慣例，攬下製作香腸的任務。國庫總管必須馬上把香腸專用的大口金鍋、銀製平底鍋運到廚房，用檀香木生火，王后繫上她的錦緞圍裙，不多久，冒煙的鍋子就飄出香腸湯香噴噴的味道。誘人的香味飄到國務院內，國王心中無限神往，再也忍不住。「諸位先進，請原諒！」說著他立刻跑到廚房，擁抱王后，以金權杖在鍋中攪拌一下，這才安心地回到國務院。

把燻板肉切丁，放到銀色烤架上煎得焦黃的重要時刻到了。宮女都退下，王后希望獨自處理，因為她對丈夫感情深厚，也非常尊崇他。才開始煎燻板肉，就聽到一個非常細微的呢喃聲音在說：「給我來一些煎肉吧，姊姊！也想開懷大嚼呢，我也是王后，給我一些煎肉吧！」

王后心裡明白，這是老鼠母后在說話。老鼠母后住在王宮好多年了，她堅稱是王室家族的親戚，自己則是老鼠王國的母后，因此也要處理很多宮廷事務。王后是個仁慈的女子，不想承認她是王后或是自己的姊妹，她就只是老鼠母后而已，但仍然衷心歡迎她享用這頓大餐，她說：「來呀，老鼠母后，您當然可以品嘗我的燻板肉。」老鼠母后很快來到，開心地一蹦一跳，跳到爐灶上，小巧的手接過王后遞給她燻板肉，一塊又一塊。現在老鼠母后的鄰居和姑姑阿姨們都跳過來了，甚至連她們很沒規矩的兒子，那七個惡棍也來了，痛快吃起燻板肉，嚇壞了的王后無法阻止。幸好女太傅出現，趕走了不請自來的客人，所以還剩下一些肉，依照被召來的宮廷數學家點撥，精妙分配到所有的香腸上。

擊鼓吹號，出席的權貴和王子都穿戴閃亮的正式服裝，有些騎在白色坐騎上，有些乘坐水晶馬車赴香腸宴席。國王隆重、誠心誠意迎接頭戴王冠手持權杖的君主，然在首位坐下來。上肝腸這道菜時已有人看見國王愈來愈蒼白，眼睛向上翻，而且還輕輕喘著氣，體內似乎有一股巨大力量在翻攪，讓他疼痛難耐！血腸送上桌時，他靠在躺椅上啜泣呻吟，雙手遮住臉哀號悲嘆。

貴賓全部離席，御醫想盡辦法，但仍舊量不到可憐國王的脈搏，國王發出一聲淒厲、難以形容的哀號，眼看就要崩潰了。幾番勸解，下了不尋常的猛藥，例如燒過的羽毛筆之類的，國王終於、終於回過神來，他結結巴巴，聲音小得幾乎聽不見，說：「燻板肉太少了。」

失望至極的王后撲倒在他腳下，哭著說：「喔，我可憐悲慘的丈夫！你忍受了多大的痛苦呀！你看，肇事者就在你腳下，狠狠地責罰他們，啊，老鼠母后和她七個兒子、鄰居以及姑姑阿姨把燻板肉吃光了。」王后說完往後仰昏了過去。

國王怒氣沖沖跳起來，大聲說：「太傅，這怎麼回事？」太傅就自己所知解釋了一下，國王於是決定，對吃掉他香腸上燻板肉的老鼠母后及其家人展開報復。

樞密顧問被召來，眾人決定控告老鼠母后，沒收她的全部財產；但國王認為，她這段期間仍有可能再吃光他的燻板肉，於是把整個案件轉交給御用鐘錶匠暨化學家處理。這個男人與我同名，也叫做克里斯揚·艾里亞斯·杜賽邁爾，他允諾用一場非常高明的行動，將老鼠母后及其家人永遠逐出王宮。他發明了小而精細的機器，機器內的一根細線上掛著煎好的燻板肉。

杜賽邁爾在老鼠母后的住處四周掛滿了她最愛的燻板肉，聰明的老鼠母后不會看不出杜賽邁爾的詭計，但是她的所有警告與想法統統不管用，香煎燻板肉的味道太誘人，她的七個兒子、鄰居以及親戚都跑到杜賽邁爾的機器裡，正要咬下燻板肉的那一刻，一個突然掉下的柵欄把牠們逮個正著，然後在廚房裡受屈辱而死。老鼠母后帶著一小群僕人離開了這個恐怖的地方，悲傷絕望的她一心一意想報仇雪恨。

宮廷為此熱烈歡呼，但是王后很擔心，因為她了解老鼠母后的個性，也很清楚，老鼠母后的兒子與親戚慘死，她絕不會善罷甘休。事實上，王后為國王準備他很愛吃的牛肺泥時，老鼠母后出現了，她說：「我的兒子，我的鄰居和姑姑阿姨都被殺死了，當心，老鼠王國的王后會把妳和妳的小公主撕成兩半。當心。」說完就離開，失去蹤影。王后驚駭不已，失手將牛肺泥掉到柴火中。老鼠母后第二次毀了國王愛吃的菜，令他大為光火。好吧，今天晚上講得夠多了，下回接著講。

瑪莉對這個故事有自己的看法，再三央求杜賽邁爾教父多講一點，但是他沒有答應，站起身來說：「一次講太多不好唷，明天接著講。」

州法院顧問正要走出房門時，弗里茲問：「杜賽邁爾教父，捕鼠器真的是你發明的嗎？」

媽媽說：「怎麼問這麼傻氣的問題哩？」但州法院顧問詭異地微微一笑，輕聲說：「我是個手藝精巧的鐘錶匠，難道還發明不出捕鼠器嗎？」

硬胡桃童話後續

「現在你們都知道了，孩子們，」第二天晚上，州法院顧問杜賽邁爾如此開場，現在你們都知道了，孩子們，王后為什麼派人嚴密護衛美麗的小公主皮爾麗帕特了。她怕不怕老鼠母后將威脅付諸行動，再次現身，把小公主咬死呢？杜賽邁爾的機器在抵抗聰明又狡猾的老鼠母后上，一點也派不上用場，只有宮廷星象家，也是天象與星座占卜者，想知道怪怪貓家族是否能把老鼠母后擋在搖籃外。這家族的兒子都受聘為宮廷樞密參贊，所以被每位保母抱在腿上，藉由技巧性的撫摸稍減他為國事操的心。

一天深夜，兩位緊靠著搖籃而坐的高等保母中的一位從沉睡中醒來。大家都躺下睡著了，沒有打呼聲，一片死寂，安靜得能聽見木蛀蟲啃木頭的聲音！但是這位高等保母瞧見一隻又大又醜，靠兩條後腿站立的老鼠，可怕的頭湊在公主的臉上，驚駭過度的她大叫一聲跳起來，所有人都被吵醒，老鼠母后（除了她，還有誰會是皮爾麗帕特搖籃邊上那隻大老鼠？）就在這一剎那，迅速跑到房間角落裡。樞密參贊忙著追她，為時已晚，她從地板上的一個裂縫逃跑了。皮爾麗帕特在喧鬧中醒了，嚇得大哭。「感謝上蒼，」保母們說，「她活著！」

然而，當她們仔細看看皮爾麗帕特這個漂亮溫柔的孩子時，她們受到的驚嚇不在話下。小天使潔白、有金色鬈髮的紅紅小腦袋瓜被一個不成形的大頭取代，安裝在縮成一團的身體上；天藍色的小眼睛變成綠色、呆滯的凸眼，至於那張小巧的嘴巴，從這個耳朵扭到另一個耳朵。傷心欲絕的王后整天嘆氣，恨不得死去，國王的書房必須鋪上有棉絮襯墊的毯子，因為國王有一次用頭去撞牆，一邊驚天動地喊叫：「我這不幸的君王啊！」

雖然國王已經能理解，吃香腸時不加燻板肉，不去管爐灶底下的老鼠母后和那一幫鼠輩，其實比較好，但皮爾麗帕特的父王不做此想，反而把所有過錯推到來自紐倫堡的御用鐘錶匠暨化學家，克里斯揚．艾里亞斯．杜賽邁爾的身上。他因而發出一道明智的命令：杜賽邁爾要在四星期內讓皮爾麗帕特小公主恢復從前的嬌俏模樣，或者至少想出一種確切可靠，能夠突破困難的方法；否則，他將在劊子手的斧頭下痛苦死去。

杜賽邁爾十分震驚，但他對自己的技藝深具信心，也相信自己運氣不差，立刻著手進行他覺得有用的手術。他嫻熟地把皮爾麗帕特小公主拆解開來，扭下她的小手和小腳丫，觀察內部結構。他發覺，小公主將隨著成長而更加畸形，很遺憾他並沒有對策。他小心翼翼把小公主組裝起來，放進他一步都不准離開的搖籃裡，心情非常沉重。

到了第四個星期。已經星期三了，王后眼中噴著火怒視，揮著權杖語帶威脅：「克里斯揚・艾里亞斯・杜賽邁爾，把小公主治好，不然死路一條！」

杜賽邁爾哭得很傷心，小公主皮爾麗帕特則愉快地嚼著胡桃堅果。化學家第一次注意到皮爾麗帕特特別愛吃堅果，以及她出生時已經長牙的事。事實上她在外型改變後曾經不斷尖叫，直到一顆胡桃意外出現，而她立刻砸開吃果仁，這才安靜下來。從那以後，保母們唯一知道的，就是給她胡桃吃。

「哦，神聖的自然直覺，萬物無法研究得知的永恆好感，」約翰・艾里亞斯・杜賽邁爾大聲說：「你指引我祕密的小門，我要敲門，而小門一定會打開！」他立刻請求允許，讓他與宮廷星象家說話，然後在嚴密的護衛下被帶過去。兩位男士擁抱時都留下了男兒淚，因為他倆都是性情中人，接著他們退至一間密室，查閱許多探討直覺、好感、惡感，以及其他神祕事物的書籍。

入夜後，宮廷星象家仰望星空，在機靈的杜賽邁爾協助下，找出了小公主的星象。這工作很不容易，因為線條愈來愈混亂，終於，化解造成皮爾麗帕特小公主變醜的魔法，讓她恢復先前美貌的星象，終於出現在他們眼前，他倆雀躍不已；唯一的解決辦法，就是給她吃卡拉卡土克胡桃的甜果仁。

這種胡桃有一層堅硬的殼，二十八磅重的加農砲都能從它上面輾過，它依舊絲毫無損。這顆堅硬的胡桃必須由一個從未刮過鬍子，也從未穿過靴子的男人，在公主面前咬開，然後閉上眼睛把果仁遞給公主。這個年輕人要先後退七步，步步踏實不顛躓，才能張開眼睛。杜賽邁爾和星象家不眠不休工作了三天三夜，星期六那天國王正要用午餐，星期天一早就要被斬頭的杜賽邁爾手舞足蹈、歡呼著闖進來，宣布他找出讓皮爾麗帕特公主恢復美貌的方法了。

國王親熱地用力擁抱他，允諾將贈他一把鑲鑽的軍刀，四枚勳章，以及兩件華美的外套。「用完膳，」國王和善地說，「就要開始行動了，敬愛的星象家，勞您費心找到一個年輕，未曾刮過鬍子，穿普通鞋子，手上拿著堅硬胡桃的男子，千萬別讓他喝酒，免得他走路不穩，後退七步走得像螃蟹，事成之後他儘管大碗喝酒！」

國王這番話令杜賽邁爾大吃一驚，他戰戰兢兢、結結巴巴說，雖然找到方法了，堅硬胡桃以及咬開它的年輕男子這兩個要件還得去尋覓才行，而且他懷疑能否找到胡桃與胡桃鉗。

勃然大怒的國王在戴王冠的頭上揮動權杖，發出獅吼：「那就剩下斬首這條路了。」

坐困愁城快嚇死的杜賽邁爾運氣不錯，今天這頓飯十分合國王的胃口，所以他心情很不錯，願意聽聽理性的意見，關於此，同情杜賽邁爾遭遇的王后出了不少力。杜賽邁爾重拾勇氣，首先他得要找出能治癒小公主的方法，完成交辦的任務，才能救自己一命。國王認為那只是他的託辭，純屬廢話，喝了一小杯幫助消化、加了茴香的葡萄酒之後，國王決定暫且饒過鐘錶匠和星象家一命，命兩人快點把卡拉卡土克的胡桃帶回來。至於咬開卡拉卡土克胡桃的人選，就依照王后的意思，在國內外的報紙、廣告報上多次刊登徵人啟事。

州法院顧問就此打住，答應明天晚上繼續講故事。

卡拉卡土克胡桃童話的結局

隔天晚上才剛點上燈，杜賽邁爾教父真的來了，接著講他的故事。杜賽邁爾與宮廷星象家出發已經十五年了，卻連胡桃的影子都沒瞧見。兩人所到之處遇到的奇人與怪事，孩子們，我就算講四星期也講不完，所以我擱下，先說極度憂愁的杜賽邁爾非常想念他可愛的故鄉紐倫堡；之所以強烈想家，源於有一次他和朋友在亞洲一座森林裡抽劣質菸草，情緒突然湧上心頭。「喔，美麗，美麗，美麗的故鄉紐倫堡，美麗的城，沒見過妳的人可能經常去倫敦、巴黎和彼得森林，但這些城市不足以打動他，他該對妳滿懷渴望，嚮往妳，喔，紐倫堡，美麗的城，有窗戶的美麗房子。」

杜賽邁爾悲傷吟唱之際，星象家油然升起同情，痛哭流涕，聲音大到全亞洲都聽得見。哭了一陣，他擦乾眼淚，重新振作起來，開口問：「親愛的同事，我們為什麼坐在這裡哭？我們為什麼不去紐倫堡，我們人在哪裡，如何找到那顆該死的卡拉卡土克胡桃，應該無所謂吧？」

「這話是沒有錯，」杜賽邁爾平靜地回答。不久兩人站起來，清乾淨煙斗，筆直地向前走，從亞洲這座森林前往紐倫堡。他倆才到達目的地，杜賽邁爾就跑去找他多年不見的堂兄，也就是娃娃工匠、油漆工及鍍金師傅克里斯多夫．查夏禮亞斯．杜賽邁爾。鐘錶匠跟他說了小公主皮爾麗帕特、老鼠母后以及卡拉卡土克胡桃的事，他忽然擊掌驚呼：「堂弟呀堂弟，多奇妙的人和事啊！」杜賽邁爾繼續講他長程旅行中的冒險經歷，譬如他在椰棗國王那裡過了兩年，杏仁侯爵又如何鄙夷地駁斥他的請求，以及他在位於艾希宏之家[2]的自然研究協會徒勞無功問了又問，他四處碰壁，連卡拉卡土克胡桃的影子都沒看到。

堂弟敘述這些往事時，克里斯多夫．查夏禮亞斯頻頻打響指，單腳旋轉，砸舌，然後說：「嗯嗯、哎呀、嘿、欸、喔、見鬼了呢！」最後他把帽子和假髮向上拋，用力摟住堂弟的脖子，大叫：「堂弟，堂弟！你們沒事了，我說，你們沒事了，因為我有卡拉卡土克胡桃；除非我弄錯了。」他立刻拿出一個盒子，取出盒內一顆中等大小的鍍金胡桃。

「看，」他把胡桃給堂弟看，「看，這個胡桃是這樣來的：好多年前，有一次耶誕節期間來了一個外地人，他揹著滿滿一袋胡桃，打算賣掉。他在我擺的娃娃攤子前放下袋

2 位於 Trier 商業大街上的一間診所，建於一八二六年。

子，和一個本地的胡桃商販吵起來，因為本地商人對於外地人來搶生意很不高興，因此攻訐他，而他當然還以顏色。就在這時，一輛滿載的貨車輾過袋子，胡桃都碎了，唯獨一個毫髮無損，這個外地人對我露出費解的微笑，開價一七二〇年的二十塔勒銀幣。我覺得好極了，剛好皮包裡有他要的二十銀幣。我買下這個胡桃之後，為它鍍上金，自己也不清楚為何花這麼多錢買這個胡桃，而且這麼重視它。」

說到此，杜賽邁爾確信堂兄的胡桃就是他遍尋不著的寶物，被叫來的宮廷星象家刮掉上頭的黃金，在胡桃外皮找到用中文篆刻的卡拉卡土克字樣。兩位旅行者開心得什麼似的。杜賽邁爾向堂兄保證，除了給他一筆豐厚的養老金之外，所有刮下的鍍金上的黃金都歸他有，堂兄順勢成了太陽底下最幸運的人。

化學家和星象家戴上了睡帽，打算就寢；當後者，也就是星象家，提高嗓門說：「可敬的先生，好運成雙。我們不僅找到了卡拉卡土克胡桃，您相不相信，我們也找到了那個咬開它，把恢復公主美貌的果仁呈上去的年輕人？我說的就是您堂兄的兒子！不，我不要睡覺！」他興奮地繼續說，「今晚還要找出這個年輕人的星象！」說著他扯下睡帽，立刻開始觀察。

事實上，堂兄的兒子相貌堂堂，尚未剃鬚，從未穿過靴子，年少時雖然曾在幾個耶誕夜縱情玩樂過，但經過父親悉心調教，現在絕無絲毫輕狂氣息。耶誕節那幾天，他穿著一件紅色鑲金外套，佩一把軍刀，帽子夾在腋下，髮型出色且罩上髮袋。他光鮮亮麗站在父親的攤子前，帶著渾然天成的殷勤，幫年輕女孩咬開胡桃，所以她們管他叫英俊的小胡桃鉗。

隔天早上星象家親熱地摟著化學家的脖子說：「就是他，我們找到他了，找到了。有兩件事不容輕忽，親愛的同事。第一件，您必須幫您優秀的侄兒編一條堅實的木頭辮子，一路連到下顎，這樣才能拉得緊。接下來我們必須前往京城，但絕不走漏我們要把那個咬開卡拉卡土克胡桃的年輕人一起帶走的風聲，因為他有好長一段時間得聽命於我們。我看過星象了，國王咬斷了幾顆牙仍舊一籌莫展，因此允諾將把王國贈與咬開胡桃，並且恢復皮爾麗帕特公主美貌的人。」

寶貝兒子將與皮爾麗帕特公主結婚，並且成為王子和國王，製作娃娃的堂兄滿意得不得了，因此放心地把兒子交給兩位公使。杜賽邁爾為年輕、前程似錦的侄兒安裝上的辮子緊密得恰到好處，讓他可以從容優雅地咬開最堅硬的桃核。

杜賽邁爾與星象家立刻向京城報告找到卡拉卡土克胡桃的消息，京城馬上就公布了若干必要手續，當兩位旅人帶著美容聖品抵達時，許多面容佼好的人士早就到了，其中甚至有王子，都是深信自己有強韌的咬合力，想要破除施加於公主的魔法。

兩位公使再次看見公主時，震驚不亞當年，她小手小腳的身軀幾乎難以撐住畸形的頭，原本就難看的容貌，因嘴邊與下巴上的一圈白棉花鬍子而更加醜陋。一切都和宮廷星象家從星象觀察到的一樣，一個接一個穿普通皮鞋的毛頭小子根本無濟於事，每次有半昏迷的小夥子被召來的牙醫帶走時，總會嘆氣說道：「那胡桃可真硬呀！」

擔心魔法即將應驗的國王許下嫁女兒、送出王國的諾言時，溫柔迷人的年輕人杜賽邁爾去報名，請求准許咬開胡桃。沒有誰能比年輕的杜賽邁爾更討皮爾麗帕特公主歡心；她的小手放在心上，發自內心說：「真希望他就是真正能咬開胡桃，成為我丈夫的人。」

年輕的杜賽邁爾很有禮貌地向國王、王后以及皮爾麗帕特公主致意之後，從禮賓司長手中接下卡拉卡土克胡桃，直接放在牙齒上，拉緊辮子，胡桃的殼喀嚓、喀嚓碎成四塊。他很技巧地把果仁擦乾淨，清掉纖維組織，恭順地屈膝行禮，呈送給公主，然後閉上眼睛倒著走。公主立刻吞下果仁，哇，奇蹟！醜陋的身形消失，站在那裡的是一位天使般美麗的女人，她有白百合的臉蛋，兩頰緋紅，雙眸是晶瑩的蔚藍色，滿頭鬈髮彷彿金線捲出來的。民眾歡呼聲中夾雜著小號與鼓聲，國王及王公大臣單腳跳舞，和皮爾麗帕特誕生時一樣，宮女為王后送上古龍水，因為她高興又陶醉得昏了過去。

年輕的杜賽邁爾尚未走完七步，混亂的場面並未使他亂了方寸，他保持鎮定伸出右腳，準備走第七步，老鼠母后忽然從地板下發出刺耳的嗶嗶嗶、吱吱吱，杜賽邁爾因此想放下腳去踩她，一個顛躓，他險些跌倒。哇，真倒楣！這個年輕人轉瞬間變得像皮爾麗帕特公主之前一樣醜，身體縮成一團，幾乎撐不住肥大、不成形的頭，一雙大凸眼以及打著不可思議大呵欠的嘴。掛在後腦勺的不是辮子，而是一件僵硬如木頭的窄大衣，他還用這件大衣來控制下顎。

鐘錶匠與星象家失了魂似的嚇得不知所以，卻又看到滿身是血的老鼠母后躺在地上打滾。她的壞心眼還是受到了懲罰，因為年輕的杜賽邁爾尖尖的鞋跟狠狠踢中她的脖子，送她上了西天。

老鼠母后瀕死之際發出極其可憐的嗶嗶嗶、吱吱吱：「喔，卡拉卡土克，堅硬的胡桃要害死我了。嘻嘻、噼噼，好啊，小胡桃鉗過不久也會死，戴七頂王冠的小兒子將報復胡桃鉗，為母親好好報仇，向你這個小胡桃鉗報仇。哦，青春健康的生命，我要離你而去，我死得好苦呀！吱吱！」老鼠母后在這聲慘叫中死去，御用暖氣師把她帶走了。

沒人理睬年輕的杜賽邁爾，但公主提醒國王他許下的承諾，於是他立刻下令把年輕的英雄帶過來。這個不幸的人頂著難看的樣貌出現時，公主兩手掩面，大叫：「帶走，把這個面目可憎的胡桃鉗帶走！」內廷大臣按住他小小的肩膀，將他扔出門去。

有人強塞一個胡桃鉗給國王當女婿，對此他怒不可遏，責怪一切均因鐘錶匠與星象家辦事不力而起，便將兩人永遠驅逐出京城。星象家在紐倫堡觀察星象時可沒有看出這一點，但他不遲疑地重新觀察，希望從星星探勘出，年輕的杜賽邁爾雖然其貌不揚，但仍勇於承擔，並且會當上王子與國王。老鼠母后在七個兒子死後所生下的兒子有七個頭，並成為老鼠國的國王，假使年輕的杜賽邁爾能從他手中逃脫；假若有一位女子無視他的畸形依然愛上他，他就能恢復原有的帥氣儀表。紐倫堡耶誕節期間，人們在他父親攤子前看到的年輕的杜賽邁爾固然是胡桃鉗，但也應該是一位王子！

孩子們！這就是硬胡桃的童話，你們現在知道了，人們經常說：「這事真棘手！」以及胡桃鉗長這麼醜的原因了。

州法院顧問講完了故事。瑪莉認為，皮爾麗帕特公主實際上是個沒良心又可惡的東西；弗里茲向她保證，若胡桃鉗本來就是個正派人士，不必與老鼠國王百般周旋，要恢復原有一表人才的相貌應該不難。

叔與侄

我敬愛的讀者與聽眾，如果有人曾被玻璃劃傷過，就會知道那有多疼，而且傷口要很久才會癒合，又有多不舒服。瑪莉在床上躺了差不多一星期，因為她一站起來頭就昏；好不容易復原了，又可以像平常那樣在房間裡開心地蹦蹦跳跳。玻璃櫃裡擺了簇新且亮晶晶的東西，樹木、花朵與房屋，還有閃亮美麗的娃娃，煞是好看。瑪莉在擺設中找到了她親愛的胡桃鉗，他在第二層，露出潔白的牙齒對她微笑。

當她隨興注視她的寶貝時，一陣恐慌突然襲上心頭，但願杜賽邁爾教父說的紛爭，胡桃鉗和老鼠母后及其兒子之間發生過的嫌隙，只是故事而已。現在她曉得，她的胡桃鉗是來自紐倫堡的年輕杜賽邁爾，就是杜賽邁爾教父被老鼠母后施了魔法的可憐侄兒。那位手藝精湛，皮爾麗帕特父親的御用鐘錶匠，準是州法院顧問杜賽邁爾本人，聽故事時瑪莉從頭到尾都這麼認為。

「為什麼你的叔叔沒幫你呢，為什麼他沒幫你？」瑪莉回想起她一旁觀看胡桃鉗王國與王位的戰役，回憶的片段愈來愈清晰，她忍不住抱怨了起來。所有的娃娃難道不歸屬於他，宮廷星象家的預言，亦即年輕的杜賽邁爾將成為娃娃王國的國王，難道不準嗎？

聰明的瑪莉仔細地思前想後，此刻她相信，因為她信任它們有生命力與活動力，胡桃鉗和他的扈從也就真的活著，而且能跑能跳。但事情不是這樣，玻璃櫃裡的東西神情呆滯，一動也不動。瑪莉悄悄離開，放棄了心中的信念，把一切歸咎於老鼠母后以及她那個有七個頭的兒子，他們施的魔法依然有效。

「但是，」她大聲對胡桃鉗說：「親愛的杜賽邁爾先生，既使你身體不能動，或者不能和我說半個字，我仍然知道，你明白我的意思，而且很清楚我很欣賞你：如果你需要支援，別忘了有我。至少我會拜託伯伯，必要時用他精巧的技能助你一臂之力。」

胡桃鉗安安靜靜動也不動，但瑪莉覺得玻璃櫃裡好像傳出一聲微乎其微的嘆息，雖然聽不見，但玻璃很奇妙地有了響聲，聽起來有若一記細微的鐘聲：「小瑪莉，我的守護天使，我將為妳所有，我的瑪莉。」瑪莉隱約感到一股寒意，忍不住打了個寒顫，卻也是一種奇特的愉悅感。

天色漸暗，醫務顧問與杜賽邁爾教父走進來，不一會兒露薏絲就準備好了茶點，一家人圍桌而坐，談天說地好不快活。瑪莉靜靜地把她的小靠背椅挪過來，挨著杜賽邁爾教父的腳邊坐下。大夥兒忽然沉默下來之際，瑪莉睜大她的藍眼睛，定定看著州法院顧問的臉，說：「我現在知道了，親愛的杜賽邁爾教父，我的胡桃鉗是你的姪子，他就是來自紐倫堡的年輕杜賽邁爾；他當上了王子，或者更上層樓成為國王。你的旅伴，那個星象家的預言都應驗了；還有你心裡明白，他與老鼠母后的兒子，那個醜陋的老鼠國王正在打仗。你為什麼不幫幫他呢？」

瑪莉把她親眼看見的那場戰役從頭到尾說了一遍，媽媽和露薏絲不時笑出聲音，打斷她的敘述，只有弗里茲和杜賽邁爾認真聆聽。

「這女孩的腦袋瓜裡從哪裡裝來這些故事啊？」醫務顧問說。

「哎呀，」媽媽回答，「她想像力豐富嘛，其實只是作夢，嚴重的創傷熱引起的。」

弗里茲說：「這都不是真的，我穿紅色制服的輕騎兵才不膽怯呢，天啊，不然，老天作證，我會消滅他們。」

笑得詭異的杜賽邁爾教父把小瑪莉抱到腿上，非常溫和地說：「喂，親愛的瑪莉，老天賞賜給妳的，比我和我們所有人都多得多，就像一生下來就是公主的皮爾麗帕特，妳統治著一個美麗、閃閃發亮的王國。但是，如果妳太關心可憐畸形的胡桃鉗的話，會受很多罪，因為老鼠國王會追殺他到天涯海角。不是我，是妳，妳一個人就能救他，所以妳要堅強、忠誠。」

瑪莉和其他人都不確定杜賽邁爾這番話的真正意思，醫務顧問尤其覺得莫名其妙，以至於量了一下州法院顧問的脈搏，然後說：「可敬的朋友，大量血液流向你的腦袋，我開一些藥給你。」只有醫務顧問夫人不慌不忙地搖搖頭，輕輕地說：「我猜得出來州法院顧問的意思，但我一時也說不清楚。」

勝利

那個月光皎潔的夜晚，房間角落傳出一陣奇怪的乒乒乓乓，瑪莉一下子就被吵醒了，聽起來像小石頭扔來扔去，滾來滾去，咚咚、咚咚。「哇，是老鼠，老鼠又來了，」瑪莉嚇得想叫醒媽媽，但聲音卡住了，而且無法移動四肢，她看見老鼠國王從一個牆洞爬出來，睜著閃爍的眼睛，戴著王冠在房間裡跑來跑去，然後猛然跳上緊貼著瑪莉床鋪的小桌子。

「嗨、嗨、嗨，小東西，給我妳的甜豌豆，妳的杏仁泥，否則我咬壞妳的胡桃鉗，妳的胡桃鉗！」老鼠國王邊說邊吹口哨，參差不齊的黃板牙嘖嘖嘖，砸巴砸巴，然後非常快速地鑽回牆洞裡去。這恐怖的一幕讓瑪莉很害怕，第二天她面無血色，心情激動，幾乎說不出話來。她有好多次想跟媽媽、露薏絲，或者至少跟弗里茲埋怨自己看到的景象，但她又想：「誰會相信我說的，他們會不會大大地嘲笑我呢？」然而有一點她很清楚，想救胡桃鉗，她就得準備甜豌豆和杏仁泥。她收藏了一些，隔天晚上便放在櫃子邊上。

到了早上，醫務顧問夫人說：「我不知道我們的房子裡打哪裡來的老鼠，瞧瞧，可憐的瑪莉！牠們把妳的甜點都吃光了。」確實如此，嘴饞的老鼠國王不喜歡有餡的杏仁泥，所以只用利牙啃了一下，大多丟棄了。

瑪莉雖然沒有甜點可吃，心裡卻很高興，因為她相信自己救了胡桃鉗。但接下來的這天夜裡，她覺得耳邊又有口哨與吱吱叫的聲音，老鼠國王又來了，比前一晚更恐怖，牠的兩眼閃閃爍爍，齒縫間吹著口哨。「把妳的糖娃娃，妳的糖膠娃娃給我，小東西，不然我就咬壞妳的胡桃鉗，妳的胡桃鉗。」說完，可憎的老鼠國王又跳走了。

瑪莉悶悶不樂，隔天早上她來到玻璃櫃前，憂傷地看著她的糖果娃娃和糖膠娃娃。她煩惱是有道理的，因為你不會相信，我全神貫注的聽眾瑪莉！小瑪莉史塔包曼用糖或糖膠做的小玩偶有多可愛。一位非常英俊的牧羊人與他的牧羊女的一大群牛奶般潔白的羊兒正在吃草，一條興致高昂的小狗蹦蹦跳跳，兩位手上拿著信件的郵差走過來，四對才子佳人，穿戴乾淨整齊的年輕人與精心打扮的女孩在一座俄國盪鞦韆上盪來盪去。種紅花百里香的佃農與聖女貞德站在一位舞者後面，瑪莉不太喜歡他倆；一個臉頰紅通通的小孩站在小角落裡，他是瑪莉的寶貝，小瑪莉淚如泉湧。

「唉，」說著她轉向胡桃鉗，「親愛的杜賽邁爾先生，為了救你，我什麼都願意做。但是好難呀！」

胡桃鉗泫然欲泣，他所在的位置較高，所以瑪莉還以為是老鼠國王的七個咽喉都張開了，打算吞噬這個不幸的少年，於是她決定傾其所有。到了晚上，她把所有糖果小娃娃放在櫃子邊上，像她之前放甜食那樣。她親吻牧羊人、牧羊女、小羊，然後拿出角落裡那個臉頰紅通通的糖膠小男孩，她的寶貝，放在最後面；種紅花百里香的佃農與聖女貞德放在第一排。

「太過分了，」醫務顧問夫人在隔日清晨說，「一定有一隻碩大可恨的老鼠住在玻璃櫃裡面，因為所有的糖果娃娃都被啃過，咬碎了，可憐的瑪莉。」瑪莉忍不住流了幾滴眼淚，但旋即恢復笑容，因為她想：「這樣才能救胡桃鉗。」媽媽晚上跟州法院顧問說起這樁胡作非為時，醫務顧問表示，是孩子們玻璃櫃裡的一隻老鼠幹的。「真是太可惡了，我們連一隻搗蛋的老鼠都消滅不了，牠在玻璃櫃裡專幹壞事，把瑪莉的甜食吃光光。」

「喂，」弗里茲開心地插嘴：「樓下的麵包師認識一位傑出、有霹靂手段的公使館參贊，我要請他過來，他很快就會讓這件事劃下句點，咬下老鼠的頭，咬老鼠母后或者咬她的兒子老鼠國王都好。」

「還有，」醫務顧問夫人笑著說，「牠們在椅子、桌上跳來跳去，打翻玻璃杯與茶杯，製造一大堆玻璃碎片。」

「唉唷，不要啦，」弗里茲回答，「麵包師的公使館參贊是個很聰明的人，我只想像他一樣爬上尖尖的屋頂。」

「貓千萬不能晚上來，」怕貓的露薏絲央求。

「其實，」醫務顧問說，「其實弗里茲說的對，我們可以設一個陷阱。我們沒有嗎？」

「杜賽邁爾教父一定能幫我們做一個很結實的，陷阱就是他發明的，」弗里茲說。大家都笑了，醫務顧問夫人確定家中沒有陷阱，州法院顧問說他有好幾個，一小時後果真就讓人從家中送來幾個非常堅固的陷阱。

這會兒弗里茲與瑪莉覺得，教父說的硬胡桃童話像真的一樣。廚娘煎燻板肉時，瑪莉發著抖，還打著顫，滿腦子都是童話中的奇妙事物，她對熟悉的朵拉說：「王后，您只需要留心老鼠母后和她的家人就好了。」弗里茲抽出軍刀，說：「儘管來吧，我要好好捉弄牠們。」但爐灶上下一片寧靜，州法院顧問用一根細線綁住燻板肉，輕手輕腳地把陷阱放到玻璃櫃旁，弗里茲說：「鐘錶匠教父，小心老鼠國王和你耍花槍。」

可憐的瑪莉是怎麼熬過昨晚的？老鼠國王冰涼的爪子搔著她的手臂，噁心地貼上她的臉頰，在她耳畔吱吱叫。可憎的老鼠國王坐在她的肩頭，七個張開的咽喉裡流出血紅色的口水，咬牙切齒嘎嘎嗟嗟，在嚇個半死的瑪莉耳邊嘶吼：「噓、噓，別進屋，別參加盛宴，不會被逮捕。噓，把妳所有的圖畫書交出來，交出來，還有妳的小洋裝，不然不得安寧。要知道，小胡桃鉗會失蹤，被咬碎。嗨嗨、嗶嗶、吱吱、吱吱！」

瑪莉苦惱得不得了。隔天早晨媽媽說：「可惡的老鼠還沒抓到呢！」害得她臉色蒼白，心慌意亂。媽媽以為瑪莉捨不得那些甜食，並且怕老鼠，因此又加了幾句話：「別擔心，親愛的孩子，我們會把陰險的老鼠趕走。假使陷阱不管用，弗里茲就去請那位有霹靂手段的公使館參贊出馬。」

瑪莉一個人來到客廳，走到玻璃櫃前，抽抽噎噎地對胡桃鉗說：「我親愛的好杜賽邁爾先生啊，我這個手無寸鐵的可憐女孩能幫你做什麼呢？如果我把全部的圖畫書，甚至耶穌聖嬰送我的漂亮新洋裝，都交給可怕的老鼠國王咬碎，他就不會再三要求這個或那個，但我什麼都沒有了，最後他會不會連我也吃掉？喔，我是可憐的小孩，我該怎麼辦？我應該怎麼辦才好？」

小瑪莉哀哀抱怨之際，她注意到胡桃鉗從那天晚上起，脖子上就留下一個很大的血斑。自從瑪莉知道她的胡桃鉗其實就是年輕的杜賽邁爾，州法院顧問的侄子，她就不再抱他了，也不再摟他親他，由於害羞一點都不想碰他一下；現在她小心翼翼地把他從架子上拿下來，用手帕擦掉他脖子上的血斑。她突然覺得小胡桃鉗在她手上有了溫度，還動了起來。

她很快把他放回架子上，他的小嘴因而晃來晃去，小胡桃鉗費勁地低聲說：「嘿，尊敬的史塔包曼小姐，卓越的朋友，我要如何答謝您所做的一切？不，您不應為了我而放棄所有的圖畫書，以及耶誕禮物小洋裝。您只需要找來一把劍，一把劍，剩下的我負責，如果牠……」胡桃鉗說到這裡停住了，他第一次表達出內心哀痛的眼睛此刻又變得呆滯，毫無生氣。瑪莉一點也不害怕，反而雀躍非常，因為她現在曉得要用什麼方法營救胡桃鉗，又不必忍痛犧牲任何東西。但是，這時候上哪裡去弄一把劍來呢？

瑪莉決定去找弗里茲商量，等到晚上父母親都出去了，兄妹倆坐在客廳裡的玻璃櫃旁時，她和盤托出胡桃鉗和老鼠國王的事情，以及營救胡桃鉗的最新進展。根據瑪莉的報導，沒有什麼比輕騎兵在戰役中表現差勁更能讓弗里茲深切反省了。他很認真地又問了一次，他的士兵是否真的如此作為，瑪莉向他保證所言不假之後，弗里茲快快走向玻璃櫃，對他的輕騎兵發表了一篇慷慨激昂的演說，並且一個個摘下他們帽子上的部隊標誌，懲罰他們的自私與膽小，同時禁止他們一年內在騎兵隊行軍時吹號角。

他宣布完施行的處置後，再度轉向瑪莉說：「那把軍刀，我可以幫胡桃鉗，因為我昨天讓重騎兵隊的老上校領退休俸退役了，接下來的日子裡，他用不著那把鋒利的軍刀。」剛提到的那位老上校在第三層最後面的角落裡，靠弗里茲發給他的退休俸過日子。他被拿出來，那把很搶眼的銀色軍刀被取下來，掛在胡桃鉗身上。

這天晚上瑪莉因為緊張恐懼而難以入眠，約莫到了半夜時分，她隱隱然聽見客廳有不尋常的聲響，噹啷噹啷、沙沙，忽然一聲「吱」！「老鼠國王！老鼠國王！」瑪莉大叫，嚇得跳下床。四周闃然無聲；但片刻後有人輕輕、很輕的敲門，一個細微但悅耳的聲音說：「最好的史塔包曼小姐，您放心開門，有令人高興的好消息！」

瑪莉認出那是年輕杜賽邁爾的聲音，披上短外套，她迅即打開門。小胡桃鉗站在門外，右手握著那把沾血的劍，左手拿著蠟燭。一看到瑪莉他便屈膝行禮，說：「女士！您是唯一淬鍊我騎士勇氣，賦予我力量，與斗膽譏笑您的狂妄之人奮戰的人。祈願叛徒老鼠國王被打敗倒臥在地，在自己的血泊中翻滾！請您，女士！求您收下我手上的勝利象徵，您忠誠的騎士至死都願效犬馬之勞。」

小胡桃鉗邊說邊取下掛在左手臂上的老鼠國王的七頂金王冠，優雅地一個個拿下來，獻給瑪莉，而她愉快地接下了。然後胡桃鉗站起身來，說：「我最好的史坦包曼小姐，在我戰勝敵人的此刻，我想讓您看一些美好的東西，能否請您跟我走幾步路？拜託，拜託跟我走，最美好的小姐！」

娃娃王國

我相信你們這些孩子會毫不遲疑地和真誠善良，從未有過壞心眼的胡桃鉗一起走。瑪莉之所以跟他走，是因為她很清楚，胡桃鉗對她心存感激，而且她確定他說話算話，將給她看很多美好的東西。她說：「杜賽邁爾先生，我和您一起走，但不能走太遠，也不能停留很久，因為我還沒睡飽呢。」

胡桃鉗回答，「所以我選了一條最近，但不太好走的路。」他邁步向前，瑪莉跟在後頭，直到他在屋內走道上的一個巨大衣櫃前停了下來。瑪莉好驚訝，平常衣櫃的門是關上的，現在卻都打開了，能清楚看見爸爸出遠門時穿的狐皮大衣就掛在最前面。胡桃鉗抓著一條粗繩固定的流蘇，靈活地爬到衣櫃的邊框與花飾上，皮大衣就掛在那裡。胡桃鉗用力拉流蘇的瞬間，從皮大衣的袖子迅速垂吊下一架非常精巧的香柏木梯子。「可敬的小姐，請您儘管向上爬，」胡桃鉗說。

瑪莉依言爬上梯子，才爬到衣袖那裡，一道刺眼的光線照過來，她幾乎看不見衣領，她突然站在一塊飄著香味的草地上，數百萬計的火花如閃閃發亮的寶石射出光芒。「我們在冰糖草地上，」胡桃鉗說，「但馬上就要通過那扇大門了。」

瑪莉這會兒才發覺那扇漂亮的大門，抬眼望去，就位於往前走幾步的草地上。大門是一塊上頭有白色、棕色以及葡萄乾顏色斑點的大理石做成的，當瑪莉走近時，才看出大門由好多烤過的糖霜杏仁與葡萄乾組成，難怪胡桃鉗說，這扇他倆正走過的大門名字就叫「杏仁葡萄乾門」，一般人管它叫「什錦果仁小門」。

建在大門外的樓廳乍看像用麥芽糖製成的，上面有六隻穿紅色短外套的小猴子，正在演奏雄壯的土耳其軍樂，以至於瑪莉不知不覺繼續走，一直走到繽紛的大理石色草地上，原來那是精緻的小糖果，接著再走。過了一會兒，一陣甜滋滋氣味撲鼻而來，味道從小森林飄出來，分別於兩端向上飄。昏暗樹葉中閃爍著亮光，讓人能看清楚染了繽紛色彩的莖上垂掛著金色與銀色果實，還有用緞帶與花束裝飾的枝幹，好似興高采烈的新郎新娘，以及來參加婚禮的開心客人。橘子的香氣如和風，波浪般翻滾過來，樹枝與樹葉沙沙作響，彩金啪噠啪噠、嘎哩嘎啦，聽起來像歡欣鼓舞的音樂，亮晶晶的小燈隨著音樂起舞，跳上跳下。

心醉神迷的瑪莉快樂地說：「啊，這裡好漂亮。」小胡桃鉗說：「我們在耶誕森林裡，好好小姐。」瑪莉接著說：「喔，我能不能多逗留一會兒，這裡實在太美了。」

胡桃鉗拍了拍小手，馬上來了幾位小牧羊人和小牧羊女、男女獵人，他們純白又柔軟，很容易讓人以為他們是純粹的糖，瑪莉隨意在森林內漫步，所以並未注意到他們。他們帶來一張可愛的純金色靠背椅，又放了一個甘草做的白色靠墊，很有禮貌地請瑪莉坐下。她才坐下來，牧羊人與牧羊女便跳起嫵媚的芭蕾舞，獵人端莊地吹笛子，隨即消失在灌木叢裡。

「請原諒，」胡桃鉗說，「請原諒，最可敬的史塔包曼小姐，他們都是我們提偶芭蕾舞團的人，只會重複同樣的動作；獵人的笛子令人昏昏欲睡，欲振乏力，是有原因的。雖然他們鼻子上還掛著耶誕樹上的糖果籃，但是位置太高了！我們要不要繼續散步一會兒呢？」

「但是一切都好美，我都非常喜歡哪！」瑪莉說著站起來，跟著走在前面的胡桃鉗。

他倆沿著一條潺潺的小溪，看來所有舒適宜人的味道都源自這條溪流，香氣充滿了整座森林。

「這是橘子溪，」胡桃鉗對發問的人說，「除了迷人的香味外，無論大小與美麗都不及檸檬汽水河，這兩條河流都匯入杏仁牛奶湖。」

瑪莉很快就聽到一記響亮的劈啪、汩汩聲，寬闊的檸檬汽水河印入眼簾，黃褐色的洶湧波浪好似紅寶石閃動著綠光，滔滔翻滾至灌木林。雄偉的水流搖動出一股提神的沁涼。不遠處有一道褐色水流緩慢地往前，散放出甜甜的香味，兩邊岸上坐著可愛的孩子正在釣魚，過不久他們就要大啖釣上來的小肥魚。

瑪莉走上前，發覺那些魚看起來很像榛子。這條河流再遠一點的地方有一座小巧的整潔村落，房舍、教堂、牧師住宅、穀倉，全部都是深棕色，搭配金色的屋頂，許多牆壁五彩繽紛，彷彿貼滿了蜜餞檸檬皮與杏仁果仁。

「這是薑餅屋，」胡桃鉗說，「在蜂蜜河旁邊，屋裡住著俊男美女，但大部分人因為牙疼而心情鬱悶，所以我們先別進屋吧。」

這時瑪莉瞧見一座小城，城裡有許多色彩鮮艷但透明的房子，非常賞心悅目。胡桃鉗直接走過去，瑪莉聽到一陣快樂的呼嘯，同時看見千百個小人兒，市集上停了許多輛裝了滿滿貨物的車子，等著檢查與卸貨。卸下的貨物中看得出有染了五顏六色的紙，一塊塊巧克力。

「我們在糖果屋這裡，」胡桃鉗說，「紙張國以及巧克力國王的貨品剛好運到了。糖果屋運氣不好，最近遭受蚊子大軍威脅，因此把自己的房子罩起來，再帶著紙張國送的禮物，用巧克力國王運來的工具挖出戰壕。但是，最好的史塔包曼小姐，我們並不會走訪這塊土地上每一座小城與村莊。我們要去首都，去首都！」

胡桃鉗快步向前，好奇不已的瑪莉跟隨他。沒走多久，一陣宜人的玫瑰花香飄來，輕輕發送玫瑰氣息的微光。瑪莉發覺，原來是玫瑰紅的水光反射，在他倆前面潺潺流過的銀紅色水波發出美妙的聲音和曲調，錚錚瑽瑽。這條雅致的水流逐漸形成一座大湖，湖上幾隻頸間有一圈金色羽毛的優雅天鵝在游水，彼此唱和，希望贏得最佳歌曲獎，不時有晶瑩剔透的魚兒浮出玫瑰色的水面，然後又潛入水中，有如在跳一曲滑稽的舞。

「哇，」瑪莉興奮地喊出來，「哇，這就是杜賽邁爾教父曾經想做給我的湖，真的，而我就是那個和可愛天鵝玩親親的女孩。」

小胡桃鉗微笑中帶著強烈的諷刺，瑪莉從未見過他這種表情，胡桃鉗開口說：「伯伯大概永遠也做不出這樣的東西吧；您倒是有可能，親愛的史塔包曼小姐，但我們別為這件事想破頭，我們要坐船渡過玫瑰湖去首都。」

首都

小胡桃鉗再度拍起小手來，玫瑰湖的水聲變大了，波浪拍打得更高，瑪莉發覺遠處駛來一輛色彩斑爛、閃耀燦爛光芒寶石打造成的貝殼車，兩隻金鰭的海豚在拉車，往他們的方向過來。十二個戴小帽的可愛黑人、繫上閃亮的蜂鳥羽毛縫製的小圍裙，跳到岸邊，先後載瑪莉與胡桃鉗輕鬆愜意地滑過波浪，進入車子，然後車子穿行過湖面。瑪莉乘坐貝殼車有玫瑰花香環繞，四周流淌著玫瑰波浪前往目的地，多愉快呀。

兩隻金鰭的海豚仰起鼻孔，向上噴濺水晶般的光芒，然後好似在閃閃發亮的彩虹中往下飛降，降落處有兩個高貴迷人的細小聲音在唱歌：「誰在玫瑰色的湖面上游泳？仙女！小蚊子！噹噹，小魚兒，叮叮，天鵝！唧唧，黃金鳥！嘩啦啦，急湍河流，稍息，清脆的聲音，唱歌、颳風、窺探，小仙女，小仙女被拉過來；玫瑰浪濤，翻來攪去，沖刷、向上沖刷，向上！」

這十二個從後面跳上貝殼車的小黑人好像不太喜歡波光粼粼的合唱，因為他們很用力地搖動手上的陽傘，使得椰棗葉做的陽傘沙沙作響、啪嗞啪嗞。他們腳步蹣跚，以罕見的節奏唱出：「劈啪、喀嗒，劈啪、喀答，上上又下下，黑人輪舞好熱鬧；魚兒稍息，天鵝稍息，貝殼車嘮嘮叨叨，喋喋不休，劈啪、喀答，劈啪、喀答，上上又下下！」

「黑人有趣極了，」胡桃鉗的聲音透露著些微驚喜，「但他們馬上就要把整座湖翻過來。」事實上不一會兒就傳來一種奇妙、讓人神魂顛倒的呼嘯，湖水與空氣為之翻騰起來，這並未引起瑪莉注意，她往發出香味的玫瑰波浪看去，浪花中有個高貴迷人的女孩對她展開笑靨。

「喂，」她開心的呼叫，一邊拍手：「您看，親愛的杜賽邁爾先生！皮爾麗帕特公主就在湖中，她笑得好親切。哦，您瞧瞧，親愛的杜賽邁爾先生！」但是胡桃鉗鬱鬱地嘆了一口氣，說：「噢，最好的史塔包曼小姐，那不是皮爾麗帕特公主，是您，一直都是您，玫瑰浪花中展現微笑的，從頭到尾就都只是您嬌俏的臉蛋。」瑪莉立刻低下頭來，覺得怪不好意思。當下她被貝殼車上的十二個黑人抬起來，帶上陸地。

她被帶到一個比耶誕森林還要漂亮的小灌木林，林子裡的東西都閃閃發亮，讓人讚嘆不已的是掛在樹上的珍貴水果，不僅染上稀有顏色，還發出異香。「我們來到了果醬小樹林，」胡桃鉗說，「但那邊才是首都。」

瑪莉看到了什麼？我要從哪裡開始，才能向你們，親愛的孩子們，描繪瑪莉眼前遼闊的花田後面的城市，那有多富麗堂皇？不僅城牆與塔樓繽紛的顏色惹人注意，建築物外觀亦為世上無雙。屋頂不是尋常的屋頂，而是精巧編織而成的王冠形狀，塔樓也裝飾著小巧五彩的樹葉桂冠。他倆穿過城門時，那扇大門看起來像由一大堆小杏仁餅乾及糖漬水果構成的，穿銀色制服的士兵舉槍致敬，一個穿錦緞睡袍的小人摟住胡桃鉗的脖子，說：「歡迎，最好的王子，歡迎光臨糖果城堡！」

聽到一位優雅的男人稱年輕的杜賽邁爾為王子，瑪莉非常驚訝，現在她又聽到好多細微的聲音，你一言，我一語，其中有歡呼聲，也有笑聲，有嬉戲聲也有歌聲，全都混在一起，她只好問小胡桃鉗，那些聲音有哪些含意？

「最好的史塔包曼小姐，」胡桃鉗回答，「沒什麼特別的含意，糖果城堡有很多居民，很好玩，每天都是這樣，您繼續走就對了。」

他倆才走了幾步，就來到開闊華美的市集廣場。每一間房子周圍都是透雕細工的糖果產品，一條走道堆疊上一條走道，中間立著一個澆上糖汁、高高的年輪蛋糕為方尖柱，年輪蛋糕另有四座人工噴泉環繞，向上噴灑著檸檬汽水以及其他香濃的甜飲料；水池裡聚集了好多甜奶油，可以直接拿調羹舀著吃。然而其中最美好的，莫過於上千位俊秀的小人兒，頭靠著頭擠來擠去，一邊歡呼大笑，互相打趣和唱歌，歡樂的喧鬧聲因而提高了，瑪莉大老遠就聽得見。裝扮漂亮的仕紳淑女、亞美尼亞人和希臘人、猶太人與提洛人、軍官與士兵，傳教士和信徒以及小丑，總之各色人等皆有，就像在世界各地看到的那樣。

一位大人物乘坐轎子經過某個角落，有九十三位王國的文武官員以及七百位奴隸隨行，老百姓四散奔走，為那個角落製造了騷動。超過五百名漁夫聚集在另一個角落列隊遊行；糟糕的是土耳其君主一時興起，騎馬帶領三千位近衛步兵奔馳過市場；祭典暫停，廣大的群眾在軍樂伴奏下唱著歌也來湊熱鬧：「來，感謝強大的太陽，」他們在貌似年輪蛋糕的建築物上翻滾。擠來擠去，撞來撞去，熙熙攘攘，哇啦哇啦！不多久到處都聽得到痛苦的尖叫，因為一位漁夫在推擠時撞到一位僧侶的頭，那位大人物差一點就撞倒一個小丑。

吵鬧聲愈來愈大，大家開始踩到自己的腳，鬥毆起來。那位穿錦緞睡袍、在城門對胡桃鉗行王子致敬禮的男人爬上年輪蛋糕，一記清脆宏亮的鐘聲響起，連敲了三次，大聲呼喚三次「糕點師傅！糕點師傅！糕點師傅！」騷動立刻停息，人人竭盡所能互相奧援，亂了套的遊行隊伍重新整合，大家為灰頭土臉的大人物拍去灰塵，婆羅門扶正了頭，之前的歡樂喧鬧才重新開張。

瑪莉問：「糕點師傅是什麼意思，杜賽邁爾先生？」

胡桃鉗答道：「最好的史塔包曼小姐，在這個地方，糕點師傅指一種未知但極恐怖的威力，人們相信他可以依照自己的意思，把人做成他想要的樣子；他治理這個小而有趣的民族簡直是災禍，人人對他心懷畏懼，怕到只是提一下他的名字，再大的喧囂都會瞬間靜止，剛才市長先生證明了此言不假。每個人心頭掛念的不再是俗世，肋骨被撞還是頭上腫了個包之類的，而是深入了解自己：『人是怎麼一回事？又會變成什麼樣子？』」

突然間，瑪莉站在一座閃爍著玫瑰紅微光，有上百座通風塔樓、燈火通明的城堡前，她實在太驚訝了，忍不住大聲讚嘆。堇、水仙、鬱金香花束處處可見，牆頭上紫羅蘭盛開，刷白的城牆略呈紅色，卻因為花朵濃烈的顏色益發潔白。中間建築物的巨大穹頂，以及塔樓金字塔般的屋頂，似乎撒了千百顆亮晶晶、閃爍著金銀光芒的小星星。胡桃鉗說：「我們現在在杏仁泥城堡前面。」

魔幻宮殿的外觀讓瑪莉忘了自己的存在，但她仍然注意到一座高大的塔樓缺了屋頂，站在肉桂莖鷹架上的小人看似要重新把屋頂蓋起來。沒來得及問胡桃鉗，他已開口說了，「不久前這座華麗的城堡險遭摧毀，幸好沒有全部倒塌。嗜吃甜食的巨人路過此地，三兩下就把塔樓頂咬下來，一轉身又去啃高大的穹頂，糖果市民獻上一整個城區，外加進貢一大片果醬小樹林，讓他吃完後繼續上路。」

這時響起了愉悅溫柔的音樂，城堡的大門打開，走出十二位宮廷侍童，小手上是權充火把的燃燒丁香花莖。他們的頭是一顆珍珠，身體由紅寶石與綠寶石組合而成，純金打造的漂亮小腳邁步向前。四位仕女跟在後面，個頭與瑪莉的克蕾仙差不多，只不過極盡打扮之能事，非常光鮮亮麗，瑪莉立刻認出她們就是公主。她們萬分溫柔地擁抱胡桃鉗，一邊悲喜交加喊道：「哦，我的王子！我最好的王子！哦，我的兄弟！」

胡桃鉗看起來深受感動，快速擦乾不斷流出的眼淚，拉起瑪莉的手，熱情洋溢地說：「這位是瑪莉．史塔包曼小姐，一位非常令人敬重的醫務顧問的女兒，也是我的救命恩人！要不是她及時扔出拖鞋，幫我找來退役老上校的軍刀，我現在會躺在墳墓裡，而且被可恨的老鼠國王咬得體無完膚。喔！這位瑪莉．史塔包曼小姐！她的美貌、善良與才德，難道不和生在王室的皮爾麗帕特公主無分軒輊嗎！不，我要說，不！」

所有的仕女高呼：「不！」摟著瑪莉的脖子哭著說：「喔，您是我們深愛的王子兄弟的尊貴的救命恩人，出類拔萃的史塔包曼小姐！」

仕女們陪伴瑪莉與胡桃鉗走進城堡，進入一間四面牆壁鑲嵌好多五彩晶亮水晶的大廳，所有的家具擺設中，瑪莉最喜歡四周放置的可愛小椅子、桌子、五斗櫃、寫字櫃，全都是香柏木或巴西木，並且撒上金色花朵製作完成的。公主們力勸瑪莉和胡桃鉗坐下，又說她們想自己下廚，於是拿出日本細瓷做的小鍋、小碗、瓢，菜刀與叉子、刨子，帶柄平底鍋以及其他金銀製的廚房用具。接著，她們送來鮮美的水果和甜食，都是瑪莉從未見過的好東西，她雪白的小手開始從最嬌小的器皿取出水果，搗碎香料、研磨糖霜杏仁，簡單說就是忙著幹活，她也看得出來，公主們用起廚具來多麼得心應手，又將端出多麼可口的飯菜。

胡桃鉗姊妹中最標緻的那位似乎猜出瑪莉在想什麼，遞給她一個小小的金色研缽，說：「可愛的朋友，我哥哥忠誠的救命恩人，磨碎一些這個糖罐裡的糖吧！」瑪莉信心滿滿在研缽裡搗將起來，搗磨的聲音好悅耳，像在唱一首優美的小調。同一時刻，胡桃鉗細說從頭，講述他與老鼠國王軍隊那場驚心動魄的戰役，他如何因自己部隊怯戰而備受打擊，而面目可憎的老鼠國王又如何想咬碎他，瑪莉因此不得不犧牲了幾位為他作戰的扈從等等。

他敘述這些的時候，瑪莉覺得他說的話連同她研缽的搗磨聲，愈來愈遙遠，聽不清楚。不多時，她看見銀色的花簇像薄薄的雲霧升起，公主們與宮廷侍童，胡桃鉗及她自己，都在雲霧中泅游。奇特的歌唱與唧唧噥噥清晰可聞，然後往遠方散逸；現在，瑪莉彷佛置身翻起的波浪中，波浪愈打愈高，愈來愈高，愈來愈高，更高、還要再高。

尾聲

噗，呼！瑪莉從好高好高的地方跌下來。這一推好猛！她馬上張開眼睛，她躺在自己的小床上，陽光燦亮，媽媽站在她前面，說：「怎麼有人能睡這麼久，久得錯過早餐！」

你一定注意到了，敬愛的觀眾，瑪莉被她看見的稀罕東西迷得神魂顛倒，最後在杏仁泥城堡的大廳睡著了，黑人或宮廷侍童，甚至公主們也出馬，一起把她送回家裡的床鋪。「喔，媽媽，親愛的媽媽，年輕的杜賽邁爾先生昨天夜裡帶著我到處逛，我看到的東西都好漂亮！」她現在敘述的事情，和我先前講的幾乎一致，媽媽驚訝地看著她。瑪莉敘述完畢時，媽媽說：「妳做了一個好長、好美妙的夢，親愛的瑪莉，但妳要打消所有的念想。」瑪莉非常堅持，她不是在作夢，一切均為親眼所見，媽媽把她領到玻璃櫃那裡，從第三層拿出胡桃鉗，他一直都放在那個地方，說：「妳這個傻氣女孩，居然以為這個紐倫堡的木頭娃娃有生命，還能跑能跳哩！」

「但是，親愛的媽媽，」瑪莉插話說，「我當然知道小胡桃鉗是從紐倫堡來的年輕杜賽邁爾先生，杜賽邁爾教父的侄子。」醫務顧問及其夫人爆發一陣大笑。

「哎呀，」快要哭出來的瑪莉繼續說，「親愛的爸爸，連你也嘲笑我的胡桃鉗！他都說你的好話，我們抵達杏仁泥城堡，他向他的幾位公主姊妹介紹我的時候，他曾說，你是一位令人敬重的醫務顧問！」又是一陣哈哈大笑，露薏絲和弗里茲也跟著笑。瑪莉跑到另一個房間，很快從她的小盒子取出戴七頂王冠的老鼠國王，交給媽媽，並說：「妳看，親愛的媽媽，這是戴七頂王冠的老鼠國王，是年輕杜賽邁爾先生勝利的象徵，他昨天夜裡交給我的。」

醫務顧問夫人好生驚訝，觀看那些用不知名的發亮金屬打造，做工精細的小王冠，實在巧奪天工。醫務顧問也是看了又看，驚嘆連連。爸爸和媽媽很嚴肅地要瑪莉說實話，她哪裡來的這些王冠？她只能把剛才說過的再說一遍，但爸爸嚴厲斥責她，她於是大哭了起來，埋怨說道：「喔，我是可憐的孩子，可憐的孩子！我現在能說什麼？」

這時門開了，州法院顧問走了進來，開口問：「怎麼啦？怎麼啦？我的教女小瑪莉抽抽噎噎哭得好傷心？怎麼啦？怎麼啦？」醫務顧問把事情從頭到尾說一遍，又拿小王冠給他看。州法院顧問一看到小王冠就笑了，說：「鬼扯淡，鬼扯淡，這些是我幾年前戴的懷錶上的裝飾，瑪莉兩歲生日時，我送給了她。你們不記得了嗎？」醫務顧問和他的夫人都不記得了，但瑪莉覺得雙親不再一臉寒霜，於是她跳到教父身上，說：「哎唷，你統統知道，杜賽邁爾教父，你自己說吧，我的胡桃鉗是你的侄兒，來自紐倫堡的年輕杜賽邁爾先生，小王冠是他送我的！」州法院顧問的臉色陰鬱，低聲說：「愚蠢幼稚的鬼扯淡。」

醫務顧問把瑪莉拉到面前，嚴肅地說：「聽著，瑪莉，先把這些幻想和胡鬧擱到一邊，如果妳再說幼稚畸形的胡桃鉗是州法院顧問先生的侄子的話，我不只丟掉胡桃鉗，妳所有的娃娃，克蕾仙小姐也不例外，一律扔出窗外。」

現在，可憐的瑪莉不准談論她心心念念的事情，不然他們會想，瑪莉就是忘不了她遇到的妙不可言的美好事物。可敬的讀者或聽眾弗里茲，即使是你弗里茲·史塔包曼的朋友，當她想要告訴他，她在那個奇蹟王國多麼快樂時，他會立刻轉過身子。有時候他甚至從齒縫擠出一句：「幼稚的笨丫頭！」心地向來善良的他會這樣反應，我也不太敢相信，但是可以確定，他現在不管瑪莉說什麼統統不相信。他於公開檢閱時向受到不公平對待的輕騎兵正式道歉，為他們別上位階更高也更美麗的鵝毛管，做為部隊標誌，並且重新准許他們吹奏土耳其軍樂。現在！我們心知肚明，當醜陋的子彈在輕騎兵紅色的短上衣留下血漬時，他們頓時失去了勇氣！

瑪莉不准再談她的冒險，但奇妙仙女王國的景象排山倒海，襯著迷人好聽的音樂，讓她迷醉；她又冥想了一次深烙腦海中的景象，但她並未像平常那樣嬉戲，反而安靜地坐在那裡，深入自己內心世界。也因此，大家都責備她是個小小夢遊者。

有一天州法院顧問來醫務顧問家修理時鐘，瑪莉坐在玻璃櫃旁又墜入了幻夢。她凝視胡桃鉗，情不自禁脫口而出：「喂，親愛的杜賽邁爾先生，如果您真的活著，我不會像皮爾麗帕特公主那樣鄙棄您，因為您為了我才放棄成為一位英俊的年輕男子！」

當下州法院顧問大叫：「啐，啐，胡說。」同一時刻出現了爆裂聲和一次猛推，瑪莉跌下椅子昏倒了。當她醒過來時，媽媽正忙著照料她，說：「妳怎麼會從椅子上跌下來呢，這麼大的一個人！州法院顧問的姪子從紐倫堡來了，乖乖的唷！」

瑪莉抬眼望過去，州法院顧問又戴上他那頂玻璃纖維假髮，穿他那件黃色外套，露出很滿意的微笑，但他的手牽著一個非常小但長得很好的年輕男子。他的小臉紅潤健康，身穿一件華麗的紅色鑲金外套，配上白綢襪和鞋子，襯衫襞飾上別著一束雅致的花，頭髮精心修剪過，並撲了粉，背後還有一條烏亮的辮子。佩掛的劍上好似鑲嵌著許多閃閃發亮的寶石，夾在手臂下的小帽子是絲絮編織成的。

這個年輕人舉止合宜，因為他帶了好多玩具、美味的杏仁泥，以及老鼠國王咬碎的玩偶給瑪莉，又帶了一把精美的軍刀給弗里茲。餐桌上，這位殷勤的人幫大家咬開胡桃，最堅硬的也難不倒他，他用右手把胡桃送進嘴巴，左手拉緊辮子，喀嚓，胡桃碎成好幾瓣！

瑪莉看到這位年輕彬彬有禮的男士時，兩頰變得緋紅，餐後年輕的杜賽邁爾邀請她去客廳的玻璃櫃時，她的臉更紅了。州法院顧問說：「好好玩，孩子們，我的鐘錶都走得很準，我不反對你們玩在一起。」

年輕的杜賽邁爾與瑪莉來到客廳，那裡只有他們兩個人。他單膝跪下，說：「我最最卓越的史塔包曼小姐，您看看您腳下幸運的杜賽邁爾，您就是在這個地方救了他的命！好心腸的您說過，假如我因為您的緣故而變醜，您絕不會像可怕的皮爾麗帕特公主那樣鄙棄我！我便不再當受輕視的胡桃鉗，恢復了我之前差強人意的樣貌。卓越的小姐，將您珍貴的手交給我，讓我幸福，請與我共同擁有王國與王冠，與我一起治理杏仁泥城堡，我正是那裡的國王！」

瑪莉拉起這個年輕人，輕聲說：「親愛的杜賽邁爾先生！您是溫柔敦厚的好人，因為您還治理一塊錦繡大地與漂亮風趣的人民，我接受您為我的新郎！」瑪莉於是成為杜賽邁爾的新娘。

一年之後，如同人們盛傳的那樣，一輛由金色和銀色駿馬拉的馬車把她接走了。婚禮上有二十二萬個戴著晶瑩的珍珠與鑽石的人跳舞，瑪莉成為一個國家的王后，這塊國土上處處可見發亮的耶誕森林，透明的杏仁泥城堡，簡單說來，只要有心，便一切盡收眼底。（一八一六）

睡魔

Der Sandmann

納坦尼爾寫給洛塔的信

好長一段日子沒有寫信了，想必你們都為我擔心，母親更是不滿，克拉拉大概以為我在這裡過著無憂無慮的生活，以至於忘了她，我可愛的天使。她深深烙印在我心中，銘刻在我的感知中，真的。我沒有忘了你們，每天無時無刻不想著你們，我可愛的小克拉拉在我甜美的夢中出現時，模樣討人喜愛，她的明眸對我展開迷人的微笑；如果我回到你們身邊，她一定也會用笑臉迎接我。

唉，心神不寧讓我無法正常思考，我又怎麼能寫信給你們呢！我遇到可怕的事！可憎、威脅我命運的幽深預感如同烏雲籠罩我，溫暖的陽光無法穿透雲層照進來。現在我應該要告訴你，我到底發生了什麼事，我非說不可，這我明白，但光是這麼想，我自己就像傻瓜似的大笑起來。

哎，我親愛的洛塔！我要如何開始，才能讓你稍微感受到，我前幾天遇到足以摧毀我人生的事情呢？如果你在這裡就能親眼看見了；但現在你一定把我當成荒唐的通靈人。總之，那個遭遇讓人不舒服，我努力要避開它留下的不好回憶，但我辦不到。

幾天前，就是十月三十日那天中午十二點，一個賣氣壓計的商人走進我的房間，向我兜售他的商品。我什麼也沒買，甚至威脅要把他扔下樓梯，不過他自己滾了。

你已經感覺到了，只有非常特殊，深植我生命的關係，能賦予這樁意外一種含義；而且那個倒楣的商人肯定對我產生非常不良的影響。事實的確如此。我竭盡全力定下心來，好好向你敘述我的少年時光，盡可能詳細，用清楚的畫面讓你一目了然。打算動筆之際，似乎聽到你的笑聲，還有克拉拉在說：「都是些挺幼稚的行為！」笑吧，我拜託你們，好好嘲笑我吧！我真的拜託你們！但是，老天爺啊！我的毛髮全豎起來了，好像我懇求你們大聲嘲笑我，就像法蘭茲．摩爾對待丹尼爾那樣。[1]好，現在進入主題！

白天除了午餐時分，我和手足們很少見到父親，他要忙的事情實在不少。我們家的習慣是晚上七點開飯，晚餐過後，我們都來到他的書房，母親帶著我們圍著一張圓桌而坐。父親抽菸斗，再喝上一大杯啤酒。他經常講許多精采故事給我們聽，說到忘情處顧不上抽菸，菸斗往往熄了。這時我就得遞上著火的紙重新點菸，我非常喜歡這個差事。他常把圖畫書交到我們手上，然後一語不發坐在有靠背的椅子上，直視前方，噴出濃濃的煙霧，我們因此有在雲霧中游泳的錯覺。

1　席勒劇作《群盜》（*Die Räuber*）中的人物，主人法蘭茲要求僕人丹尼爾恣意嘲笑他，以便嚇退他充滿罪惡感的惡夢。

每逢這樣的晚上，母親總是很悲傷，等不及鐘敲九下就說：「好吧，孩子們！上床！上床！睡魔來囉，我已經看到他了。」我每次都真的聽到樓梯上有沉甸甸的腳步聲，慢慢地爬上來，想必就是睡魔。有一次，那沉重的腳步聲特別讓我害怕，母親帶我們回房間，我問她：「媽媽！討厭的睡魔，每次都把我們從爸爸身邊趕走，他到底是誰呀？他長什麼樣子？」

「我的寶貝孩子，根本沒有睡魔，」母親回答，「我說睡魔來了，只是想說，你們睏了，眼睛都快睜不開了，好像有人撒了一把沙子到你們眼睛裡。」

母親的回答並不能滿足我的好奇心，我幼小的心靈只有一個清楚的想法，那就是母親否認有睡魔，為的是不讓我們怕他，但我天天都聽到他爬上樓梯來的聲音。我太好奇了，想要進一步了解睡魔和小孩的關係，我去問了照顧我最小妹妹的那個老太太：「阿姨，睡魔是個什麼樣的人呀！」

她答道：「你還不知道嗎？那是個很陰險的男人，若是小孩不想上床睡覺，他就去找他們，撒一把沙子到他們的眼睛裡，等到他們滿臉鮮血抱著頭跳出來，他就把這些小孩丟進袋子裡，趁著月黑風高帶去給他自己的小孩當糧食。他的小孩坐在巢裡，有像貓頭鷹一樣彎彎的鳥喙，剛好用來啄不乖人類小孩的眼睛。」

這讓我心中的睡魔形象恐怖又可憎，晚上他踏著重重步伐登上樓梯時，我總是驚恐得發抖，流著淚口齒不清地喊：「睡魔！睡魔！」母親聽懂我的意思。然後我跑到臥室，一整夜都被睡魔可怕的樣子嚇得不敢闔眼。

等到我長得夠大，關於睡魔和他月黑風高之時送糧食給小孩，以及那位保母告訴過我的事情，我終於明白不盡然是真的。然而睡魔之於我，始終是個可怕的鬼怪，每當我聽到他登上樓梯，聽到他用力打開父親的房門然後走進去的聲音時，恐懼便席捲我。有時他好長一段時間不曾出現，然後是更頻繁也更密集的光臨。好多年過去，我依舊怕這個陰森森的鬼，在我心中，恐怖睡魔的慘白樣子無與倫比。

我開始幻想他與父親相處會是怎樣的情形，愈想愈多，欲罷不能。我太害羞了，不敢向父親打聽，但一年一年過去，我愈來愈有興趣，想靠自己，憑一己之力研究這個祕密，瞧瞧這個神奇的睡魔。睡魔把我帶往美妙與冒險的路，在我還小的時候就打下了根基。我最愛聽也愛閱讀小精靈、巫婆、拇指仙童之類的故事，但睡魔始終位居首位，在桌上、櫃子上及牆壁上畫下這號奇特且令人畏懼的人物。

十歲那年，母親要我從兒童臥室搬到一個很小的房間，小房間在走道上，離父親的書房很近。那時我們仍然要在鐘敲九下，那個不明物體有點動靜的時候，趕快回房安歇。我在自己的小房間裡聽到他走進父親的書房，很快也會來到我房內，整棟屋子在此時瀰漫著一股聞起來很特別的煙霧。好奇心壯大了我的膽子，說什麼也要認識認識睡魔。只要母親一走，我就快快從小房間跑到走道上，但我什麼也沒聽到，每次到了應該看得見他的地方，他已經開門走進去了。我內心的渴望如此強大難以抵拒，我於是決定躲在父親的書房等候睡魔。

一天晚上，父親沉默不語，母親神情憂傷，我猜想睡魔要來了。我假裝很累的樣子，九點前就離開書房，躲在緊挨著門的一個隱密角落裡。大門咿咿呀呀，他走過走道，踏著緩慢沉重、咚咚咚的步伐上樓。母親帶著弟妹們從我旁邊匆匆走過。我輕輕、輕輕地打開父親書房的門，他和平常一樣背對著門坐著，沉默、凝視前方，沒注意到我。我很快進去，走到拉起來的窗簾後面，窗簾靠門很近，旁邊是一個打開的櫃子，裡面掛滿父親的衣服。腳步聲愈來愈清楚，外頭有怪異的咳嗽、清嗓子、低吼的聲音。我既害怕又期待，心怦怦地跳。

門口，就在門口響起了清楚的腳步聲，把手猛然一轉，匡噹，門開了！我鼓足勇氣，小心翼翼往前看。睡魔站在房中央，就在我父親面前，明亮的燈影照在他的臉上！這位睡魔，這個可怕的睡魔，是有時候來我們家吃午餐的老律師柯沛流斯！

就算是最醜陋的人，也不會像柯沛流斯這樣讓我如此驚嚇。你想像一個肩膀很寬的男人，頂著一個不成形的大頭，一張泥土色的臉，濃密的灰白眉毛下是一雙閃著綠光、凸起來貓眼，嘴唇上方的鼻子伸得很高。那張歪嘴經常扭曲成一抹譏諷的微笑，臉頰上有幾個明顯的深紅色斑點，咬緊的牙關迸出怪異的嘶嘶聲。柯沛流斯每次出現，總是穿一件剪裁過時的灰色外套，一件同款背心，以及同色的長褲，再配上黑色長襪和鑲上小寶石釦的鞋子。那頂小小的假髮連頭頂都快要罩不住，大片的通紅耳朵上聳立著鬈髮貼片，寬大的髮袋僵硬地掛在後頸，露出了有褶襯領上的銀釦。

他整個人就是格格不入，令人厭憎。但對我們小孩來說，最可怕的莫過於他有很多疤、很多毛的拳頭，以至於凡是他碰過的東西，我們一概敬謝不敏。這些他都看在眼裡，每當母親悄悄在盤子裡放一小塊蛋糕，或者一顆香甜的水果，本來要給我們吃的，他便藉故這個或那個，譬如說，故意摸蛋糕一下。這樣一來，我們只能眼中含淚，由於厭惡和反感，再也不想吃那些應該帶給我們歡欣的東西。他樂此不疲啊。逢年過節，父親為我們倒一小杯甜酒的時候，他也用同樣的手法逗我們。他不是很快把手伸過來，就是把酒杯拿到他藍色的嘴唇邊，當我們只能用輕聲啜泣表達憤怒時，他便誇張殘忍地大笑。

他通常管我們叫小獸，有他在的地方，我們一律不准出聲，私底下紛紛詛咒這個醜陋、不懷好意、處心積慮敗壞我們興致的男人。母親似乎和我們一樣痛恨可惡的柯沛流斯，他的表現把她興高采烈、開朗自在的本質轉變為悲傷、陰暗的嚴肅。父親在他面前總是唯唯諾諾，彷彿他高人一等，誰都要包容他的壞脾氣，無論發生什麼事仍舊一副心情愉快的樣子。若是有意見，父親只能輕聲暗示，而且要烹調他最愛吃的菜，招待他喝珍藏的葡萄酒。

現在我看到柯沛流斯，心裡立刻湧現厭惡與驚嚇，除了他，有誰更有資格當睡魔！但是對我而言，睡魔不再是保母講的童話中，月黑風高晚上把小孩眼睛送到貓頭鷹巢穴，當作他孩子食物的鬼怪。不！他是個醜陋、陰森恐怖的惡棍，所到之處無不引起悲嘆，困苦，帶來一時或永遠的破壞。

我像是著了魔，心裡很明白，冒險的結果將是受到嚴重的處罰。我站著不動，頭伸出窗簾外偷聽。父親鄭重地迎接柯沛流斯，「開始上工吧！」後者沙啞、嗡嗡嗡的聲音喊著，同時脫下外套；父親板著臉沉默地脫下睡袍，然後兩人換上黑色的長罩衫。

他們從哪裡拿出這兩件罩衫的，我不得而知。父親打開一個嵌入式櫃子的雙扇門；我一直以為那是嵌入式的櫃子，其實不然，現在我看到了，那更像一個黑色的洞穴，裡頭有一個小型爐灶。柯沛流斯走進去，藍色火焰在爐灶上冉冉升起。到處都是怪裡怪氣的器材。

天啊！我的老父此刻彎下腰對著那團火，他看起來像換了一個人。他溫和真誠的五官因為抽搐、疼痛而扭曲，變成醜陋、令人厭惡的一張鬼臉；這時他和柯沛流斯的外表十分相似。柯沛流斯揮動著火紅的鉗子，從濃煙中取出一大團閃亮的東西，立刻勤快地捶打起來。我覺得四周都是看得一清二楚的人臉，但沒有眼睛，恐怖的深黑洞穴取代了眼睛。

「拿眼睛來，拿眼睛來！」柯沛流斯低聲喃喃說道。極度震驚的我尖叫起來，從躲藏處跌出，摔在地板上。柯沛流斯一把抓住我，「小獸！小獸！」他咬牙切齒咒罵！放開我後又把我扔在爐灶上，眼看火就要燒焦我的頭髮。

「現在我們有眼睛了，眼睛！一對漂亮的小孩眼睛。」柯沛流斯喃喃自語，伸出拳頭從火焰中拿出燒紅的穀粒，想撒到我的眼睛裡。父親哀求地舉起雙手大叫：「大師！大師！讓我的納坦尼爾保留眼睛！保留他的眼睛！」

柯沛流斯大笑不止，聲音刺耳極了，他說：「他可以保有他的眼睛，然後忍受命運加諸他身上的痛苦；現在我們來仔細觀察一下他的手和腳的結構吧。」

接下來他用力抓住我，力氣之大使得我的關節咯吱作響，他擰下我的手和腳，一會兒裝進這裡，一會兒嵌入那裡。「哪裡都不適合！還是原來的好！老頭早就知道！」柯沛流斯自顧自嘀嘀咕咕；我眼前一片漆黑，一陣突如其來的痙攣掠過我的神經與骨頭，我失去了知覺。

一陣溫柔溫暖的氣息吹拂上我的臉，我彷彿從睡死狀態甦醒過來，母親俯身對著我。「睡魔還在嗎？」我吞吞吐吐問。「不在，寶貝，他早就走了，他不能對你怎麼樣了！」母親這麼說，又親又摟重回她懷抱的寶貝孩子。

我怎麼能讓你打瞌睡呢，親愛的洛塔！還有好多要說，我怎麼能這樣無邊無際描寫細節！夠了！我偷聽時被人發現，遭到柯沛流斯虐待，害怕與驚嚇使得我發高燒，臥病在床好幾個星期。「睡魔還在嗎？」是我神智清楚後說的第一句話，是我邁向康復以及得救的跡象。我還要和你說一說我青少年時最嚇人的一瞬間，然後你就會相信，如果我這會兒看什麼都模糊一片，並非我的眼睛不好，而是一次幽暗的厄運真的為我的人生罩上晦暗的雲層，而我大概要拚了命才能掙脫。

柯沛流斯從此再也沒有消息，他搬離了這座城市。

一年之後的某天晚上，我們一如既往按慣例圍圓桌而坐，父親心情很好，說了許多他年輕時旅途上碰到的有趣事情。鐘敲九下時，我們聽到門樞咿呀作響，緩慢沉重的腳步穿過大門登上樓梯，咚咚、咚咚。

「柯沛流斯！」母親臉色發白說。

「對！是柯沛流斯。」父親虛弱斷續的聲音重複了一遍。

母親的眼淚奪眶而出，「爸爸、爸爸！非這樣不可嗎？」

他回答：「最後一次！他最後一次來找我，我向妳保證。去吧，把小孩都帶走！走吧，上床睡覺去！晚安！」

好像有人把我塞進一塊冰冷的巨石，我無法呼吸！我一動也不動站在那裡時，母親抓起我的手臂說：「走，納坦尼爾，走啊！」我任由她拖著我走，進入自己的房間。「安靜、安靜，躺到床上去！睡吧，睡吧。」母親對著我說。但我心中有股無法形容的恐懼及不安，把我折騰得無法闔眼。可恨的柯沛流斯兩眼發光站在我前面，不斷譏笑我，我試著驅走他，但就是辦不到。

忽然傳來驚天動地的巨響，好像一枚砲彈被點燃了那樣，這時應該已是半夜時分了。整棟房子轟隆轟隆，從我房間的門呼嘯而過，大門框啷框啷關上了。

「是柯沛流斯！」我驚愕地大喊，跳下床。傳來刺耳無情的沙啞悲歎，我跑到父親的書房，門是開的，悶熱的煙霧冒出來，女僕大聲尖叫：「哎，先生！先生！」我父親躺在地板上，就在冒著煙的爐灶前，毫無生氣，燒黑的臉扭曲得厲害，弟妹們圍著他哀哀哭泣，一旁是昏厥過去的母親！

「柯沛流斯，邪惡的魔鬼，你殺死了我父親！」我高聲呼喊，失去了知覺。兩天後，人們將我父親放進棺槨時，他的輪廓恢復了溫和寧靜，像他活著時一樣。我心中略感安慰，他與卑劣的柯沛流斯志同道合，幸而沒有墮落為永遠的沉淪。

爆炸聲把鄰居吵醒了，這樁意外流傳出去，到了法庭時，柯沛流斯被傳喚，要求他負起責任。但他無聲無息就地消失。

我親愛的朋友！如果我現在告訴你，那個賣氣壓計的商人就是可恨的柯沛流斯，你可別責怪我，暗指那個怪裡怪氣的形體帶來嚴重的災禍。他的穿戴不同，而且柯沛流斯的五官深深烙印在我的腦海中，以至於不太可能認錯人。尤其是柯沛流斯從不曾改名換姓，我聽說，他在此地冒充來自皮埃蒙特的機械師，自稱朱塞佩．柯波拉。

我決定與他一較高下，為父親之死報仇，該來的就讓它來吧。

別告訴母親這個醜陋的惡魔出現了。

幫我問候我親愛迷人的克拉拉，等我心情寧靜些再寫信給她。保重。

克拉拉寫給納坦尼爾的信

你確實好久沒寫信給我了，但我相信你心裡想著我，猜想你非常懷念我，才會把上一封應該寄給我哥哥洛塔的信封上寫我的名字。我高興地拆開信，一開始就被這些字給弄糊塗了：「我親愛的洛塔！」我應當中斷讀信，把信交給哥哥才對。但你不也偶爾責備我愛開孩子氣的玩笑，說我該有女性安靜思索的性情，但是我不是那種覺得房子有倒塌之虞，趕緊逃走之前胡亂抓窗簾一把滑過去的女人，否則我不會對你來信的開頭感到震驚。

我幾乎無法呼吸，眼前有光點在閃爍。哦，我親愛的納坦尼爾！你碰到多可怕的事情！和你分手，永遠不再和你見面，這個想法像一把燒紅的匕首刺穿我的胸膛。我讀了一遍又一遍！你描寫的柯沛流斯醜陋，令人厭惡至極。直到此刻我才獲悉，你善良老父之死充滿了驚駭與暴力。我把信交給原收信人洛塔哥哥，他試著安撫我，但成效不大。你信中那個討厭的氣壓計商人朱塞佩．柯波拉在我心中留下印象，我到哪裡都有他的影子；要我承認，他破壞了我香甜睡夢中各種美妙的夢境，我簡直感到羞愧。但過不多久，才隔一天，我心裡想的又不是那樣了。我最親愛的，你預感柯沛流斯恐怕會做些對你不利的事情，我很難理解為什麼，洛塔大概會告訴你，我不受影響，心情依舊愉快，和往常一樣無拘無束。

我不拐彎抹角，想直接告訴你，你敘述的可怕事情只在你的內心上演，與真實的外在世界少有關聯。年老的柯沛流斯或許十分令人厭憎，他不喜歡小孩，所以造成你們小孩對他深惡痛絕。

很自然的，你童稚的心靈把無稽之談中的恐怖睡魔與年老的柯沛流斯連結在一起，即使你並不相信有睡魔，這個小孩眼中鬼魅、危險的惡魔。至於令尊深夜裡鬼鬼祟祟的行動，除了他倆悄悄在做煉金術實驗之外，不可能有別的名目。令堂不滿意，那是因為做實驗浪擲大把鈔票。此外，進行這類實驗經常會碰到的情況是，父親心情好壞全然取決於追求高度智慧的虛假慾望，造成家人疏離。令尊是因為不夠謹慎而致死，與柯沛流斯無關：你相信嗎？

昨天我問了經驗豐富的鄰居，一位藥劑師，做這類化學實驗時有沒有可能爆炸瞬間讓人喪命？他說「極有可能呢」，然後鉅細靡遺、稍嫌瑣碎地向我描述爆炸的可能，提了好多聽起來很特別的名字，我記都記不得。現在你一定對你的克拉拉心生不滿，你會說：「人們經常用隱密的方式擁抱神祕事物，性情冷靜的人不會覺得那有吸引力；她像天真的孩子一樣，只看得見世界多彩的表面，為了金光閃閃，但果肉裡藏有致命毒藥的水果樂開懷。」

我親愛的納坦尼爾！你難道不相信，即使個性開朗，無拘無束，沒有煩憂的人，也會感受到有一股與我們敵對，破壞我們自我的陰暗力量？如果我這個單純的女孩向你表明，我心中對這些論戰究竟有何看法，請務必原諒我不知自制。說到最後我辭窮了，而你會笑我，倒不是因為我的想法愚昧，而是因為我表達得不夠精妙。

有沒有一種惡意又奸詐的陰暗力量，在我們心中埋設了一個線索，將我們緊緊攫住，帶我們走上危機四伏且道德敗壞的路，一條我們其實不該走的路。有這樣的一種力量，它應該就在我們體內，如同我們形塑自己般，變成了我們的自我；因為不如此，我們就不會相信它，更不會為它騰挪出它需要的空間，俾便完成它那機密的作品。

要辨識出陌生、惡意的影響，鎮定地走上因傾向與職業將我們推進的道路，我們必須擁有堅定的感知能力，而愉快的生活足以壯大這種能力，一旦形塑倒影的努力宣告失敗，這股陰森力量便會沉沒。洛塔補充說，我們無疑自願把自己交給這種陰暗的心理力量，它經常把陌生人物引進內心，讓我們與外在世界不期而遇，以至於當我們因其花言巧語而相信的魔鬼一經激發，魔鬼便從那個形象的立場發言。它就是我們私心的幻象，諸如此類幻象以及它對我們性情產生的重大影響，不是將我們帶進地獄，就是讓我們感到如在天堂的狂喜。

你注意到了，我親愛的納坦尼爾！我和洛塔哥哥說出心底對陰暗力量與暴力的看法，我花了些功夫把最主要的重點寫下來，現在我真的很憂慮。洛塔最後說的話我並不完全明白，我只能想像他的意思，但我覺得一切都很真實。

我請求你，徹底忘了醜陋的柯沛流斯律師，還有那個銷售氣壓計的商人朱塞佩・柯波拉。請相信，那些陌生的人不能拿你怎麼樣；除非你相信他們具有惡意的暴力，他們才會真正與你為敵。若不是你信中每一行字都表露出你情緒激動，你的處境不會讓我如此痛苦，真的，我甚至可以拿睡魔律師和氣壓計商人柯沛流斯開玩笑。

開心起來，開心起來！我打算去探望你，當你的守護天使，假使醜陋的柯波拉想要做什麼，譬如打攪你的好夢，我就大笑把他趕走。我一點都不怕他，無懼他惹人厭的拳頭，以律師為業的他千萬別尋我開心，更不必以睡魔身分挖我的眼珠子。

永遠愛我最心愛的納坦尼爾，好多好多的愛。

納坦尼爾寫給洛塔的信

由於我漫不經心犯了一個錯，使得克拉拉把我寫給你的信拆開讀了一遍，這使我感到不好意思。她寫了一封深度思考過且富含哲理的信來，信中詳盡地引證柯沛流斯和柯波拉只存在我心中，而幻象則是我的私心，一旦我認出了它們，瞬間就會揮發散去。事實上我們根本不該相信，出現在孩童帶著迷人微笑的明亮眼眸中的鬼像一場可愛甜美的夢，甚至可以明白事理、飽讀詩書、卓越不凡。她引述了你的話，你們倆討論了我。你為她上邏輯課，訓練她明察秋毫，學習分辨善惡。

請繼續！順道要指正，氣壓計商人朱塞佩．柯波拉絕對不是老律師柯沛流斯。我去上新來物理教授的課，他和每一位有名的自然科學家一樣姓「史帕蘭札尼」，義大利裔。他認識柯波拉好多年了，從他的口音也聽得出來，他真的是皮蒙特人。柯沛流斯是德國人，但是我認為，他不是真正的德國人。我不能完安心。你和克拉拉總是把我當成憂鬱又愛作夢的人，我的腦海就是擺脫不掉柯沛流斯那張天殺的臉。

史帕蘭札尼告訴我，柯波拉已經離開這座城市了。這位教授脾氣古怪，小個子，圓滾滾的身材，顴骨很高，鼻子很好看，嘴唇噘得高高的，有一對銳利的小眼睛。如果加里歐斯陀[2]隨便出現在哪一本蕭篤維奇[3]畫的袖珍日曆內，你瞧他一眼，就知道他的長相勝過任何描述。史帕蘭札尼就長那樣。

前幾天我爬上樓梯，發覺平日都拉上的窗簾有一條細小的縫，就在靠近玻璃門的地方。我自己都不清楚，我是怎麼好奇地從縫裡望過去。房間裡有一位高䠷苗條、非常勻稱、穿戴美麗的女士坐在一張小桌旁，她的手臂擱在桌上，手指交握。她朝門而坐，所以我很清楚看見她天使般的美麗面孔。她似乎沒注意到我，眼睛無神空洞，我簡直想說，她沒有視力，彷彿她睜著眼睛在睡覺。我覺得毛骨悚然，躡手躡腳走到隔壁的教室。稍後我才曉得，我看到的那個人是史帕蘭札尼的女兒，名喚奧琳琵雅，被他用詭異卑劣的手段關在裡面，沒有人能夠接近她。到最後大家可能會說，她大概有點低能或諸如此類。我為什麼要寫這些給你看呢？說給你聽會比較好，而且詳細多了。

我要你知道，兩星期後我將到府上，我一定要與我甜美可愛的天使，我的克拉拉相見。屆時希望雲消霧散，（我必須承認）我想調整一下那封堪稱災難的信讓我產生的惡劣心情。所以，今天我就不寫信給她了。

衷心問候。

*

就算是杜撰出來的故事，也沒有比年輕大學生納坦尼爾遇到的事情奇特、古怪，好心的讀者！我打算說給你聽的故事，親愛的！你肯定曾經有過這樣的體驗，你的胸膛、感知以及思維滿盈，因而排擠掉了其他東西？你體內正在發酵、沸騰，滾燙發紅之際，血管裡的血液衝上來，染紅了你的雙頰。你的目光如此奇異，好像看見空蕩蕩房間裡面別人看不見的形體，繼而在悠悠嘆息中滔滔不絕。你的朋友於是問你：「尊敬的人，您還好嗎？高貴的人，您怎麼啦？」

現在，你想為內心的形象畫上各種濃烈顏色，加上陰影並打上光，傾吐出來，搜索著字句準備開講。然而，你一副一開始就要把所有遭受過的美妙、華麗、驚異、有趣、恐怖，一語帶過，如同一次悉數擊中的電流。但是，每一個字，說話能達到的力量，你卻覺得呆板、冰冷、沒有生命。你搜索枯腸，結結巴巴，期期艾艾，朋友們拋出的理

2 Alessandro Graf von Cagliostro（1743-1795），義大利著名的煉金術士，登徒子和郎中。歌德一齣喜劇 *Der Groß-Cophta* 即以他為雛形。

3 Daniel Nikolaus Chodowiecki（1726-1801），德國極受歡迎的版畫家、插畫家。

性問題好似寒冷的微風，吹進你熱烈的內心，直至熱情被澆熄。你這才像一位放肆的畫家，以魯莽的筆觸勾勒出你內心圖像的輪廓，輕鬆地塗上愈來愈熾熱的顏色，各式各樣的熱鬧喧騰讓朋友們無限神往，他們看見自己和你一樣，置身於從你的情感迸發出來的圖像之中！

我必須向你坦承，親愛的讀者，事實上，從來沒有人問過我年輕的納坦尼爾的故事。你想必知道，我屬於那種有怪癖的作家，具有如同我前面描寫的心情，好像每一個來到他身邊的人，也包括全世界，都忍不住問一聲：「怎麼回事？親愛的，說來聽聽好嗎？」

我受到強烈的驅使，要把納坦尼爾萬分不幸的一生說給你聽。我的心中滿溢著稀罕的情節，但正因如此，也因為我想立刻贏得你的同情，喔，我的讀者，我絞盡腦汁保持理性，務必使納坦尼爾的故事顯得無比重要、獨特、感動人心，所以我要這樣開始：「從前從前」，每一種敘述最美好的開場！「在一個鄉下小城裡住著……」稍微好一些，至少從很遠的地方開始到漸進表達，或者一開始就用攔腰法：[4]大學生納坦尼爾大叫「滾你的蛋」，狂野眼神中盛滿憤怒與驚愕，當氣壓計商人朱塞佩．柯波拉……」

事實上，當我以為在大學生納坦尼爾狂野的目光中察覺出一些滑稽味道時，我已經寫下來了，但這個故事一點也不歡樂。我想不出任何能映照出內心圖像光彩於千萬分之一的話語，我於是決定根本不動筆。親愛的讀者，我的朋友洛塔向我傾訴的那三封信，請視之為這幅圖像的輪廓，我現在要一邊敘述，一邊努力為這幅圖像添加色彩。也許我能像優秀的肖像畫家那樣，詮釋某些人物時，會讓你即使不看原作，卻有似曾相識之感。是的，就好像你經常親眼瞧見這個人。我的讀者！也許你將會相信，沒有什麼比現實更奇特，而且可以瞭解到，這位詩人不過是模糊暗淡鏡子上幽黯的反射。

因此，一開始需要補綴上那幾封信的後續，故事梗概才比較清晰。納坦尼爾的父親過世後不久，一位遠房親戚，克拉拉和洛塔的父親，也過世了，留下他們兩個孤兒，納坦尼爾的母親好心把兄妹倆接到家裡。克拉拉和納坦尼爾一見鍾情，世上沒有人反對他們走在一起；所以，納坦尼爾離家去G城繼續大學學業時，他倆訂了婚。他現在就在那邊，上一封信裡他提到去上那位著名物理學教授史帕蘭札尼的課。

現在我可以安心進入主題；但此刻克拉拉的模樣活靈活現就在我眼前，而我無法把眼睛移開，每次她展開迷人的微笑凝視我時，我就會這樣。克拉拉不算漂亮，所有透

4 文學與藝術的敘事手法，故事從某個中間點開始闡述，而非最初。

過正式途徑瞭解何謂美貌的人都這麼認為。但建築師讚美她身材勻稱，畫家認為她的頸部、肩膀與胸部塑造得太純潔，因此迷戀上她美麗的金色長髮，並大大夸談了巴托尼[5]的色調。其中一位是如假包換的空想家，把克拉拉的眼睛比喻為范勒伊斯達爾[6]畫筆下的湖，無雲的天空把湖水映照成純粹的天藍色，豐富景致中的森林與花田照耀出繽紛明朗的生命。詩人和畫家更上一層樓，說：「如湖水，如明鏡！」

我們看這個女孩時，可以不迎上她目光中天籟般的歌唱與音色發出的光芒，這樂音進入我們內心，通體因而甦醒，激動不已？我們不也唱著一點也不高明的歌，我們並不堪大用，這一點我們也能清楚地從克拉拉唇上翩動的精緻微笑讀出來，假使我們大膽地唱給她聽，假裝在唱一首歌，不去管每一個音混淆成一團，胡亂蹦跳。真的，克拉拉具有開朗、不受拘束、天真無邪又活潑的幻想力，十足女性溫柔的性情，理解力條理分明又敏銳清晰。欺上瞞下和支支吾吾的人在她面前原形畢露；無須多言，反正克拉拉原本話就不多，她清晰的眼神和一抹隱含譏刺的微笑告訴他們：親愛的朋友！你們怎能指望我把你們心中的陰影當成真實、有生命也有感情的人物呢？

克拉拉因而被許多人譴責，她冷淡，沒有同情心，是個乏味的人。然而，其他領悟出生命深度的人卻非常喜歡這個感情豐富、明理、單純的女孩，但沒有人像潛心鑽研科學和藝術的納坦尼爾這樣愛著她。克拉拉整顆心眷戀著心上人；他第一次離開她身邊時，她的人生首次蒙上了烏雲。納坦尼爾在寫給洛塔的上一封信中預告將返鄉，此刻他走進母親的房間，克拉拉歡天喜地投入他的懷抱。果真如納坦尼爾所想，見到克拉拉的當下，他既未想到柯沛流斯律師，也沒想到克拉拉那封很理智的信，所有的煩悶不快瞬間消失了。

納坦尼爾在信中告訴他朋友，那個面目可憎的氣壓計商人柯波拉闖入他的生活，似為不祥之兆，這一點他說的沒錯。剛回家那幾天，大家都覺得他整個人變了，他陷入昏昧的夢幻中，做一些別人不敢相信他會做的事。生活中大小事情，乃至於生活本身，對他而言都變成夢境與幻想；他反覆提及，但凡自認很自由的人僅能充作陰暗力量恐怖遊戲之用，反抗也沒用，我們必須順從命運的安排。他並且更進一步堅稱，如果我們以為可以從藝術與科學中創造出自發的恣意行為，未免太傻了；因為，創造的熱情並非源於個人內心，而是受到外在獨立存在的較高原則影響。

理性的克拉拉十分厭惡這種不可思議的幻想，但是反駁無用。納坦尼爾卻證明，那

5 Pompeo Girolamo Batoni（1708-1787），義大利畫家。
6 Jacob van Ruisdael（1628/29-1682），荷蘭風景畫畫家。

次他躲在窗簾後面偷聽，剎那間曾感受到柯沛流斯是個陰狠的傢伙，這個可憎的魔鬼將用可怕的方法破壞她的幸福，這時克拉拉變得很嚴肅，說：「納坦尼爾！你是對的，柯沛流斯是個惡毒的陰險傢伙，他會耍可怕的手段或是惡魔的力量，這股邪惡力量清清楚楚闖入生命；但也因為你無法把他這個人從你的感知與思維驅逐出去，才會發生這種事。你相信他有邪惡的力量，是個陰險的傢伙，並且耍手段；因為你相信，所以他才擁有那樣的力量。」

納坦尼爾非常生氣，因為克拉拉認為惡魔只存在他的心中，他想好好談論魔鬼及可怕力量有關的神祕理論，但是克拉拉很不高興地打斷他，隨意插入一些不痛不癢的話，使得納坦尼爾也老大不痛快。他想，冷漠無感的性情與這種高深奧祕不合拍，但他自己不知道，他已經把克拉拉歸類為此種次等屬性，所以他不曾試著向她透露過這些祕密。

隔天早上，克拉拉幫忙準備早餐的時候，他待在她旁邊，為她朗讀各種神祕理論的書，克拉拉忍不住討饒，說：「親愛的納坦尼爾，如果那個陰險的傢伙打算毀了我的咖啡，我能不能怪你呢？因為，如果我如你願，放下手上的工作，在你朗讀時盯著你，爐子上的咖啡就要溢出來啦，然後你們都別想有早餐吃了！」

納坦尼爾用力地闔上書，跑回自己的房間生悶氣。在一般情況下，他很擅長講述他所寫下的優美生動故事，克拉拉聆聽時十分陶醉。現在他的詩歌晦暗、費解、前後矛盾，即使克拉拉客氣地不說，他也能感覺到，她實在興趣缺缺。

能讓克拉拉覺得恨不得死了算了，非無聊莫屬，她的目光和談話洩漏了她感到索然無味。事實上，納坦尼爾的詩歌十分乏味，他愈來愈對克拉拉冷淡、枯燥的性情不滿，克拉拉同樣無法克制自己，納坦尼爾陰暗、晦澀、無聊的神祕主義逐漸激怒了她。兩人於是貌合神離，愈來愈疏離，只是當事人自己尚未察覺。

納坦尼爾不得不承認，醜陋的柯沛流斯在他的幻想中逐漸褪色，每當這號人物以駭人的命運鬼怪之姿出現在他的詩歌中時，他得很費勁才能將他描繪得有聲有色。他終於想到要把柯沛流斯說不定會破壞他幸福的模糊預感當作詩歌題材。他把自己和克拉拉寫進去，在詩歌裡，兩人相愛逾恆，但有時候彷彿有隻黑色的手伸進他倆之間，大肆破壞他倆的樂趣。當他們終於站在結婚聖壇前，嚇人的柯沛流斯現身了，他看見克拉拉迷人的眼睛；她迅速躲到納坦尼爾的懷裡，好像燒焦的火星子紅似血，柯沛流斯抓住納坦尼爾，把他扔進在風暴中飛快旋轉的燃燒火輪，嘶嘶嗖嗖的聲音把他帶走。

狂暴的颶風鞭打冒著泡沫的海浪時有一記怒吼，像狂戰中的黑膚白髮巨人抽搐著突然站起。但他聽到狂吼中有克拉拉的聲音：「你看不見我嗎？柯沛流斯騙了你，在你胸膛中燃燒的不是我的眼睛，是你心臟淌下的灼熱血滴。我的眼睛好端端的，你看看我！」

納坦尼爾心想：是克拉拉，我永遠屬於她。這個想法猛然跑進火輪裡，於是他站著不動，黑色深淵中響起低沉的怒吼。納坦尼爾望進克拉拉的眼睛；與克拉拉的雙眼一起友善地瞧著他的，是死神。

納坦尼爾撰寫這些的時候，心情很平靜，思慮也很周詳，他一字一句斟酌、修飾，他講求格律工整，不做到整篇完美無缺又悅耳絕不罷休。終於完稿時，他大聲朗讀一遍，恐怖與驚駭攫住了他，他大叫：「誰的聲音這麼嚇人？」但片刻之後，他又覺得那是一首寫得很好的詩歌，況且他覺得藉由這首詩，應該可以為克拉拉冷淡的性情加點溫度，雖然他並不很清楚為何克拉拉的性情需要加溫，現在為什麼要用這些恐怖非常、預言他倆幸福將遭命運毀滅的想像讓她擔憂害怕？

他倆，納坦尼爾和克拉拉，坐在母親的小花園內，克拉拉心情很好，因為納坦尼爾過去三天都忙著寫作，沒有拿他的夢境與預感來煩她。納坦尼爾也像平素那樣，開心地說些好玩的事情。克拉拉說：「現在我才覺得你回到我身邊了，你想出方法趕走醜陋的柯沛流斯了嗎？」

納坦尼爾這才想起，他的新作就放在口袋裡，他想朗讀一遍。他立刻抽出稿紙唸起來：克拉拉不用猜都知道，又是不甚有趣的東西，於是她安靜地打起毛線。然而，她的臉色如愈積愈厚的雲層，於是放下手上正在織的襪子，定定的看著納坦尼爾，他繼續朗讀他的文章，內心的熾烈染紅了他的臉頰，眼淚奪眶而出。總算唸完了，極度疲乏的他發出悲吟，握住克拉拉的手，像是絕望中發出的憂傷嘆息：「唉！克拉拉，克拉拉！」

克拉拉溫柔地把他摟過來，輕聲緩慢但堅定地說：「納坦尼爾，我摯愛的納坦尼爾！把那個瘋狂、鬼扯、莫名其妙的童話燒掉。」

納坦尼爾生氣地跳起來，一把推開克拉拉，大喊：「妳這個呆板、該死的機器人！」他跑走了，深感受創的克拉拉流下苦澀的眼淚，心想：「啊，他從來沒愛過我，根本就不懂我。」

她啜泣不止。洛塔走進亭子，克拉拉只好把剛才發生的事情講給他聽。洛塔很疼愛妹妹，她控訴的每一個字，就像火花飛濺在他的心上，以至於他長久以來累積的不滿剎那間爆發為盛怒，因為納坦尼爾老是精神恍惚，愛空想。他跑去找納坦尼爾，責備他態度不佳，對心愛的妹妹說了難聽的話；同樣大發雷霆的納坦尼爾全部反擊回去。一個不切實際、精神錯亂的紈絝子弟，與一個糟糕、平庸的普通人槓上了。這場對決實乃無可避免。

他們決定依照當地學術圈的習俗，第二天早上在花園後面用削尖的護手刺劍決鬥。他倆沉默、臉色陰鬱、靜悄悄地走來走去，克拉拉聽到激烈的爭吵，看到擊劍高手於破曉時分送來護手刺劍。她料到要出事了，當她穿過花園門奔過去時，洛塔和納坦尼爾已經到達決鬥現場，眼中殺氣騰騰，擺出弓步架式，正要刺向對方。

她哭喊著：「你們兩個可怕的野人！互相廝殺之前，先把我捅倒吧！如果我的戀人殺死我的哥哥，或者哥哥殺死了我的戀人，我還能活在這世界上嗎？」

洛塔放下武器，低頭無言盯著地上，納坦尼爾心裡則因肝腸寸斷而重新湧現脈脈情意，一如他在無憂美好的少年時光對克拉拉懷有的情意，殺人武器從他手中掉落，他撲在克拉拉的腳下。「我唯一心愛的克拉拉，妳是否能原諒我？」洛塔被朋友巨大的痛楚感動；和解的三個人淚如雨下，互相擁抱並發誓要互信互愛，再也不分開。

納坦尼爾覺得把他壓倒在地上的重擔從他身上滾落，好似從抵抗那個束縛他、使他的存在受限，並威脅要消滅他的陰暗力量中獲救。他與情投意合的克拉拉又過了三天逍遙日子，然後回到G城，他還要在那裡待一年，學成後就會返鄉定居。

所有和柯沛流斯有關的事情都瞞著母親。因為大家知道，想到這個人時，她一定會傷心難過，她和納坦尼爾一樣，把丈夫的死怪到他身上。

納坦尼爾正打算回到他的公寓，他驚訝地發現整間屋子都燒掉了，瓦礫堆中只剩下光禿禿的防火牆煢煢獨立。火舌從住在樓下的藥劑師實驗室竄出來，房子從樓下往上燒，冷靜硬朗的朋友們及時進入納坦尼爾在樓上的房間，成功搶救了書、手稿以及工具。他們把完好如初的物品搬到另一棟房子，租下其中一個房間，納坦尼爾這會兒立刻住了進去。

他發覺原來自己住在史帕蘭札尼教授的對面時，他並不感到奇怪；他發覺可以從窗戶直接看進奧琳琵雅經常孤單獨坐的房間，以至於能清楚辨識出她的身材，雖然她臉上的五官糊成一片，輪廓不清，他也不感到特別奇怪。他終於注意到，奧琳琵雅經常保持同樣的姿勢坐上好幾個鐘頭，和他之前無意間從玻璃門看到的那次一樣。她坐在一張小桌子旁，什麼也不做，很明顯目不轉睛地往他這裡看過來。他必須承認，他從未見過如此姣好的身材，然而他心裡有克拉拉，根本不在乎僵直呆滯的奧琳琵雅，只是偶爾從正研讀的綱要中抬起頭來，匆匆瞥一眼那幅很像柱子的美人像，僅此而已。

此刻他正在寫信給克拉拉，有人輕輕敲門。他應了一聲之後打開門，柯波拉那張醜臉往門內探進來。納坦尼爾心中震動了一下，想到史帕蘭札尼告訴過他，關於他的同胞柯波拉的種種，同時思及他曾經鄭重答應了克拉拉，不再去想睡魔柯沛流斯，他不免為自己怕鬼的幼稚行為感到羞慚。

他使出全力鼓足勇氣，盡可能溫和又鎮定地說話：「我不買氣壓計，我親愛的朋友！您請走吧！」

但柯波拉走進房間，聲音更沙啞了些，闊嘴擠出一個難看的微笑，灰色長睫毛下的小眼睛又凸又亮：「喂，不買氣壓計，不買氣壓計！我還有漂亮的岩井，漂亮的岩井！」

納坦尼爾驚駭大叫：「瘋子，你怎麼能賣眼睛呢？眼睛，眼睛？」

此時柯波拉把他的氣壓計放到一邊，手伸進寬大的長褲口袋，拿出長柄眼鏡和普通眼鏡，然後放在桌上。「好，好，眼金，眼金戴在筆子商，這是我漂亮的岩井，漂亮岩井！」

他邊說邊拿出更多眼鏡，到後來整張桌子都閃跳著不可思議的微光。許多個眼睛對著那坦尼爾看，上下跳躍，呆呆地瞪著他；但他的目光無法離開桌子，柯波拉不斷拿眼鏡出來放到桌上，愈來愈多火苗與跳躍的狂野目光攪和成一團，血紅色的光亮照進納坦尼爾的胸膛內，驚嚇過度的他大叫出來。「停！停！討厭鬼！」他緊緊抓住正在掏口袋，想再拿出更多眼鏡的柯波拉的手臂。

柯波拉發出沙啞可憎的笑聲，輕輕掙脫了，一邊說：「哇！沒有適合您的，這裡有楣力的望遠鏡。」他把眼鏡統統收起來，塞進口袋裡，再從長褲側邊的口袋拿出好多大小不一的小型望遠鏡。

一旦那些眼鏡遠離視線，納坦尼爾就心緒平靜地想著克拉拉，他瞧出端倪了，原來可怕的魔鬼出自他的心，而柯波拉是再誠實不過的機械師、光學儀器商人，絕對不是從陰曹地府跑出來的鬼，與這個或那個柯沛流斯相貌神似。此外，柯波拉放在桌上的望遠鏡一點也不特別，和那些眼鏡差不多沒什麼鬼鬼怪怪。

為了重歸於好，納坦尼爾決定向柯波拉買些東西。他拿起一個做工精細的袖珍望遠鏡，湊到窗戶旁仔細檢查。他這輩子不曾見過能把物體看得如此明淨清晰的望遠鏡。他不自覺地看進史帕蘭札尼的房間；奧琳琵雅照例坐在小桌前，雙手交握放在桌上。納坦尼爾這時才瞧見奧琳琵雅雕琢精緻的臉蛋，唯有眼睛呆呆的，顯得呆滯，沒有生命，實在奇怪。

透過望遠鏡，他愈看愈清楚，奧琳琵雅的眼睛似乎閃著晶瑩的月光，像是月光點燃了她的視力，目光愈來愈靈動有神。納坦尼爾著了魔似的倚在窗邊，專注地觀看美若天仙的奧琳琵雅。

嗯哼嗯哼清嗓子的聲音使得他大夢初醒，柯波拉站在他身後說：「山梅金比，三金幣。」納坦尼爾壓根忘了望遠鏡，立刻付了他出的價。「堆吧？楣力的望遠鏡，楣力的望遠鏡！」柯波拉問道，聲音粗嘎難聽，不懷好意地笑著。

「對、對、對！」納坦尼爾厭惡地回答。

「再見，親愛的朋友！」柯波拉離去時頻頻斜睇納坦尼爾以及他的房間，下樓時還哈哈大笑。

「也罷，」納坦尼爾想，「他笑我，是因為我付他太多錢買那個小小的望遠鏡。買貴了呀！」他喃喃說這些話時，房間裡隱約發出一聲令人寒毛豎起的幽幽嘆息，納坦尼爾嚇得屏住呼吸。他發覺原來是自己在嘆氣。他對自己說；「我自稱看得見鬼神，克拉拉認為我無聊又愚蠢，她說對了；的確不太正常，還有更傻氣的，我給柯波拉太多錢買這副望遠鏡，這個想法到現在仍讓我氣得發抖。根本沒道理。」

他坐下來，把給克拉拉的信寫完，但他一瞥窗外，他確信奧琳琵雅還坐在那裡，如同被一股無法抵抗的巨大力量驅使，他跳起來，拿起柯波拉的望遠鏡，凝視奧琳琵雅撩人的目光，直到情同兄弟的朋友西格蒙叫他去上史帕蘭札尼教授的課才停止。

那個危險房間的窗簾被緊密拉起來，接下來兩天讓他看不到奧琳琵雅一眼，雖然他幾乎沒離開過窗戶，不斷用柯波拉的望遠鏡窺視。到了第三天，連窗戶都關了起來。沮喪的他因為思念及熱烈的渴求跑出房門，奧琳琵雅的模樣在他眼前飄到空中，再從灌木叢走出來，閃閃發亮的眼睛從清澈的小溪望過來，盯著他看。他心中克拉拉的身影倏忽消失，心裡只擱著一件事，彷彿奧琳琵雅大聲訴著苦，抽抽噎噎地說：「我崇高美麗的愛情星子，你高掛天空，是否只為了片刻後離我而去，留我在陰暗無望的夜晚？」

他正想回屋子時，發覺史帕蘭札尼的房子一片嘈雜，所有的門都打開了，有人忙著把各種儀器往裡頭搬，一樓的窗戶全拆下，女僕們忙著打掃，用大把毛刷來來回回撢灰，木匠和室內裝修師在屋內敲敲打打。大吃一驚的納坦尼爾站在街上，西格蒙一臉笑容朝他走過來，說：「嗨，你對我們的老史帕蘭札尼有何看法？」納坦尼爾明白表示他無可奉告，因為他對這位教授一無所知，但他察覺到平靜陰沉的房子這會兒更熱鬧熙攘，這真令他驚訝。

西格蒙告訴他，史帕蘭札尼明天要辦一個盛大的慶祝活動，音樂會與舞會，半所大學的人都在受邀之列。此外大家盛傳，史帕蘭札尼將讓他的女兒奧琳琵雅，他長久以來怕被別人見到的女兒，首度亮相。

納坦尼爾收到一張邀請卡，他選在特定的時間，當車輪轆轆，彩柱上的燈點上之際，他才心臟卜通卜通跳著來到教授家。好多賓客，都是有頭有臉的人，奧琳琵雅穿戴華麗出場，她精雕細琢的臉孔與身材讓大家連聲讚嘆。略駝的背，纖細的楚腰，看得出是嚴格束腰後的成果。她的舉手投足似細細斟酌過，有點僵硬，不夠自然，有人形容是這場社交活動使她不得不如此。

音樂會開始了，奧琳琵雅嫻熟地彈三角大鋼琴，表演一曲詠嘆調，她的嗓音明亮，與銳利的玻璃鐘罩聲音僅有一步之遙。站在最後一排的納坦尼爾好陶醉，燭光搖曳中，他看不太清處奧琳琵雅的五官。他不假思索拿出柯波拉的望遠鏡，好好欣賞美麗的奧琳琵雅。哇！他發覺她戀戀不捨往他這邊看過來，每一個音調清楚地融入愛慕的眼光，燃燒似地穿透他的內心。

做作的華彩聽在納坦尼爾耳朵中有如愛情天籟的歡呼，華彩樂段長長的顫音終於結束，高音劃過大廳之際，他好像突然被灼熱的手臂抓住，再也克制不住，因為痛苦與意亂情迷而大聲叫嚷：「奧琳琵雅！」所有人轉身看他，有人笑出聲。大教堂風琴手臉色比先前更難看了，說：「好呀，好呀！」

音樂會於焉結束，舞會開始了。「和她跳舞！和她跳！」這是納坦尼爾此刻唯一的願望，一切努力的目標。但要如何鼓起勇氣，邀請這場慶祝活動的女王呢？非請不可！

他自己都不知道怎麼回事，已經有人開始跳舞了，他靠近奧琳琵雅站著，尚未有人邀她跳舞，而他結結巴巴簡直說不出話來，拉起了她的手。奧琳琵雅的手冰冷，他因感受到死一般的寒冷而全身打顫，注視著奧琳琵雅的眼睛，她眼中盛滿愛意與思慕迎向他，就在此時，冰冷的手的脈搏似乎開始跳動，生命的血流有了溫度。

納坦尼爾心中點燃起熱烈的情意，他攬住她，飛快滑進行列。他以為自己跳舞頗能掌握節拍，但奧琳琵雅堅持自己的節奏，使得他常常跟不上，他很快就注意到，他的舞姿實在不合拍。但他不想和別的女士跳舞，而且很想立刻殺死每一個靠近奧琳琵雅，邀請她跳舞的男士。讓他驚訝的是這情形只發生了兩次，每次樂曲響起，奧琳琵雅就坐在那裡，而他一定能把她拉起來。假若納坦尼爾除了美麗的奧琳琵雅之外，還有餘裕看見別的東西，肯定會發生許多嚴重爭吵。這裡那裡角落的年輕人不時發出極力克制的輕笑聲，明顯是針對美麗的奧琳琵雅，那些人好奇的眼光跟著她，誰也不明白箇中原因。

跳舞又喝下許多好酒，情緒激動的納坦尼爾褪去平素的羞澀坐在奧琳琵雅旁邊，握著她的手，激昂熱情地訴說他的愛，沒人聽得懂，他與奧琳琵雅皆然。但她或許聽懂了，因為她定定地看著他，一次又一次嘆著氣，說：「啊喲、啊喲、啊喲！」每當納坦尼爾說：「喔，美麗的仙女！妳是愛情天國預示的光，妳深刻的情感映照出我的存在。」說出更多這類話時，奧琳琵雅只是嘆息，再三說：「啊喲、啊喲！」

史帕蘭札尼教授好幾次從這對幸福人兒身邊走過，對他倆露出十分罕見的滿意微笑。納坦尼爾沒意識到自己處在一個截然不同的世界，忽然間覺得史帕蘭札尼教授周遭特別幽黯。他四下看看，空蕩蕩的大廳內只剩最後兩盞燈仍然亮著，蠟燭燒得差不多快滅了，他好生訝異。音樂和跳舞早就停了。

「分開、分開！」他絕望得拚命大叫，親吻奧琳琵雅的手，俯身向她的唇，迎上他熾熱嘴唇的是她冷冰冰的雙唇！如同他之前碰到奧琳琵雅冰冷的手時一樣，他覺得內心席捲過一陣恐懼，突然想到那則死去新娘的傳奇。但奧琳琵雅緊緊摟著他，親吻好像讓她的嘴唇恢復了生命溫度。史帕蘭札尼教授慢慢穿過空蕩的大廳，他的腳步聲變得空洞，跳動的燭影在他身上嬉戲，製造出鬼魅的模樣。

「妳愛我，妳愛我嗎，奧琳琵雅？就一句話！妳愛我嗎？」納坦尼爾呢喃低語，但奧琳琵雅嘆了一口氣，然後站起來，只說：「啊喲、啊喲！」

「啊，我迷人漂亮的愛情星子，」納坦尼爾說，「妳為我高掛夜空，放出光亮，永遠美化我的心！」

「啊喲、啊喲！」奧琳琵雅邊回答邊向前走，納坦尼爾跟著她，兩人站在教授前面。

「您和我的女兒聊天，熱情得不得了呢，」教授微笑著說，「好，好，親愛的納坦尼爾先生，倘若您對這個迷人的女孩有好感，我非常歡迎您來舍下作客。」

離開時，納坦尼爾興奮得快飛上天了。接下來幾天，大夥兒熱烈談論史帕蘭札尼家的宴會，嘻嘻哈哈的人們未必留意到史帕蘭札尼教授花了多少心思籌辦這個華麗晚宴，但卻記得自己見識到的各種傻事奇聞。茶餘飯後大家最愛嘲弄的，莫過於啞巴似的奧琳琵雅，不管她外表有多亮麗，人人拿她的癡呆遲鈍大作文章，都想知道史帕蘭札尼教授把她藏了這麼久的原因。

納坦尼爾聽在耳中當然不悅，但他保持緘默；他想，若能向這些傢伙證明，是因為他們自己癡呆遲鈍，才阻礙他們看不出奧琳琵雅深刻美麗的內涵，到那時候，一切努力就值得了。

「拜託幫我個忙，兄弟，」一天西格蒙對他說，「拜託幫我個忙，告訴我，你這個害羞的傢伙怎麼會愛上那個有一張蠟做的臉的木頭娃娃呢？」

納坦尼爾聽了腦門充血，但很快思考了一下，答道：「你倒是告訴我，西格蒙，一向把美麗事物盡收眼底，靈活敏銳的你，怎麼會看不見奧琳琵雅非凡的魅力呢？但我正因此不必把你當成情敵，感謝命運安排，否則我倆其中有一人要流血倒地呢。」

西格蒙明白朋友的心意了，說了些在愛情裡品頭論足所愛之人時千萬要謹慎云云，然後很技巧地換話題，補充說：「有趣的是，我們大部分人都對奧琳琵雅看法一致。我們覺得她，別太當真，兄弟！看起來呆滯而且沒有感情，很怪。她的身材一般般，長相也很普通，真的！我想說，要不是她的眼神那麼缺乏生命光彩，她還算漂亮。她每走一步都得左思右想，每一種動作看起來都像經由一個活躍的齒輪組操作出來的。她彈鋼琴、唱起歌來，節拍死氣沉沉令人不快，有如歌唱機器，跳舞也一樣。我們覺得奧琳琵雅令人害怕，不想和她有任何關連，我們覺得她只是佯裝成活生生的人，但她的確有特殊之處。」

西格蒙想用這些話打動納坦尼爾，納坦尼爾不打算耽於苦痛中，他要當自己情緒的主人，因此很正經地說：「或許你們這些冷漠乏味的人覺得奧琳琵雅很可怕。唯有穩定的性情能發展出詩性！只有我看懂她滿懷愛意的眼神，照亮我的感知與思維，只有在奧琳琵雅的愛中，我才重新找到自己。你們認為，她不像其他人那樣健談，這樣不好。沒錯，她的話不多，但三言兩語有如內心世界真實的象形文字，是直觀永恆彼岸時，精神生命中滿滿的愛與更崇高的知識。但對你們來說，這一切都沒有意義，一切皆為無益的話語。」

「願上帝保佑你，兄弟，」西格蒙溫和地說，幾乎帶著點感傷，「但我看來你像是走在險路上。你可以信賴我，如果……不，我不能再說了！」納坦尼爾突然覺得，冷淡乏味的西格蒙的想法應該與他一致，他因此誠摯地握住他伸過來的手。

納坦尼爾全然忘了世界上還有克拉拉，而且是他心愛的人；母親、洛塔這些人都從他的記憶裡消失了，他只為奧琳琵雅而活，每天都坐在她身邊，一坐數小時，被自己的愛、燃起的強烈好感，以及心靈上的契合著迷不已，而奧琳琵雅一臉虔誠地聆聽他的心聲。納坦尼爾把寫字檯最下層的東西全部拿出來，都是他以前寫的詩、幻想、觀點、小說、故事，每天都隨興改寫為各式各樣的十四行詩、八行詩節、抒情詩，然後唸給奧琳琵雅聽，一首接一首，唸上好幾個小時一點也不累。

他從未有過這麼好又乖巧的聽眾，她不繡花也不打毛線，不望向窗外，不餵鳥吃飼料，不和抱在腿上的小狗玩耍，不逗心愛的貓，不揉紙條，她手上根本沒有這類東西，不必佯裝輕輕咳嗽抑制呵欠。總之！她呆滯的眼神動也不動盯著心上人，好幾個鐘頭姿勢不變，目光愈來愈熾熱，愈來愈有活力。當納坦尼爾終於唸完，站起身來，親吻她的手和唇時，她就說：「啊喲、啊喲！」然後說：「晚安，我心愛的人！」

「噢，美人兒，多深刻的內涵，」納坦尼爾在他的房間裡呼喊：「只有妳，妳是唯一了解我的人。」他想到他與奧琳琵雅的性情多麼和諧一致，而且與日俱增，他心蕩神馳忍不住發抖。他覺得，奧琳琵雅彷彿從他內心深處談他的作品，談他寫詩的天賦，那個聲音好似從他內心發出來。一定就是這樣，因為奧琳琵雅講的話從未超過那兩個字。假使納坦尼爾早上醒來之際，認真想到奧琳琵雅全然被動與寡言，他就說：「語言，什麼語言！她美麗的雙眸勝過千言萬語，有哪個天堂的孩子能打進這狹隘、培養出貧瘠俗世需求的圈子？」

史帕蘭札尼教授對於女兒和納坦尼爾之間的發展欣喜非常，頻頻一語雙關讓對方知道他有多開心。當納坦尼爾終於鼓起勇氣，迂迴表示希望向奧琳琵雅求婚時，教授臉上漾著滿滿的笑容說：他讓女兒自由抉擇。

受到這些話鼓舞，納坦尼爾心中的渴望更熱烈了，他決定第二天就去探望奧琳琵雅，但願她能把長久以來迷人含情脈脈眼神想要傳達給他的意思，順暢清楚地說出來，還有她希望永遠為他擁有。他到處找離家時母親送給他的戒指，要送給奧琳琵雅做為他傾心於她，兩人開花結果一起生活的信物。

克拉拉、洛塔的信來到他手中，他漠然地丟到一邊，找到戒指，放進口袋裡，跑去找奧琳琵雅。爬樓梯以及來到走道時，他聽到一陣詭異的咆哮，應該是從史帕蘭札尼的書房裡傳出來的。跺腳、噹啷噹啷、碰撞，重重的敲門聲，穿插著詛咒與咒罵。放開、放開，卑鄙的東西，邪惡的人！所以拿身體和生命做賭注？哈哈、哈哈！我們不是這樣打的賭。我，我製造了眼睛，我製造了齒輪組，你做的齒輪組蠢得跟什麼鬼一樣，頭腦簡單鐘錶匠這該死的畜生，滾吧！撒旦，停，騙子、殘忍的野獸！停、滾！放開！是史帕蘭札尼和醜陋的柯沛流斯的聲音，夾雜在一起變成轟隆轟隆的呼嘯。

納坦尼爾懷著無名的恐懼闖進去，教授正抓住一個女子形體的肩膀，義大利人柯波拉抓著那人的腳，來來回回拉扯，滿腔怒火你爭我奪。納坦尼爾認出那個形體是奧琳琵雅時嚇得後退；他火冒三丈想把那兩個狂怒的人從心上人身邊拉開。就在這個時刻，柯波拉使出全身力氣把那個人從教授的手中扭下來，用那個形體給了教授狠狠一擊，以至於他背朝桌子，撞到長頸球狀玻璃瓶、蒸餾罐、瓶子、透明的燈罩，腳下一個踉蹌摔倒了，所有儀器匡啷啷盡成碎片。柯波拉把那個形體扛在肩膀上，一邊發出恐怖的刺耳笑聲，一邊快速下樓，那個形體垂下的醜陋的腳笨拙地敲打木階梯，隆隆作響。

納坦尼爾麻木地站著，他看得太清楚了，奧琳琵雅蠟做的慘白臉上沒有眼睛，只見黑色的洞；她是個沒有生命的娃娃。

史帕蘭札尼在地上打滾，玻璃碎片劃破他的頭、胸膛和手背，讓他血流如注。但他打起了精神，「追他，追他，你還猶豫什麼？柯沛流斯、柯沛流斯，偷走了我最好的機器人，我花了二十年才完成的，我賭上了肉體與生命。那個齒輪組、說話、走路，我的……眼睛，從你那兒偷來的眼睛！該死的，詛咒他！追他，拿回我的奧琳琵雅，你就可以得到眼睛！」

納坦尼爾看見地上有好幾對淌著血的眼睛瞪著他，史帕蘭札尼用他沒受傷的手抓起那些眼睛，朝他扔過去，剛好擊中他的胸膛。癲狂用燒紅的爪子攫住他，把他帶進自己內心，撕碎了他的感知與思維。「呼、呼、呼！火輪，火輪！你轉啊火輪！好玩，好玩！木頭娃娃，呼，美啊，木頭娃娃轉啊你！」說著他撲向教授，掐住他的咽喉。

他本來可以勒死他，但剛才的呼吼把許多人召來，他們擠進屋，拉開盛怒中的納坦尼爾，救了教授，並立刻為他包紮。魁梧的西格蒙制伏不了發了瘋的納坦尼爾，他的聲音充滿驚恐，不停地說：「小木頭娃娃轉啊你！」並握緊拳頭打自己。好不容易集眾人之力制止了他，先撂倒在地上，再捆起來。他像驚惶的野獸又吼又叫，最後，在暴怒中嘶吼的他被送往瘋人院。

好心的讀者！在我告訴你悲慘的納坦尼爾接下來的遭遇之前，你大概很關心技巧高超的機械師暨機器人設計者史帕蘭札尼，我向你保證，他的傷勢很快就復原了，但他離開了大學，因為納坦尼爾的故事引起轟動，大家認為那是不可饒恕的欺騙行為，把一個木頭娃娃當成活生生的人偷偷帶進正式茶會造成的後果（奧琳琵雅神采飛揚地參加了茶會）。法界人士甚至稱之為精心謀劃，因而應加重刑責，他騙了大家，狡猾地安排一切，以至於無人識破（非常聰明的大學生例外），現在大家竭盡所能，希望依據各項事實來證明諸多疑點。

真相很容易揭露，譬如說，根據某位出席茶會的紈絝子弟的說法就讓人覺得很可疑：奧琳琵雅為何沒禮貌的頻頻打噴嚏呢？次數比打呵欠還多。這個紈絝子弟認為，首先是那個隱藏起來的推進裝置會自動上發條，引人注意的還有那裝置會嘎嘎作響，諸如此類。

講授詩歌與辭令的教授拿了一小撮菸絲，蓋上盒子，再清清嗓子，興致高昂地說：「尊敬的先生女士們，您們注意到沒，困難在哪裡呢？整個事件有一個寓意，一個繼續進行的譬喻！您們懂我的意思！聰明人一點就通！」

但許多令人尊敬的男士們並不因此放心，這個機器人的故事在他們心中扎了根，事實上他們開始對人疑神疑鬼。為了要完全讓別人相信自己愛的不是木頭娃娃，許多男士要求心上人唱歌跳舞時不能太完美，朗讀時宜繡花、打毛線，逗小哈巴狗玩，尤其是她不只是聆聽，有時候也要說上幾句話，說話的方式則好像真的以思考和感受為前提。許多人的愛情誓約變得更堅定、更醉人，否則就靜悄悄的形同陌路。

「真的不能忍受呢！」人們你一言，我一語。茶會上最好偶爾打個哈欠，永遠不得打噴嚏，才不會被懷疑是木頭娃娃。如前所述，史帕蘭札尼必須離開，才能逃脫他以欺騙手法將機器人引進人類社會的犯罪調查。柯波拉也失蹤了。

納坦尼爾像是從一場沉重可怕的夢境中醒來，他張開眼睛，感覺通體流暢著一股帶有美妙暖意的歡樂狂喜，難以形容。他躺在床上，在父親留下的房子內，克拉拉正彎下腰來，母親和洛塔站在不遠處。「好不容易，好不容易啊，我心愛的納坦尼爾。你生了一場重病，現在總算好了。現在你又是我的了！」克拉拉打從心眼裡說出這些話，雙手擁著他。他流下混雜著痛苦與陶醉的熱淚，長嘆一聲：「我的，我的克拉拉！」朋友有難時，忠心且堅定地守在一旁的西格蒙走進來，納坦尼爾握住他的手：「你這個可靠的兄弟沒有丟下我不管。」

所有瘋狂的跡象都消失了，在母親、戀人以及朋友悉心照料下，納坦尼爾不久就恢復了元氣。這時幸運降臨了這棟房子，一位節儉的老舅父過世，沒有人奢望從他那裡得到什麼好處，但他留下一筆算是豐厚的財產，把一塊離城市不遠、位於一個好區域的小田莊留給母親。母親、納坦尼爾和他現在想娶進門的克拉拉，還有洛塔，打算搬到那裡住。

納坦尼爾變得比以前溫和純真，現在他才真正看出克拉拉單純美好的一面，沒有人和他提起任何與過去有關的隻字片語。西格蒙告別時，納坦尼爾說：「相信上帝，兄弟！我曾經走上迷途，但是一位天使及時將我引到光明小徑上！是克拉拉！」西格蒙德不讓他繼續說下去，擔心受創嚴重的回憶會讓他情緒激動。

那段時間裡，他們四個幸運的人打算遷往那個小田莊，午餐時分他們走進城，買了些東西，高高的議會塔樓在市集投下巨大的陰影。「喂！」克拉拉說：「我們再爬上去一次眺望遠方的山丘吧！」

說到做到！納坦尼爾和克拉拉兩個人爬上去，母親與女傭回家了，不喜歡爬那麼多階梯的洛塔寧願在下面等。於是，兩個相愛的人手挽著手，爬上塔樓最上層的樓廳，從那裡眺望薄霧籠罩中的大片森林，藍色的山丘宛如一座巨大城市，在林區後頭升起。

「看看那叢罕見的灰色灌木，似乎正井然有序地向我走過來呢？」克拉拉問。納坦尼爾很自然地摸了摸長褲側口袋；他找到了柯波拉的小望遠鏡，他往旁邊看，克拉拉站在望遠鏡前面！他的脈搏與血管劇烈抽搐起來，臉色慘白瞪著克拉拉，片刻後他轉動的眼睛發著光並噴出火焰，像一頭飽受刺激的野獸，嚇人得咆哮起來。然後他往上一跳，笑著尖叫，聲音刺耳極了：「小木頭娃娃，你轉呀！」

他用力抓住克拉拉，想把她丟下去，搞不清楚狀況又嚇得半死的克拉拉死命抓住欄杆。洛塔聽到劇烈的吵鬧，他聽到克拉拉害怕的尖叫，恐怖的感覺席捲他全身。

他跑上去，二樓的門鎖上了。克拉拉痛苦的尖叫更大聲了。憤怒又害怕的他使出吃奶的力氣撞門，門終於彈開了。克拉拉的聲音現在愈來愈微弱：「救命，救……救……」然後沒了聲息。

「她死了！被那個瘋子殺死了！」洛塔大叫。通往樓廳的門也是鎖起來的。絕望使得他力大無窮，強行撞開門樞，天啊，克拉拉被發瘋的納坦尼爾抓住，懸掛在樓廳外的空中。她一隻手緊緊拉著鐵杆。洛塔閃電似地抓住妹妹，把她拉進來，並且握緊拳頭朝那狂怒之人的臉揮過去，他被打得往後退，死亡獵物順勢跌下。

洛塔跑下去抱起昏厥的妹妹。她還活著。納坦尼爾此刻在樓廳裡跑來跑去，又高高跳起，大叫：「火輪轉呀你，火輪轉呀你！」

聽到大吼大叫的人紛紛跑過來；身材高大的柯沛流斯在當中顯得鶴立雞群，他也進城來，走上這條直通市集的路。有人想上樓逮住那個瘋子，柯沛流斯笑著說：「哈哈，等著瞧吧，他自己會下來的。」然後和其他人一樣往上張望。忽然間納坦尼爾呆呆站住了，他彎下身，想看看柯沛流斯，一邊大呼大叫：「哈！楣力的岩井，楣力的岩井。」然後從欄杆躍下。

腦袋摔碎的納坦尼爾躺在石板路上之際，柯沛流斯在混亂中消失無蹤。

幾年後，有人在一個遙遠的地區看見克拉拉，她和一位友善的男人手牽手坐在一棟美麗的鄉村別墅前，兩個活潑的小男孩在她跟前玩耍。從中得出的結論是，克拉拉找到了寧靜的家庭幸福，與她開朗歡樂的性情很相稱，過著內心破碎的納坦尼爾永遠無法滿足她的快樂日子。（一八一六）

金盆子

Der goldene Topf

第一次晚禱

名喚安瑟姆斯的大學生悲慘遭遇／副校長保爾曼的廉價劣質菸絲以及金綠色的蛇

耶穌升天日這天下午三點，德勒斯登，有位年經人走過黑色城門[1]時，很不巧撞到了一個籃子。這個籃子屬於一個很醜的老婦人所有，她正在兜售裝在籃子裡的蘋果和蛋糕。年輕人撞到籃子，籃內所有東西經此擠壓，統統甩了出來。一位慌慌張張的男士把東西扔給在街上遊蕩的少年，他們開開心心地分戰利品。老婦大呼小叫，街坊鄰居離開了正在烤蛋糕和釀烈酒的工作檯，跑上街圍著那個闖禍的年輕人，粗鄙地把他罵到狗血淋頭。害怕與羞愧使得他默不作聲，拿出他不怎麼豐厚的錢包，老婦貪婪地一把搶去，快速塞進口袋。

團團圍住的圈子這會兒開始鬆散了，正當年輕人衝出重圍之際，老婦在他後頭喊著：「好呀，想跑！儘管跑吧，壞蛋！等到跑進水晶玻璃裡就有你受的，跑進水晶玻璃裡！」婦人尖銳又嘶啞的聲音令人驚駭，以至於散步的人愕然停下，而先前蕩漾開來的笑聲驀地消失了。

名叫安瑟姆的大學生（就是那個年輕人）雖然完全沒聽懂婦人說的奇怪話語，卻不由自主地感到恐怖，因此加快腳步，好躲開一大堆朝他投過來的好奇目光。他吃力地鑽出精心打扮過的人群，耳邊不斷有人在嘟囔：「這可憐的年輕人啊，欸！都是那個該死的女人啦！」

老婦人神祕兮兮的話中有話，原本可笑的魯莽行為，莫名其妙地有了悲劇性的轉折，圍觀的群眾同情地瞧著這個之前沒沒無聞的人。女士們漂亮的臉蛋歪了扭了，表示她們內心的憤怒正在上升。年輕人體格魁梧，動作卻很不靈活，身上的外套款式老舊。為他剪裁他那件青灰色燕尾服的人，似乎不識時髦與合身為何物，至於穿在裡面的黑緞背心，讓他全身上下流露著一股學究氣，無論走坐站臥都格格不入。

這位大學生即將走完這條通往林克浴場的林蔭大道時，幾乎快喘不過氣來了，只好走慢一點。他不太敢向上看，卻老是瞧見有蘋果和蛋糕在四周跳舞，這個或那個女孩友善的眼光對他來說都是幸災樂禍，和他在黑色城門邊的經歷差不多。他就這樣來到了林克浴場入口，精心打扮過的人魚貫而入；裡面傳來管樂器吹奏的音樂，興高采烈的客人

1 德勒斯登的黑色城門始建於一六三二年，因為霍夫曼這則故事而成為永恆的文學記憶。

高談闊論，聲音愈來愈大。

可憐大學生安瑟姆的眼淚在眼眶裡打轉，耶穌升天日向來是家人們歡聚慶祝的日子，他也很想加入林克天堂的歡樂行列，很想喝加了蘭姆酒的咖啡，一瓶濃啤酒，願意多掏出一些錢出來，超出預算也沒關係，恣意一些，才能盡情享樂嘛。他踢了裝蘋果的籃子一腳，可真要命，全盤計畫都被推翻了。咖啡、濃啤酒、音樂、精心打扮的女孩風情，簡單說來，所有朝思暮想的享樂想都甭想了。

他慢吞吞走開，最後走上易北河邊一條孤寂的小徑，一棵高大的接骨木探出牆頭，樹下就是現成的歇腳處。他坐下來，把廉價的菸絲裝進菸斗，這個菸斗是他的朋友副校長包爾曼送他的禮物。易北河美麗的金色水流在面前嘩嘩作響，潺潺流過；河流後方，德勒斯登明亮的塔樓神氣地朝上伸，直上雲霧繚繞的天邊，地平線那裡有開滿花朵的草地以及綠意盎然的森林，朦朧薄暮中，依稀可見有稜有角的山峰。

大學生安瑟姆鬱悶地吐著菸圈，瞪視前方，他的惱怒有增無減，開口說：「對呀，我生來就是要吃苦受折磨！我永遠也當選不了主顯節的國王，[2]老是猜不出別人手上握的錢是偶數還是奇數，才塗了奶油，麵包應聲落地，我提都不想再提這些倒楣事：魔鬼帶給我諸多不幸，雖然我成為大學生，仍是翻不了身的糊塗蛋，難道還不夠悲慘嗎？哪一次我穿上新外套，不是才穿上身就立刻染上油汙，或是被沒釘好的釘子勾到，多出一個該死的洞嗎？每回向內廷參事或某位女士打招呼，帽子總是被風吹走棄我而去，不然就是腳下一滑，跌個四腳朝天，丟臉死了！每次在市集買盆子，花上三到四枚銀幣，換來一個磕碰過的，這一切只因為我的腦袋裡住了一個魔鬼，事情才會一發不可收拾，就像旅鼠[3]一樣。

「不管我去哪裡，上課也好，哪一次準時到達了？就算我提早半小時出發又有何用？正當我想用力敲教堂的鐘，撒旦一盆水澆在我頭上，或者讓我和某個走出來的人跑在一起，捲入群架，然後錯失所有良機。無奈呀無奈！關乎未來幸福的快樂夢想哪裡去了？但我仍然自信滿滿，有朝一日我一定能當上機要祕書！但是，厄運有沒有讓我與最仁慈慷慨的贊助人結仇呢？我曉得，我要去拜訪的那位樞密顧問受不了亂七八糟的頭髮；我因此特別央求理髮師，在我的後腦勺安上一根辮子，固定髮型，但第一次欠身行禮時，細繩沒來由地鬆脫了，一條活潑的哈巴狗繞著我東聞西嗅，歡天喜地把我的辮子叼給樞密顧問。我嚇得跳起來追上去，撞上他的辦公桌，桌上擺著他正在享用的早餐，杯子、

2 中世紀晚期的一項風俗，元月六日主顯節這日選出一位國王來，然後大家與他一起走向王國。
3 有集體筆直向前走，無視險阻或死亡的特質。

盤子、墨水瓶、撒沙匣[4]叮叮咚咚往下掉，大量的巧克力與墨水潑灑在剛寫好的報告上。先生，您是魔鬼吧？氣壞的樞密顧問對著我吼，把我推出門。副校長鼓勵並推薦我去當抄寫員又有何用？只是讓我繼續走霉運，厄運如影隨形嗎？

「偏偏在今天！我本來想愉快地度過耶穌升天日，好好快活快活，剛才本來可以像每一位客人那樣，神氣巴拉地在林克浴場高呼：馬克，一瓶濃啤酒，要最好的唷！我要待到很晚，還要待在打扮漂漂亮亮的女孩身邊。我知道我不會缺乏勇氣，我將變成另外一個人；我辦得到，倘若哪位女士開口問：現在大概幾點啦？或者：他們到底在玩什麼遊戲啊？我會跳起來，節奏恰到好處不致打翻杯子，也不會摔在椅子上，我會一邊欠身一邊往前挪移一步半，說：小姐，請准許我為您說明，那是多瑙河女妖的序曲，[5]或者：鐘就快敲六下了。難道這世上有誰會說我的舉止很不妥嗎？不會！我說，女孩們微微笑著，看起來很滑稽，接下來我應該鼓起勇氣表示，我當然聽得懂隱微的絃外之音，也曉得與女士們的相處之道。但是，魔鬼帶我去撞那該死的蘋果籃，現在，我只好獨自抽廉價菸絲。」

大學生安瑟姆這段自言自語，在此被一旁草叢中發出的一陣奇怪的滴滴答答、窸窸窣窣給打斷，那聲音不一會兒又往上飄，掠過接骨木的枝頭與樹葉。一下子聽起來像晚風吹過樹葉，一下子又像枝頭輕拍翅膀的小鳥在啄食。是誰在輕聲細語，低聲呢喃？花兒有如高掛的迷你水晶鐘叮叮噹噹，安瑟姆側耳傾聽，聽了又聽，不知怎麼搞的，呢喃、低語和錚錚變成了小聲、模模糊糊的話：

在其中——一個——枝頭間，膨脹的花朵之間，我們一躍而起，蜿蜒而上，纏繞在一起——妹妹——妹妹，暮色中躍起吧——快，快跳上來——下去——夕陽餘暉，晚風嘰嘰喳喳——晚風簌簌——露水滴答——花兒唱起歌——舌頭好似簧片鼓動，我們與花朵和樹枝合唱——星子頃刻滿天閃爍——必須下去——在其中，妹妹，我們一起蜿蜒、纏繞、一躍而起。

這段紊亂的話這般進行下去，大學生安瑟姆心想：不過是晚風悄悄說了一些讓人聽得懂的話而已。但此刻，他的頭頂響起了彷若清脆水晶鐘的一記三和弦；他抬眼望去，瞧見三條小蛇盤繞在樹枝上，閃耀著綠金色光芒，牠們的小腦袋瓜伸直向晚霞。又有人輕聲細語，低聲呢喃那些話，小蛇滑行，在枝葉間忽上忽下，吃這嚼那；牠們的動作飛

4 用來吸乾墨水。
5 多瑙河女妖是一則關於住在多瑙河中的女鬼傳說，奧地利作曲家 Ferdinand Kauer 在一七九八年將之譜寫為歌劇。

快，好似那棵接骨木在昏暗的樹葉間撒下數千顆綠寶石。

大學生安瑟姆想，那是在接骨木上玩耍的夕陽餘暉：但鐘聲又響了，安瑟姆看見一條蛇伸直了頭，往下望過來。他全身上下像遭到電擊似的，內心在震顫。他呆呆地向上望，一雙漂亮的深藍色眼睛盯著他，眸中盛滿說不出來的思念，他胸中好像有一種未曾有過的狂喜，一種最深刻的痛苦要爆裂開來。然而，當他在那對迷人的眼睛裡看見自己熾熱的渴望時，水晶鐘響起了更加悅耳的和弦，亮晶晶的綠寶石掉落在他身上，將他層層包覆起來，好多火星子圍著他一閃一閃，與發亮的金線嬉戲。

接骨木動了一下，說：「你躺在我的陰影中，我的香氣繞著你流動，但你聽不懂我說的話：當愛情點燃這股香氣時，就表示我在說話。」拂面的晚風說：「我在你的鬢角蹦蹦跳跳，但你不懂我的話：愛情點燃淡淡的香氣時，就表示我在說話。」陽光穿透雲霧，明亮的光線好像在說：「我把閃耀的黃金傾倒在你身上，但你不懂我的話：當愛情點燃熱烈的感情，就表示我在說話。」

那雙迷人的眼睛愈來愈真摯，愈來愈衷心，思念益發熾熱，渴望更形熱烈。萬物俱受激勵動了起來，彷彿因快樂人生而甦醒。花朵環繞他吐蕊揚芬，花香有如一首許多笛音組成的美妙的歌；花兒唱歌時，回音把飄過的金色晚霞帶到遠方。當最後一道光線快速消失在山巒後，薄暮為那地區蓋上面紗，接著，好像很遠的地方有個粗啞低沉的聲音在呼喊：

喂，嗨！那邊不停輕聲說著什麼話呀？喂，嗨！誰幫我把山後頭的陽光找出來！曬夠太陽，唱夠了。喂，嗨！穿過灌木與草叢，穿過草地與河流！喂，嗨，下來唷，下來吧！

那聲音聽起來宛如遠方的雷，轟隆轟隆，水晶鐘卻在尖銳的走音中裂成碎片。萬物靜默，安瑟姆看到三條亮晶晶的蛇爬過草地，往河流的方向滑行；牠們噗通一聲滑進易北河，消失在浪濤中，一把綠色的火自浪濤中竄起，斜斜地飛往城市，最後在亮光中蒸發。

第二次晚禱

大學生安瑟姆喝醉、發酒瘋／在易北河上航行／管絃樂團指揮葛納純熟的技巧，康拉迪的藥酒以及銅製的蘋果婦人門環[6]

6 黃銅製成的門環，造型為一老婦的臉；原件現陳列於 Bamberg 歷史博物館，因為被霍夫曼寫進小說中而留名。

「這位先生心情不好呢。」一位剛與家人散步返家的女士說，她停下來，兩手抱胸，定定看著瘋瘋癲癲的大學生安瑟姆。他抱住接骨木的樹幹，不斷對著樹枝和樹葉呼喊：「拜託再發光一次，可愛的小金蛇啊，讓我再聽一次你們如鐘似的聲音！用你們迷人的藍眼珠再看我一次，只要看一眼就好，否則我將因痛苦及熾烈的思念而死去！」他哀聲又嘆氣，內心深處發出悲鳴，因為渴望和不耐去搖動接骨木，接骨木沉默沒有答覆，只有樹葉沙沙作響，似乎狠狠地諷刺安瑟姆，嘲笑他心中的苦痛。

「這位先生心情不好呢。」女士說，安瑟姆聽了猶如大夢初醒，甚至有若遭冰水灌頂，瞿然清醒過來。現在他能看清楚自己身在何處了，還想起有個怪異的鬼魅曾經戲弄他，而他毫無反抗能力，自顧自說了一車子的話。他驚訝地看著那位女士，費了好大的勁才撿起掉到地上的帽子，然後馬上跑開。

這時那家人的爸爸抱著小孩也走過來，他先把小孩放在草地上，然後倚著手杖，聽這位大學生發牢騷，他愈聽愈驚訝，目不轉睛看著安瑟姆。他撿起大學生掉落的菸斗和菸絲袋，遞給安瑟姆，說：「先生您別在黑燈瞎火中呼天搶地，別尋人開心了，您其實什麼也不缺，就是喝多了。快回家去吧，躺下來睡覺！」

大學生安瑟姆好生羞愧，泫然欲泣嘆了一口氣。「好了，好了，」那位男士說，「讓他好過一點，這樣也好，耶穌升天日嘛，誰都可以隨心所欲喝口小酒，喝醉無妨。

「這種事也會發生在上帝子民的身上。這位先生可是個神學系學生，若您允許的話，我裝一些您的菸絲到我的菸斗裡吧，我的剛好抽完了。」大學生安瑟姆正想把菸斗和菸絲袋放回去時，男士如此問道，接下來他不慌不忙地清清菸斗，裝菸絲的動作也同樣緩慢。

幾個女孩走過來，悄悄和那位女士說話，一邊咯咯笑，一邊看著安瑟姆。他好像站在一堆荊棘與燒紅的針上，尷尬又難受。於是他抓起菸斗和菸絲袋，急忙跑開了。所有他方才看到的奇妙現象這會兒全忘光了，只記得他在那棵接骨木下，大聲說了一堆閒話，讓他更驚駭的，是他向來就對自言自語的人沒有好感。他的校長說過，魔鬼都會喋喋不休，而他確實也相信。要一個在耶穌升天日醉酒的神學系學生遵守教義，光想到就讓他坐立不安。

他正要從珂瑟花園拐進白楊樹林蔭大道時，背後有一個聲音喊道：「安瑟姆先生！安瑟姆先生！看在老天的份上，您如此匆忙究竟要跑到哪裡？」大學生牢牢地釘在地上，以為又將有大禍臨頭。那個聲音又響了起來：「安瑟姆先生，回來吧，我們在水邊候駕！」

大學生先是聽到他的朋友副校長包爾曼在叫他；他走回易北河，在那裡看見副校長和他的兩個女兒，還有註冊主任赫爾布朗，一行人正要登上小遊艇。副校長包爾曼邀請大學生一起渡過易北河，在他位於皮爾納市郊的家過夜。大學生安瑟姆很高興地接受了好意，因為他想，這樣應該可以擺脫今天降臨在他身上的災難。

一行人航行於河上時，對面岸上的安東花園忽然燃放起煙火來，火焰劈里啪啦、嘶嘶作響一飛沖天，在空中爆裂為閃耀的星星，四周有好多道光芒與火苗劈啪作響。大學生安瑟姆背對著划槳的船夫，看見飛濺的火星與火苗映照水面，覺得好像是小金蛇穿過水流。所有在接骨木下看見的稀罕東西，此刻活靈活現湧現在腦海，說不出來的思念與灼熱的渴望再度襲來，在他的胸中激起痙攣般、苦痛非常的欣喜。

「哇，又是你，小金蛇，儘管唱吧，唱吧！你的歌聲中，那雙嫵媚可愛的深藍色眼睛又出現了。喂，你在水下唷！」大學生安瑟姆呼喊的時候，身體劇烈搖擺，一副要躍入水中的樣子。

「這位先生見鬼啦？」船家驚呼，抓住他的下襬。坐在他旁邊的女孩們嚇得大叫，奔逃到小遊艇的另一頭！註冊主任赫爾布朗附在副校長包爾曼耳邊說話，副校長的回答不只一句，但大學生安瑟姆只聽懂了其中幾個字：「有沒有發覺，爆發的情感是一樣的？」

副校長包爾曼說完站起來，官架子十足，威嚴地坐到安瑟姆那裡，握住他的手，說：「您怎麼啦，安瑟姆先生？」

安瑟姆差點失去知覺，因為他的內心突然生出一股他無法平息的矛盾。他本以為是小金蛇發出的光，現在看清楚了，只是安東花園煙火的反光而已；但是有一種他未曾有過的感覺，不知是狂喜還是痛苦，把他的胸膛緊緊揪在一起，當船家的槳插進水中，而槳好像懷著怒氣，激起嘩啦啦的水花及潺潺水流，他在聲響中聽到了隱密的囁嚅及耳語：「安瑟姆！安瑟姆！你看了嗎？我們一直都在你前面？妹妹又看見你了。相信、相信、相信我們呀！」

他彷彿看到反光中有三個發亮的綠色帶子，但是當他惆悵地向水裡望過去，想知道那雙迷人的眼睛是否會從水中往外望，方才察覺原來那只是附近房屋窗戶照出來的燈光。他默默坐著，心中十分掙扎；副校長包爾曼的語氣更加激動：「您怎麼啦，安瑟姆先生？」

大學生膽怯地回答：「唉，親愛的副校長，您要是知道我剛才在林克花園圍牆邊的接骨木下，清醒並兩眼張開著，就夢見了何等特別的東西，唉，您就不會責怪我心不在焉了。」

「喂、喂，安瑟姆先生，」副校長包爾曼插進來說，「我一直認為您是個正派的年輕人，作夢，睜著明亮的眼睛作夢，還想跳進水裡，這……原諒我，不是瘋子就是小丑！」

朋友一番嚴厲的話，讓安瑟姆好生鬱悶；包爾曼的大女兒，一個年方十六、貌美如花的女孩說話了：「親愛的爸爸，安瑟姆先生一定是有了奇遇，而他大概以為自己當時人很清醒，沒想到在接骨木下真的睡著了，當時他腦子裡正想著的一大堆稀奇古怪的東西，湊巧出現在夢中罷了。」

註冊主任赫爾布朗把話接過來說，「尊敬的女士，尊敬的副校長，人難道不可能在清醒時墜入如夢似幻裡嗎？事實上，我自己就曾經在某個下午陷入冥想，當時我正喝著咖啡，處於身體與精神上的消化時刻。一份遺失的檔案讓我有了靈感，只有昨日以同樣的方式，在我清澈、張開的眼睛前，舞出美麗的大寫拉丁花體字。」

「啊，尊敬的註冊主任，」副校長包爾曼答道，「您向來偏愛詩歌，很容易墜入聯想翩翩的浪漫裡。」

別人以為安瑟姆喝得爛醉，或者瘋了，他並不介意別人這麼想。不經意之間天色已黑，他第一次留意到薇羅妮卡有一對美麗的深藍色眼睛，這讓他忘卻了在接骨木上看見的那對美麗眼睛。安瑟姆在接骨木下的歷險瞬間消逝；他覺得輕鬆又愉快，恣意歡快到忘乎所以，以至於下小遊艇時，他伸手給剛才幫他講話的薇羅妮卡，她的手挽住他的臂，接下來安瑟姆二話不說，既老練又快樂無比地把她送回家。此外，他腳下只滑了唯一的一下，那是回程唯一沾到的污痕，而薇羅妮卡的白色衣裳僅稍微濺濕了而已。

安瑟姆轉悲為喜，副校長包爾曼都看出來了，於是他又覺得此人很可愛，請他原諒他先前對他說出的嚴厲的話。「對嘛，」他補充說道，「人們時不時產生讓他害怕並感到痛苦的幻覺，並且早有前例；一位著名但已逝的哲學家已經證實了，歐洲醫蛭對這種病有用，嗯，恕我直說，把它塗抹在屁股上即可。」

現在安瑟姆自己也搞不清楚，他究竟是喝醉了，瘋了，還是病了。不管怎樣，他想歐洲醫蛭根本沒用，因為那些幻影全都消失了，況且他覺得他愈是殷勤地在美麗的薇羅妮卡身上下功夫，而效果也很不錯，他就更開心。

吃過簡單的飯菜之後，照例是音樂時光。安瑟姆坐到鋼琴那裡，聽薇羅妮亞明亮清澈的歌聲。「尊敬的女士，」註冊主任赫爾布朗說，「您的聲音神似水晶鐘！」

大學生脫口叫出：「才不呢！」大家驚愕地看著他。「接骨木下的水晶鐘才清脆悅耳！清脆悅耳！」安瑟姆小聲地嘀咕。

薇羅妮卡把手放在他肩上，說：「您在說什麼呀，安瑟姆先生？」這位大學生的神情立刻轉為神清氣爽，彈起了鋼琴。

副校長包爾曼臉色陰沉看著他，註冊主任赫爾布朗把一張樂譜放在譜架上，然後在管絃樂團指揮葛納面前，唱起讓人陶醉的詠嘆調。安瑟姆為他伴奏了幾首，又與薇羅妮卡一起表演一首副校長包爾曼作曲的賦格曲合奏，心情好得不能再好。

已經很晚了，註冊主任赫爾布朗拿起帽子與手杖，副校長包爾曼神祕兮兮走上前對他說：「嘿，尊敬的註冊主任，您想不想和這位好心的安瑟姆先生，現在就聊一聊呢！關於我們剛才談的事情。」註冊主任赫爾布朗回答：「樂意之至。」於是大家圍成一圈坐定，直截了當開始說了下面這段話：

「這個地方有一位脾氣古怪、很奇特的老男人，有人說，他研究所有神祕的知識；這些知識如今都失傳了，所以我把他看成富有研究精神的舊書商，也是具有實驗精神的化學家。我說的就是我們的機要檔案管理員，林德荷斯。您也知道，他獨自一人住在一間偏僻的老房子裡，不上班時，不是待在藏書室，就是在化學實驗室裡，而且不讓任何人進去。除了許多稀有書籍之外，他的藏書還包括一部分用阿拉伯文、埃及古文，以及用極特殊的字體、不屬於任何當今世人所熟知的語言書寫的手稿。他希望以恰當的方法把手稿全部抄寫一遍，所以需要一個熟悉寫字，能夠一絲不苟、一筆不漏，把所有的字用墨水謄寫在羊皮紙上的人。他將讓這個人待在一個特別的房間內，在他的監督下工作，除了上班日供膳食之外，每日給付一枚銀幣，順利完成抄寫工作後，還會答謝他一份厚禮。每天的上班時間為十二點到晚上六點，下午三點到四點休息和用餐。

「這位老人已經讓幾個年輕人試著抄寫那些手稿，卻都不適任，於是他找我介紹一個嫻熟的抄寫員給他。我想到了您，親愛的安瑟姆先生，因為我知道您不但寫一手工整的好字，筆跡還娟秀，不潦草。您要是願意，在找到工作前這段青黃不接的期間，每天來當抄寫員，賺取生活費及那份禮物，就請明天中午十二點去找檔案管理員先生，地址我剛才已經告訴您了。您多留神墨水；假使滴在抄本上，您得毫無怨言重新開始，倘若原稿出現了汙痕，檔案管理員先生勢必將您扔出窗外，他可是個脾氣很壞的人。」

註冊主任赫爾布朗的建議讓安瑟姆滿心歡喜，因為他不僅字跡工整，也對仔細用書法字體抄寫懷有熱忱。因此，他懇切地謝過幫他的人，答應明天中午一定準時到達。這天夜裡，安瑟姆眼前只有白花花的銀幣，耳畔只聽聞她迷人的歌聲。誰能責怪這個可憐人，只因為一場無常的厄運而希望落空，以至於花每一文錢都得三思，不得不放棄一些生活樂趣呢？

隔天一大早他就把鉛筆、羽毛筆、中國墨汁收拾好；他想，檔案管理員先生提供的用具不會比這些來的好。他端詳自己的書法與繪畫並整理好，打算拿給檔案管理員看，證明他的能力符合工作要求。一切進行順利，他福星高照，連領帶也一下子就打好了，衣服縫線不曾迸裂，黑絲綢襪子沒被勾破，把帽子刷得一塵不染。就此打住！安瑟姆穿上他青灰色的燕尾服和黑緞背心，把一卷書法及鋼筆畫放進袋子裡，十一點半的時候就站在城堡巷的康拉迪的店內，喝下一杯、兩小杯上等的藥草利口酒；他邊想邊敲敲仍然空空如也的皮包，不久後皮包就會發出銀幣的碰撞聲了。

雖然走到林德荷斯檔案管理員那棟老房子的路途遙遠，安瑟姆依舊在十二點前到了門口。他站在那裡盯著銅製的大門環；他聽到聖十字教堂最後一記巨大的鐘聲在空中震盪。正要伸手向門環之際，那張金屬打造的臉在閃亮的藍光中扭曲，似乎在裂嘴微笑。啊！那是黑色城門上的蘋果老婦。一口尖牙收攏在乾癟的嘴巴內，牙齒咯咯咯上下打顫，啪吋啪吋：「你這個小丑、小丑、小丑，等等、等等！幹嘛往外跑！小丑！」

嚇壞的安瑟姆踉蹌後退，想去抓門柱，但他的手碰到了拉鈴繩，拉了一下，鈴發出尖銳、不和諧的刺耳聲音，愈來愈大聲，空蕩蕩房子裡的回音大肆嘲笑：「過不久你就會掉進水晶裡面了！」

安瑟姆驚嚇過度，一股冷熱交替的痙攣在四周竄流。拉鈴繩垂下來，變成一條白白透明的大蛇，纏繞並壓住他，大蛇的羅紋愈勒愈緊，以致於牠易碎坍塌的四肢喀嚓一聲碎了，血濺出來，鑽進透明的蛇身內，把牠染紅。

「殺了我，殺了我吧！」驚駭不已的他想大聲呼叫，但他的尖叫只是一聲沉悶的咕嚕。那條蛇抬起頭來，狀似燒紅礦砂、長又尖的舌頭伸到安瑟姆的胸膛上，他身上的動脈突然撕裂出一種極大的痛楚，他於是失去了知覺。

當他醒過來時，發覺自己躺在他寒酸的小床上，副校長包爾曼站在他前面，說：「天哪，親愛的安瑟姆先生，您到底在搞什麼鬼？」

第三次晚禱

來自檔案管理員林德荷斯家的信息／薇羅妮卡藍色的眼睛／註冊主任赫爾布朗

一個鬼魂看著水面，水在流動，在波浪上激起泡沫，雷鳴般奔進深谷，深淵因而敞開，貪婪地吞噬流水。花崗岩像得意洋洋的勝利者，抬高戴著棘冠的頭，保護著山谷，直到太陽將它放在和煦的腿上，用光芒包覆它，再用溫暖的手臂照顧它並且保持暖和。

許多在荒涼沙土下睡覺的嫩芽從沉睡中甦醒，媽媽親眼看見它們長出綠色的葉子和草莖，綠色搖籃裡微笑的孩子在小花與蓓蕾中安歇，直到媽媽把他們叫醒。媽媽為了讓他們開心，花好多心思把蠟燭染得繽紛，他們把那些蠟燭拿來裝飾自己。

山谷中間有一座黑色的小丘，每當被灼熱的思念充溢，便好似人的胸膛那樣高低起伏。深谷裡煙霧繚繞而上，聚集成好大一團，不懷好意地想掩蓋住媽媽的容貌；媽媽把狂風召喚過來，狂風在她下方呼嘯而過；當純潔的陽光再度照耀在黑色小丘上，突然出現一朵讓人心蕩神馳的珠芽百合，那美麗的葉片有若迷人的嘴唇微張，迎接媽媽甜蜜的親吻。

當下有一股熠熠光輝走進山谷！是名喚佛斯佛魯斯的少年，珠芽百合看著他，用充滿熱烈思慕的情感哀求：「俊俏的少年，當我永恆的戀人吧！我愛你，如果被你拋棄，我會枯萎。」

少年佛斯佛魯斯說：「我願意當你的戀人，美麗的花朵，但這麼一來，你就會像個壞孩子，離開爸爸和媽媽，不再認識自己的玩伴，你將希望長得比周遭任何讓你歡喜的東西都高大強壯，現在讓你周身舒暢溫暖的思慕，將碎裂為幾百道光芒折磨你，讓你痛苦；因為感覺會生出更多感覺來，而我投進你體內、火花點燃起來的狂喜，是無望的痛苦，因為你抽長新的嫩芽之後便會死去。」這個火花就是思想！

「啊！」百合抱怨，「此時此刻我體內燒灼著熱情，難道我不能立刻成為你的人嗎？一旦你把我毀了，我還能愛你勝過現在，還能像現在這樣看著你嗎？」它親吻少年佛斯佛魯斯，彷彿被光線穿過似的，它在火苗中燒了起來，熊熊烈焰中出現了一個陌生的生物，迅速逃離了山谷，在永無止盡的空間裡東遊西盪，不管少年時的玩伴，也不管愛過的那位少年。

少年埋怨失蹤的愛人，他因為對那朵美麗百合的永恆的愛，才走進了寂寞的山谷，花崗岩低下頭去，表示對少年的悲苦感同身受。一塊岩石打開它的內部，一條有黑色翅膀的龍呼嘯飛出來，說：「兄弟們，金屬在岩石內睡覺呢，但我始終活潑又清醒，想要助你一臂之力。」

龍上上下下舞動後，終於抓住那個長出百合的生物，用翅膀載它，並用羽翼環抱住它；於是它又是那朵百合了，然而殘存的思想撕碎了它的心，它對少年的愛痛徹心扉，全身被悲痛及有毒的雲霧籠罩，向來喜歡看見它的小花因此枯萎死去。少年佛斯佛魯斯穿上閃閃發亮、發出繽紛光芒的軍裝，與那條龍奮戰，龍用牠黑色的羽翼拍打鱗片，鱗片發出清脆的聲音；那些小花在巨大聲響中重新活了過來，像彩色的鳥在龍的四周飛舞，龍的力量用盡，戰敗後埋藏在地下深處。

百合獲得釋放，少年佛斯佛魯斯用濃情密意、無限思慕擁抱它，花朵、鳥兒，甚至山谷之王高大的花崗岩，都唱起歡欣鼓舞的讚美詩向他們致意。「您同意否，這是東方的浮誇風格，尊貴的檔案管理員先生！」註冊主任赫爾布朗說，「但我們仍求您，像平常那樣，講一些您奇特的人生，例如您的冒險之旅，而且是真實故事之類的給我們聽。」

「怎麼啦？」檔案管理員林德荷斯回答，「我剛剛講過的，就是我能拿出來與您們分享，最最真實的事情。您們也算是我人生的一部分，我出身於那座山谷，後來統治山谷的女王，那朵珠芽百合，是我的曾曾曾祖母，所以我實際上也是一位王子。」所有的人大笑了起來。

「儘管開心笑吧，」檔案管理員林德荷斯繼續說，「您們大概以為我簡略敘述的事情愚蠢又荒唐，但那些事絕不荒謬，而是千真萬確，或者僅是一些寓意而已。我早就知道這個精采的愛情故事，此外，說起來，世間有我這個人，還得感謝這個故事呢，您們卻不怎麼欣賞，我寧可講些新鮮的，昨天我哥哥來訪時告訴我的事情，讓大家聽聽。」

「嘿，什麼？檔案管理員先生，您有個哥哥？他人在哪裡，住哪裡？他也為國王做事，或者他是私人教師？」大家都在問問題。

「都不是！」檔案管理員非常冷漠，又帶著點兒鎮定答道，「他投靠了不好的那一邊，當龍去了。」

註冊主任赫爾布朗把話接過來，「您到底想說什麼。尊敬的檔案管理員，當龍去了？」

「當龍去了？」這句話此起彼落像回音。

「沒錯，當龍去了，」檔案管理員林德荷斯繼續說，「其實是由於一種絕望。您們知道，諸位先生，家父前不久過世，這會兒才過了三百八十五年而已，因此我仍在服喪。我是家父最鍾愛的孩子，他留給我一塊美麗非凡的白瑪瑙，我哥哥非常想要這塊白瑪瑙。我倆有失體統，為此在父親的遺體旁爭吵，直到失去耐性的亡靈跳起來，把惡毒的哥哥扔下樓梯才停。我哥哥受此刺激非常憤怒，立刻投靠龍的陣營。他目前在突尼斯附近的一個落羽松森林裡，守護著一顆著名的神祕紅寶石，一個在拉布蘭買了一間避暑小屋、行為卑劣的招魂術士，正在找這顆紅寶石。這就是為什麼我哥哥只能趁著招魂術士正在花園照顧甜菜時，才能短暫脫身一刻鐘，匆匆跑來告訴我尼羅河源頭那裡發生的新鮮好事。」

在場的人第二次哈哈大笑，但是安瑟姆覺得毛骨悚然，簡直無法直視檔案管理員林德荷斯動也不動又嚴肅的眼睛，他暗自發抖，自己都不曉得怎麼回事。檔案管理員那粗嘎、類似金屬的特殊嗓音，尤其讓他覺得有股神祕的壓迫感，使他從頭到腳都戰慄不已。

為什麼今天註冊主任赫爾布朗把他帶來咖啡館，看起來已經不重要了。在檔案管理員林德荷斯家門前發生了那樁意外之後，安瑟姆不敢再次登門拜訪；他打從心眼裡相信，那樁意外即使不會致人於死地，但可能導致極大的危險。他瘋了似的倒在門前，副校長包爾曼剛好也走在街上，一位老婦人把裝有蛋糕和蘋果的籃子放在一旁，正在照顧他。副校長立刻招來一頂轎子把他送回家。

「你們愛怎麼想我，就怎麼想吧，」安瑟姆說，「你們認為我是個小丑，或者不是，夠了！黑色城門門環上那張不討喜的巫婆臉對我裂嘴笑；接下來的事情，我還是別說了；從昏厥中醒過來時，我看見那位有魔法的蘋果婦人（只有那位老婦人在照顧我），當下我嚇壞了，不然就是發狂了。」所有的勸解，副校長包爾曼與註冊主任赫爾布朗所有理性的想像，統統不管用，有一雙藍眼珠的薇羅妮卡也無法使安瑟姆脫離憂思。

大家認為他精神失常，紛紛思索著能讓他排遣煩惱的方法，註冊主任赫爾布爾認為，最有用的莫過於為檔案管理員工作，也就是抄寫手稿。只要正式介紹安瑟姆與檔案管理員林德荷斯認識就好了。註冊主任赫爾布朗知道，檔案管理員每天晚上都會來咖啡館，於是這天晚上他邀請安瑟姆來同一家咖啡館，讓他請客，喝啤酒，抽菸斗，直到他認識檔案管理員，談妥抄寫手稿的事情為止，安瑟姆滿感激萬分接受了這份邀請。

「若您讓這位年輕人恢復理性，神會酬謝您的，」副校長包爾曼說。

「神的酬謝！」薇羅妮卡重複說，同時虔誠地抬眼望向天空，生動地想著，安瑟姆雖然一時缺乏理性，卻仍然是個可愛的年輕男子呢！

檔案管理員林德荷斯戴上帽子，拿起手杖，正要走出門之際，註冊主任赫爾布朗一把抓起安瑟姆的手，與他一起走到檔案管理員那裡，說：「尊敬的機要檔案管理員先生，這位大學生名叫安瑟姆，寫字和繪畫的技巧嫻熟至極，想應徵您珍貴手稿的抄寫工作。」

檔案管理員林德荷斯迅速回答「太好了」，三角帽往頭上一戴，匆忙間把註冊主任赫爾布朗及安瑟姆推到一邊，大踏步走下樓梯，留下他倆目瞪口呆地站在那兒，盯著那扇他用力關上的門，門的樞軸發出咿咿呀呀聲。

「真是位奇特的老先生，」註冊主任赫爾布朗說。安瑟姆含糊地跟著說：「奇特的老先生。」但覺得有一陣冰冷氣流穿透全身，他忍不住打起寒顫來，差點就變成了僵硬的人形立牌。但所有的客人都笑著說：「這位檔案管理員今天心情欠佳，明天轉為溫和，就一句話也不會說，凝視菸斗的煙霧或看報；這些不要放在心上。」

「確實如此，」安瑟姆心想，「誰會放在心上？檔案管理員先生不是說，我來應徵實在太好了嗎？為什麼他想回家時，註冊主任赫爾布朗卻擋住他的路？不對，不對，基本上，機要檔案管理員林德荷斯先生親切又寬厚，只不過講話方式很奇特。於我又有何害？我明天準十二點去那裡，管他門環上有多少個銅製蘋果婦人阻攔我。」

第四次晚禱

安瑟姆覺得憂鬱／綠寶石鏡子／檔案管理員林德荷斯變成兀鷹逃走／安瑟姆一個人也沒遇見

請容許我問你，好心的讀者，你的人生中是否有過這樣的時刻，所有你熟悉的作為變質為令人痛苦的不快，平常你認為重要且珍貴的作為，忽然間顯得毫無意義，不值得敬重？你不知道該做什麼，該向何人求助。一種模糊的感覺，在某個地方的某個時刻會滿足崇高、所有超越世俗享樂的願望，那個像膽怯孩子的魔鬼根本不敢提的願望，這份感覺充溢你的胸膛，無論你去到哪裡，站在何處，這份對陌生事物的渴望就像一場蒙著薄霧的夢，透明、因銳利目光而流散的形體在夢裡盤旋，所有環繞你的東西讓你說不出話來。

你目光黯淡拖著腳步四處走動，好似絕望的情人，眼前熙熙攘攘的人製造出來的五彩混亂，既不讓你痛苦，也不讓你歡樂，彷彿你不再屬於這個世界。好心的讀者，你有沒有過這樣的心情？若你有過類似經驗，就會懂得安瑟姆的處境。

親愛的讀者，我真的希望現在就能在你面前，活靈活現敘述安瑟姆的故事。我利用值夜班的時間把他的奇異故事寫下來，還寫下許多讓我害怕的奇妙事情，好像一個幽靈隨興敘述尋常人的日常生活。到最後，你誰也不相信，無論是安瑟姆還是檔案管理員林德荷斯，甚至不太公平地懷疑起副校長包爾曼和註冊主任赫爾布朗，最後提到的那幾位先生，現在仍在德勒斯登出沒呢。

好心的讀者，請在這個充滿壯觀奇蹟的迷人王國裡，使出全力把狂喜與驚駭呼喚出來，是的，就在嚴肅女神晾曬面紗的地方，我們誤以為看到了她的臉。但嚴肅的目光經常閃耀著一抹微笑，那是調皮的玩笑，以眼花撩亂的魔術與我們玩耍，猶如媽媽時常和她們可愛的小孩消磨時光那樣。是的，在這個王國裡，魔鬼經常、或至少會在夢中向我們傾吐，好心的讀者，請認出那些熟悉的形體，也就是大家習慣說的，在你平凡生活身邊的形體。你於是相信，那個壯麗王國離你不遠，比你想的還要近，此刻我衷心祝福你，然後我要努力把安瑟姆奇特的故事講給你聽。

好吧，如同上述，那天晚上安瑟姆見到了檔案管理員林德荷斯，從此就陷入了精神恍惚的苦思中，平日的外在聯繫他都不感興趣。他覺得心中激起了一個陌生東西，讓他產生狂喜般的痛楚，預言了人類另一種更崇高的存在：思慕。他最喜歡獨自在草地與森林漫步，彷彿掙脫了所有貧瘠生活中束縛他的東西，只看見內心升起的各種想像畫面，他就能夠馬上重新找到自己。

有一次他走了好長一段路，回家途中，經過那棵怪異的接骨木，就是他從前好像被精靈困住過的那棵樹，他看出許多不尋常：他覺得家鄉這片綠茵強烈地吸引他，他才坐下來，從前他在美妙的心醉神迷中看過的東西，一股陌生力量從他心靈中擠壓出來的東西，被染上最鮮豔的顏色，再度在他眼前飄浮，這是他第二次見到。是的，他覺得看得比第一次還清楚，那條金綠色的蛇擁有迷人的藍眼睛，在接骨木中間曲折向上，那苗條身段的纏繞處發出水晶般的悅耳鐘聲，將他包覆在狂喜與陶醉中。

和那個耶穌升天日一樣，他抱住接骨木，對著枝幹和樹葉呼喚：「哦，只要讓我再一次纏繞、盤旋你而上，迷人的小綠蛇啊，我能看到你在枝幹間唷！用你迷人的眼睛再看我一次！噢，我真的愛你，如果你不回來，我會悲傷痛苦而死！」

萬物俱寂，和從前一樣，接骨木的枝幹和樹葉近乎無聲地沙沙搖動。安瑟姆從前感覺到，此刻則是清楚地知道，他心中有什麼在湧動，他的胸膛因為無止盡的思慕痛苦而裂開。「還有人像我這樣全心全意愛你至死不渝嗎？迷人的小金蛇，沒有你我活不下去，假使我無法與你重逢，無法擁有你，如果你不能成為我的心上人，我將落入絕望困境而死。但我知道，你將為我所有，另一個崇高世界應允我的美夢，便將一一實現。」

安瑟姆每天晚上會來到接骨木下，那時候的陽光仍然在樹梢撒下一絲金光，他會從胸膛深處對著樹葉與枝幹，淒楚地呼喊那位嫵媚的心上人，就是那條金綠色的小蛇。一天他照例這麼做的時候，突然有個身穿寬大淺灰色外套的高瘦男人站在那裡喊叫，他睜大亮晶晶的大眼望過去：「喂，嗨！在嘀嘀咕咕說些什麼悄悄話？」

「喂，嗨！是安瑟姆先生，想為我抄寫手稿的人。」安瑟姆被這強有力的聲音嚇得說不出話來，因為這聲音跟耶穌升天日那天聽到的耳語一樣。

「安瑟姆先生，您怎麼了？」檔案管理員林德荷斯說（這裡除了這個穿淺灰色外套的男人外沒有別人），「您想在接骨木這裡做什麼，為什麼沒來找我，您應該開始工作了呢！」

安瑟姆還沒能鼓起勇氣再次登門拜訪，這天晚上他本來有此打算；就在他看到美麗憧憬的當下，卻被不懷好意的聲音打亂了，從前就是這個聲音把他的情人給偷走的。絕望湧上他的心頭，他不假思索說道：「檔案管理員先生，無論您是否認為我瘋了，對我來說都一樣，就在耶穌升天日那天，我看到這棵樹上一條金綠色的蛇，唉！我心中永恆的戀人，牠用水晶般清脆悅耳的聲音對我說話，但您，您，檔案管理員先生，您嚇人的尖叫與呼喊聲橫過水面而來。」

「怎麼樣，我好心的助手？」檔案管理員林德荷斯打斷他，臉上露出一抹奇怪的淺笑。

安瑟姆覺得胸膛放鬆了，好似他順利展開了那場奇妙歷險，而且他怪罪林德荷斯的理由很充分：從遠方將他大聲叫回來的人就是他。他極力控制自己，說：「現在我要把耶穌升天日晚上遇到的麻煩事統統說出來，然後您可以按自己的意思說話，或者採取行動，愛怎麼看我都行。」

他果然一五一十敘述起那個事件，從很不幸一腳踢翻蘋果籃開始，直到那三條金綠色的蛇在水面上逃走，還有別人以為他喝醉或者瘋了為止。「全部，」安瑟姆總結，「皆為我親眼所見，與我說話的那個親切聲音，至今仍在我胸膛深處清楚回響；絕對不是夢，若我不應為愛情與思慕而死，我就必須相信那條金綠色的蛇，相信牠的微笑，檔案管理員先生，我察覺到，您也只把這條蛇當作我過剩幻想力的產物。」

「沒這回事，」檔案管理員心平氣和，十分鎮定地說，「安瑟姆先生，您在接骨木下看到的金綠色的蛇，其實是我的三個女兒，您愛上有一雙藍眼睛的那個，是我名叫賽芃緹娜的三女兒，現在你都知道了。我還知道耶穌升天日那一天，我在家裡坐在書桌前，低語和門鈴聲愈來愈吵，所以我把精神恍惚的女僕叫過來，要她快快回家；太陽已經下山了，而她唱夠也曬夠陽光了！」

安瑟姆預感了很久的東西，此刻有人用清晰的話語說給他聽；他發覺四周的接骨木、圍牆、草地以及所有東西輕輕地轉了起來，他打起精神想說話；但是檔案管理員不給他機會，反而很快地脫下左手戴的手套，在安瑟姆面前拿出一枚鑲著一顆閃動奇異亮光與火苗寶石的戒指，說：「您看看這裡，安瑟姆先生，您看到的東西會讓您喜悅。」

安瑟姆看過去，天啊！那顆寶石從一個發熱的焦點向四周發射出千百道光芒，那些光再織成一面清楚晶瑩的水晶鏡，鏡中的羅旋忽而閃開，忽而交纏，三條小蛇在裡面跳舞，又蹦又跳。那些閃爍著許多火花的苗條身子相互碰觸時，便響起水晶鐘般的悅耳和弦，最中間那條蛇好似充滿思慕與渴望，對著鏡子伸出牠的小腦袋瓜，深藍色的眼睛說：「你認識我嗎——你相信我嗎，安瑟姆？愛情是信仰——你有能力愛嗎？」

「哦，賽芃緹娜、賽芃緹娜！」安瑟姆意亂情迷地呼喊。但檔案管理員林德荷斯急忙對著鏡子吹氣，一陣嘶嘶電流聲中，光芒全都返回焦點內，檔案管理員沒戴手套的那隻手上只剩下一顆小小發光的綠寶石。「安瑟姆先生，您看見小金蛇了嗎？」案管理員林德荷斯問。

「老天，看到了！」大學生回答，「還有迷人可愛的賽芃緹娜。」

檔案管理員林德荷斯接著說，「安靜！今天這樣就夠了！對了，如果您決定到我家上班，您就能常常見到我的女兒，此外，若是您在工作上表現良好，我甚至會設法為您爭取到真實的享樂，這表示您必須精準、工整地抄寫每一個字。但您根本沒有來我家，註冊主任赫爾布朗向我擔保，您將在附近出現，我因此空等了好幾天。」

檔案管理員林德荷斯才提起赫爾布朗這個名字，安瑟姆便再度覺得雙腳踏在地上，而且他真的是大學生安瑟姆，站在他面前的，是檔案管理員林德荷斯。他講話時滿不在乎的嗓音又提高了些，與他有如真正招魂術士召喚出來的奇妙幻象形成鮮明對比。他閃爍的眼中流露出咄咄逼人的目光，從瘦削、皺紋臉上的乾癟洞穴發射出來，毛骨悚然好不嚇人。那目光像從一間屋子射出來似的，而那次在咖啡館裡曾經制伏他的陰森氣氛再次出現，把安瑟姆震懾住；那次檔案管理員說了好多冒險故事。

他好不容易定下神來，檔案管理員又問一遍：「您為什麼沒有來找我呢？」於是他決定把他在門口遇見的事情統統說出來。他說完時，檔案管理員說：「親愛的安瑟姆先生，我知道您說的蘋果婦人；那個東西很糟糕，會對我擺出千百種姿態，他把自己鍍上銅當門環，就是為了嚇退我的訪客。他實在很討厭，難以忍受。可敬的安瑟姆先生，您是否願意明天十二點來我家，再多留意一下門環上裂嘴而笑，發出啪吋啪吋聲音的蘋果婦人？您只要滴幾滴這種利口酒到她的鼻子上，一切便會很順利。

「再見，親愛的安瑟姆先生！我走得快，就不要求您和我一道回城了，再見！明天十二點見。」檔案管理員交給安瑟姆一小瓶金黃色的利口酒，然後快步離開。暮色已深，昏暗中他看起來不像走下山谷，倒像是飄下去的。他接近珂瑟花園時，風兒換上白色外衣，把新抽長的枝葉吹得東倒西歪，彷若在空中翩飛的一對大翅膀。

目送檔案管理員離去的安瑟姆驚訝極了，還以為有一隻大鳥張開翅膀，振翅高飛呢。夕陽下，他目不轉睛看著一隻淺灰色兀鷹在粗嘎叫聲中高高飛起，他注意到，他一直以為那對鼓動的翅膀是已走開的檔案管理員，此刻才明白應該是這隻禿鷹，他只是搞不清楚，檔案管理員這會兒到哪裡去了。

「檔案管理員林德荷斯也能以人的身分飛走吧，」安瑟姆自言自語，「我現在看到並感覺得到，所有我只在奇異夢境中看見，來自遙遠奇特世界的陌生形體，此刻都走進我清醒、活躍的生命中和我玩遊戲呢。無論真實情況如何！妳在我胸膛內活著並發熱，可愛迷人的賽芃媞娜！」安瑟姆大聲呼喊。

「這個鄙俗的名字不是出自基督教喔，」一旁有個低沉的聲音，從一個剛散步回來的男人嘴裡喃喃說出來。安瑟姆猛然想起自己身在何處，迅速地跨大步離開，心想：「假使我現在遇見副校長包爾曼，或是註冊主任赫爾布朗，不就糟了！」幸好他誰也沒遇到。

第五次晚禱

內廷參事安瑟姆夫人／西塞羅《論責任》／長尾猴和另一個惡棍／年老的莉絲／分點

「安瑟姆忽然混不下去了，」副校長包爾曼說，「我教過他的道理，提出的警告全都不管用，他統統拋諸腦後，無視自己受過很好的學校教育，更何況那是一切的基礎。」

註冊主任赫爾布朗帶著神祕的微笑狡獪地回答：「尊敬的副校長，請給安瑟姆一些時間，他雖然古怪但有錦繡前途，若我說有前途，意思是他會當上機要祕書，或許還能當上內廷參事呢。」

「內廷……」副校長驚訝得說不出話來。「安靜、安靜，」註冊主任赫爾布朗繼續說道，「我曉得，我真的曉得！他這兩天就坐在檔案管理員林德荷斯家裡抄寫手稿呢，檔案管理員昨晚在咖啡館對我說：您推薦了一位很幹練的人給我，尊敬的先生，他會有出息。您想想檔案管理員的人脈吧。安靜，安靜，我們明年再聊！」註冊主任說完這些話後仍帶著慧黠的微笑，然後走出門，讓驚訝又好奇的副校長一動也不動地坐在椅子上。

這談話讓薇羅妮卡聽到心坎裡，暗自想著：「我不是早就知道安瑟姆先生是個聰明和藹的年輕人，前途不可限量？但願我知道，他真的對我有意思！我們在易北河搭船那天晚上，他不是兩次牽起我的手嗎？我倆合唱時，他難道不曾深情款款看著我嗎？沒錯，沒錯，他真的對我有意思，而我……」

薇羅妮卡就像年輕女孩常有那樣，沉浸在未來甜美快樂的夢中。她是內廷參事夫人，住的漂亮房子不是位在城堡巷或新市場，就是在莫里斯街上。時髦的帽子、新的土耳其圍巾，穿戴在她身上煞是好看。她穿著考究的晨縷在凸窗前吃早餐，吩咐廚娘當天應該採辦的東西。「別打破這個碗，這可是內廷參事先生最愛吃的菜！」幾位衣著入時的男子經過時偷偷往上瞧，她聽得一清二楚：「內廷參事夫人是個極好的人呀，那頂尖尖的小帽襯得她多嫵媚！」樞密顧問Y女士差了僕役過來，想問內廷參事夫人今日是否有興致去林克浴場？「請代我致謝，實在抱歉，我和女總統Tz約好喝茶了。」

一早就出門辦事去的內廷參事安瑟姆回來了；他穿著最流行的服飾。「已經十點了呢，」他說，一邊讓金色的鐘再報一次時間，同時親吻一下年輕的女士，「妳好嗎，親愛的小女人，妳曉得我帶了什麼給妳嗎？」他語帶挑逗，從背心口袋掏出一對以最新穎的方法鑲嵌的華麗耳環，要換下她平常戴的那副。

「噢，好俏麗的耳環！」薇羅妮卡大聲地說，跳起來，把手上的女紅往椅子上一扔，對著鏡子仔細瞧那對耳環。

「這是怎麼一回事？」埋首於《論責任》的副校長包爾曼說，手上的書差點滑落，「誰都可能爆發像安瑟姆那樣的感情。」

剛好安瑟姆走進來，他一反常態已有數日未見人影，薇羅妮卡驚嚇之餘也感到驚訝，因為他整個人都變了。他以一種不太像他的堅定態度，述說他截然不同的人生意向，那些意向將為他帶來美好的前程，只是有些人根本看不出前景所在。安瑟姆簡短說了檔案管理員林德荷斯的工作很趕，優雅嫻熟地親吻了薇羅妮卡的手之後，便下樓離去。正在思索註冊主任赫爾布朗神祕談話的副校長包爾曼，現在更吃驚了，簡直一個音節都發不出來。

「這就是未來的內廷參事，」薇羅妮卡悄聲對自己說，「他吻我的手的時候，既沒摔倒，也沒踩到我的腳，大不同於以往！他看我的眼神好溫柔，他真的對我有意思。」

薇羅妮卡再次陷入夢想，然而那些未來她當內廷參事夫人的家居生活親切幻象中，老是有一個含有敵意的形體，譏笑著說：「全都是蠢透了的庸俗玩意，是捏造出來的，因為安瑟姆永遠也當不上內廷參事，永遠不會成為妳的丈夫；他不愛妳，沒注意到妳的藍眼睛、窈窕身段以及纖柔的手。」

薇羅妮卡猶如被潑了一盆冷水，她在那頂小尖帽和優雅耳環中幻想出來的快樂幸福，在驚愕中消散無蹤。眼淚幾乎奪眶而出，她大聲說：「啊，真的，他不愛我，我永遠也當不成內廷參事夫人！」

副校長包爾曼說：「太不真實，太誇張了！」他拿起帽子和手杖怒氣沖沖走了。

「不缺這一齣呢，」薇羅妮卡嘆了口氣，對著她十二歲的妹妹發脾氣；妹妹正坐在繡架前繡花。三點了，整理房間及準備咖啡點心的時間到了，應邀作客的歐斯特家的小姐們就快來了。但是薇羅妮卡推開的每一個小櫃子後面，從鋼琴拿下的樂譜後面，每一個從櫃子裡拿出來的杯子和咖啡壺的後面，都有一株曼陀羅草跳出來，嘲笑並掙脫，大聲嚷嚷：「反正他不會成為妳的丈夫，反正他不會成為妳的丈夫！」她放下這些東西逃到房間中間，有一個有長鼻子巨人從壁爐後面冒出來嘟嘟嚷嚷：「反正他不會成為妳的丈夫！」

「妳有沒有聽見什麼，妳有沒有看見什麼，妹妹？」薇羅妮卡大叫，害怕得發抖，她什麼東西都不敢碰了。法蘭絲嚴肅又鎮靜地推開繡架站起來，說：「妳今天怎麼啦，姊姊？妳亂丟東西，乒乒乓乓，我還得幫忙收拾哩。」

此時那幾位小姐剛好走進來，心情愉快，笑容滿面，剎那間薇羅妮卡發覺她把壁爐上的裝飾看成一個形體，沒關緊的壁爐門發出咿咿呀呀，聽在她耳朵裡變成很不友善的話語。一陣巨大的驚愕席捲內心，一時間難以平復，她蒼白、驚慌失措的臉透露了她異於平常的焦躁不安。

千萬不能讓朋友們看出來，她心想。她們很快就中斷正在聊的趣聞，催促她說到底遇見了什麼事；薇羅妮卡只好坦承，她沉醉在一種非常特殊的思維中，大白天忽然感到鬼影幢幢，一點也不像平日的她。這會兒她正生動地描述，有個灰撲撲的小矮人從房間內所有角落奚落、嘲笑她，使得歐斯特家的小姐們膽怯地四下張望，覺得陰森恐怖極了。

法蘭絲端著熱騰騰的咖啡走進來，三位小姐想了想，笑自己愚蠢。歐斯特家的大女兒安格莉卡和一位公務員有婚約，那個人從軍去了，已有很長一段時間失去音訊，人們不禁懷疑他不是死了，或是受了重傷。安格莉卡因此心情沉重，今天的她卻開心還有些頑皮，對此薇羅妮卡相當驚訝，並且毫不掩飾地告訴她。

「親愛的，」安格莉卡說，「妳不認為我的心始終和我的維克多在一起，無時無刻不想著他嗎？正是因為這樣我才高興啊！上帝！我好快樂，心情好得不得了！因為我的維克多安然無恙，而且再過不久我就會看到他，他將晉升為騎兵上尉，配戴表現英勇而獲頒的榮譽勳章。這期間他的右臂受了不算小的傷，他被敵方匈牙利騎兵的軍刀刺到，所以無法寫字。另一方面，他們迅速換了駐防地點，他因為不想離開軍團，來不及給我捎訊息。但今晚他會拿到完全康復的證明，明天就啟程返家，當他登上車時，便會被任命為騎兵上尉。」

「親愛的安格莉卡，」薇羅妮卡插進來說：「妳現在就知道得這麼清楚呀？」

安格莉卡說：「別笑我，親愛的朋友，妳不會笑我的，因為妳不希望受罰，像剛才躲在鏡子後面灰不溜秋的矮小男人又瞪著妳那樣吧？夠了，我想說，生活中某些神祕東西我無法不信，因為它們經常是可望又可及。但是有些人有預言天賦，懂得善用他們知名可靠的手法，我覺得他們更奇妙且不可思議。此地一位年老婦人就具有這種天賦，不同於她那幫子從紙牌、鉛或咖啡渣預言未來的同夥；她與問事情的人一起準備好之後，一面擦得很亮的金屬鏡子上會出現一個雜揉各式各樣人物和形象的混合物，老婦一一分析，從中求出問題的解答。我昨天晚上去找她，打聽到我的維克多的消息，我深信那是真的。」

安格莉卡的敘述，為薇羅妮卡的心情帶來一絲微光，她立刻興起念頭去問那老婦人安瑟姆和她有沒有希望。她獲悉老婦姓勞爾，住在大湖門前面一條僻靜的街上，只在星期二、星期三以及星期五晚上，從七點開始，連夜直至日出時見客；客人最好單獨前往。今天是星期三，薇羅妮卡決定藉口送歐斯特姊妹回家，去拜訪那位老婦人。

她真的按照計畫去了。才在易北橋前和住在新城的兩姊妹道別，便快步趕往大湖門，不一會兒就來到那條僻靜的街上。她看見街尾有一間紅色小屋，老婦人應該就住在裡面。她站在門前時，陰森森的感覺襲來，心中忍不住打顫。她振作起來，無視內心猶豫，伸手按鈴，門應聲打開，她於是摸索著穿過漆黑的走道，走到通往樓上的樓梯，安格莉卡是這麼描述的。

「勞爾女士住在這裡嗎？」她對著空蕩蕩的走道問，沒人現身；一聲喵嗚替代了回答，一隻背弓得很高的大黑貓跑來，彎彎的尾巴甩來又甩去，神氣地從她面前跑到房間門口，第二聲喵嗚後門就開了。

「看，小女兒妳來啦？進來，進來！」探出頭來的人喊著，她的目光讓薇羅妮卡的腳在地上生了根。一個高高瘦骨嶙峋，披著黑色破布的女人！她說話時，突起的尖下巴跟著哆嗦，無牙的嘴歪扭，凸起的鷹勾鼻有一層陰影，她裂嘴笑著，發亮的貓眼跳動的光穿透大大的眼鏡。亂七八糟的黑髮伸出纏頭的彩巾外，最可怕的是那張令人不快的臉上有兩大塊燒焦似的斑，從臉頰左邊延伸到鼻子。當那個巫婆木柴般的手抓住她，拉她進房間時，薇羅妮卡屏住呼吸，重壓的胸膛意欲爆發出來的尖叫轉為低沉的嘆息。

房間裡所有東西都在動，混亂的尖叫、喵嗚，嘰哩呱啦、劈里啪啦，全部攪成一團。老婦人一拳打在桌上，大叫：「安靜點，惡棍！」一隻長尾猴號泣著爬上有天蓋的床，幾隻天竺鼠跑到壁爐底下，一隻烏鴉在圓鏡子上拍動翅膀；唯有那隻黑貓不把她罵人的話當一回事，安安靜靜坐在軟墊椅上，牠剛才從門口進來後就跳到了這張椅子上。

四周安靜下來後，薇羅妮卡重新有了勇氣；外頭走道比這裡陰氣逼人多了，她甚至不覺得那個女人可怕，現在才能仔細看看這個房間。各種動物標本從天花板垂掛下來，怪里怪氣的器材亂放在地上，壁爐裡燒著藍色的小火，偶爾竄起黃色的火星子；上面有聲音傳下來，像人臉一樣猙獰大笑的噁心蝙蝠搖來擺去，有時火苗沿著燻黑的牆往上竄，接著響起刺耳、啜泣般的訴苦聲音，薇羅妮卡都快嚇死了。

「小姐，恕我無禮。」老女人微微一笑，抓起一支很大的雞毛撢子，在銅壺裡浸了一下，然後對著壁爐灑了又灑。火滅了，房內濃煙密布，變得非常陰暗，但不一會兒老女人手持一盞燈回來，薇羅妮卡再也看不見那些動物和器材，這不過是一間沒什麼裝飾的尋常房間。

老婦靠近她，咕嚕咕嚕說起話來：「我知道妳為什麼來找我，我的孩子。這麼說吧，妳想知道，安瑟姆當上內廷參事時，妳會不會嫁給他！」薇羅妮卡又驚又怕，但老婦繼續說：「妳在妳爸爸家，咖啡壺擺在你面前時，妳都跟我說了，我就是那個咖啡壺，妳不認識我了嗎？女兒，聽好！放棄，放棄，放棄安瑟姆，他是個糟糕的人，借用我小兒子的面目現身，我可愛的小兒子，他的臉頰紅潤，像人們買了放進袋子裡再滾進我的籃子裡的小蘋果。他偏袒那個老男人，前天他把雌黃澆在我的臉上，妳看焦斑還在呢，孩子！放棄他，放棄！他不愛妳，他愛的是那條金綠色的蛇，他永遠不會成為內廷參事，因為他將受雇於蠑螈，並希望和那條綠蛇結婚，放棄他，放棄！」

性情堅定的薇羅妮卡很快就克服了因羞怯而受到的驚嚇。她往後退一步，用嚴肅鎮定的聲音說：「老女人！我聽說您有預知未來的本事，也許我太好奇也太性急了，因此想從您這裡獲悉，我深愛並看好的安瑟姆會不會屬於我？如果您不打算完成我的心願，卻只滿口空話取笑我，這樣不公平；因為我只希望，您像幫別人達成心願那樣幫我。看起來您知道我最真摯的想法，也許您輕易就能看穿我正受到的折磨與驚嚇，但聽了您莫名其妙否定善良的安瑟姆之後，我再也不想從您這裡知道什麼了。晚安！」

薇羅妮卡急著要離開，老婦又哭又嘆跪了下去，緊緊抓住她的衣裳說：「小蘿，妳不認識常常把妳抱在懷裡，照顧妳，好疼妳的老莉絲了嗎？」

薇羅妮卡不敢相信自己的眼睛；剛才她裹著一條難看又髒兮兮的披肩，穿一件黑色破衣，現在卻戴上一頂正經的帽子，身穿繡著大花朵的外套，就像她一向的穿著。

她從地上站起來，抱住薇羅妮卡說：「所有我告訴妳的事情，妳或許覺得荒唐，但可惜他就是這樣。安瑟姆對我做了太多壞事，但都不是出於他自願；他被檔案管理員林德荷斯控制，他想把自己的女兒嫁給他。那個檔案管理員是我最大的敵人，我可以把他的事都告訴妳，但妳不會了解，要不然會很吃驚。他是個聰明的男人，而我是聰明女人，這大概就是原因吧！我很清楚妳非常喜歡安瑟姆，我願意竭盡全力幫妳，讓妳幸福，如妳所願開開心心地結婚。」

「拜託告訴我，莉絲！」薇羅妮卡插嘴，「安靜，孩子，安靜！」老婦打斷她，「我知道你想說什麼，我變成現在這個樣子，因為我不得不然，我沒有辦法。好吧！我曉得用什麼方法能治好安瑟姆對那條綠蛇愚蠢的愛，然後讓他以親切可愛的內廷參事身分投入妳的懷抱；但妳要幫忙！」

薇羅妮卡的聲音低到幾乎聽不見：「儘管開口，莉絲！我什麼都願意做；因為我好愛安瑟姆！」

老婦說：「我知道妳的，妳從小就很勇敢，我想用狗吠聲引妳睡覺，根本沒用；妳反而睜開眼睛想看狗狗；妳有膽不點燈走進最後面的房間，經常穿著爸爸的長大衣嚇鄰居家的小孩。好吧！妳真的要我使出看家本領，戰勝檔案管理員林德荷斯和那條綠蛇？妳真的要內廷參事安瑟姆當妳的丈夫？那麼，在接下來的日子裡，每天晚上準十一點，妳得從爸爸的房子裡溜出來找我；我和妳一起走到十字路，然後穿過田野，我們要準好，妳也許會看到的奇妙東西，妳不該受到誘惑。現在，孩子，晚安，爸爸正等妳回去喝湯呢。」薇羅妮卡火速離去，下定決心絕不錯過夜晚的二一分點。

第六次晚禱

檔案管理員林德荷斯花園旁的幾隻模仿鳥／金盆子／英文斜體字／沒削好的羽毛筆／幽靈侯爵

「但也有可能，」安瑟姆對自己說，「在檔案管理員林德荷斯家門前出現嚇到我的瘋狂幻象，是因為我在康拉迪先生那裡大口喝下上好濃烈的藥草利口酒？所以我今天一定要保持清醒，好好對抗所有可能會遇到的災禍。」

就跟上次他第一回準備登門拜訪檔案管理員林德荷斯時一樣，他把鋼筆畫、書法作品、墨水筆、削好的羽毛筆收拾妥當，正當他往門口走時，眼前忽然浮現檔案管理員林德荷斯送他的那一小瓶黃色利口酒。於是他再次踏進奇特的冒險，覺得灼熱的色彩穿過知覺，一種無名的幸福與痛苦劃開他的胸膛。他不由自主如泣如訴大喊：「唉，我去檔案管理員家，不是就為了要見妳嗎，迷人可愛的賽芃緹娜？」當下他好像覺得，賽芃緹娜的愛就是他必須辛苦、不計危險工作的代價，而這份工作不過就是抄寫林德荷斯的手稿罷了。

他確信自己在踏進那棟房子時，會遇到比上次更多的奇妙東西。他不再去想康拉迪的藥草利口酒，而是快速將自己那瓶利口酒塞進背心口袋，如果那個銅環蘋果婦人膽敢再對他呲牙裂嘴，他就能完全依照檔案管理員的囑咐應對。當他於鐘敲十二下去拉門環，那個尖鼻子不會真的立刻伸出來？那雙貓眼也不會閃閃發亮？

不及多想，他匆匆把利口酒噴在那張討厭的臉上，那張臉變得光滑，熨平似的，剎那間變成一個閃閃發光的圓形門環。門打開了，整棟屋子都聽得到鐘聲：叮鈴噹啷，年輕人，快、快、跳、跳，叮鈴噹啷。他放心大膽爬上那寬敞的樓梯，聞了聞瀰漫整棟房子的奇特煙燻味。他在走道上停下來，因為他不確定，那麼多漂亮的門當中應該敲哪一間？

檔案管理員林德荷斯裹著一件錦緞睡袍現身，說：「我很高興，安瑟姆先生，您終於信守承諾，請跟我來，我帶您去實驗室。」一說著他便快步走向長長的走道，打開一扇通往穿廊的側門。

安瑟姆安心地跟在檔案管理員後頭；他們從穿廊進入一間大廳，說他倆走進一間堂皇的花房也不為過，因為廳內兩邊種滿了長到天花板的美麗花卉，還有花葉形狀特殊的大樹。雖然看不見一扇窗戶，卻有不知打哪裡來的神奇亮光，照得整個大廳明亮極了。

安瑟姆朝灌木和樹木望過去時，長長的過道似乎通到很遠的地方。大理石水池在高大柏樹遮蔭下晶瑩燦亮，池子裡有幾尊奇異的雕像，水池濺起水晶般的亮光，劈里啪啦沉入發光的百合花萼。罕見的聲音沙沙簌簌地穿過過森林中美麗的植物，香氣飄來飄去。檔案管理員不知去向，安瑟姆只看見好大一叢紅似火的珠芽百合。

安瑟姆著了魔似地站在那裡，眼前的景象、精靈花園裡甜美的香氛使他心蕩神馳。到處都有笑聲，悅耳的聲音輕輕地揶揄和諷刺：「大學生，大學生！您從哪裡來的？為什麼穿這麼整齊，安瑟姆先生？跟我們聊天，說些奶奶在屁股上打雞蛋，貴族子弟弄髒華美背心之類的閒話，好嗎？安瑟姆先生，歐椋鳥爸爸[7]教的東西，您是不是已倒背如流？您戴的那頂玻璃纖維假髮，還有米灰色的翻口靴子，看起來好滑稽！」

笑聲從每個角落傳來，就在他旁邊逗著他，他現在才察覺到，各種五彩鳥在他四周飛舞，大聲嘲笑他。這時候那叢珠芽百合直奔向他，他定睛一看，原來是檔案管理員林德荷斯，那些東西原來是他發亮睡袍上的黃花與紅花。

「對不起，安瑟姆先生，」檔案管理員說，「我把您丟在這裡，我只是去看了一下今

7 註冊主任赫爾布朗的綽號。

晚會開花的漂亮仙人掌。您喜歡我的小花園嗎？」

「老天，這裡美得不得了，尊敬的檔案管理員先生，」安瑟姆回答，「倒是五彩的鳥兒狠狠地譏刺了在下一頓！」

檔案管理員生氣的對著灌木叢吼：「說些什麼廢話呢？」一隻灰色大鸚鵡飛出來，坐在檔案管理員旁邊的香桃木上，透過牠彎曲喙子上的一副眼鏡，極其認真又架式十足地盯著他，咯咯叫：「別放在心上，檔案管理員先生，我那些放肆的小子只是鬧著玩，要怪就怪這位大學生，因為……」

檔案管理員打斷了老傢伙的話，「安靜！安靜！我知道這些玩笑，但是您應該守規矩，朋友！我們走吧，安瑟姆先生！」

檔案管理員又走過幾間布置得很有異國情調的房間，安瑟姆都快跟不上他了，一心想多看看那些到處擺滿的奇形怪狀、亮晶晶的家具，以及其他從來沒見過的東西。他們終於進入一個大房間，檔案管理員往上看，於是安瑟姆從容地欣賞這間大廳內的簡單裝飾。

高大棕櫚樹古銅色的樹幹從天藍色的牆壁長出來，有如發亮綠寶石的大片葉子往上捲，直達天花板。房間中央放著一張斑岩做的桌子，上面有三頭深色火山岩雕成的埃及獅子；桌面上立著一個式樣簡單的金盆，安瑟姆無法把眼光從金盆子移開。看起來好像所有東西都在這個金盆上玩耍，反射出許多光芒。有時候他看見自己張開充滿渴望的手臂，哎！那棵接骨木旁，賽芃緹娜逶迤上下，迷人的眼睛看著他。安瑟姆意亂情迷地大聲呼喊：「賽芃緹娜！賽芃緹娜！」

檔案管理員林德荷斯馬上轉過身來，說：「您在說什麼，尊敬的安瑟姆先生？我以為您想叫我的女兒過來呢，不過她正在自己的房間裡上鋼琴課，而且她的房間在另外一邊，聽不到我們說話的。繼續走吧！」

安瑟姆昏昏沉沉跟著檔案管理員往前走，他什麼都看不見也聽不見，直到檔案管理員用力抓他的手說：「現在我們到了！」

安瑟姆大夢初醒，發覺自己在一個到處是書櫃的挑高房間裡，和一般的圖書館或書房都不一樣。房間中央有一張很大的書桌，一張軟墊靠椅。「這個房間，」檔案管理員林德荷斯說，「是您暫時的工作室；未來您是否會在藍色閱覽室上班，就是您突然喊出我女兒名字的地方，我還沒決定；我希望您的能力真的符合我的願望和需求，圓滿完成我交給您的任務。」

安瑟姆的精神全來了，他確信他非比尋常的才能一定能讓檔案管理員滿意，志得意滿地從袋子拿出他的圖紙和寫字文具。檔案管理員才看了第一頁，上面有優雅的英國書寫體筆跡，就露出詭異的微笑，同時搖了搖頭。接下來看每一頁時都如此，以至於安瑟姆腦門充血，當那抹微笑變得充滿譏諷與輕蔑時，他氣惱地脫口說出：「檔案管理員先生好像不太滿意我才疏學淺？」

「親愛的安瑟姆先生，」檔案管理員林德荷斯說，「您具有書法藝術的傑出天分，但目前我認為，我比較看得出您用功、意志堅強，勝過您的才能，也許是因為您使用的材料不夠好吧。」

安瑟姆說了很多關於他備受肯定的藝術才華、墨條，以及精挑細選的羽毛筆。檔案管理員林德荷斯把英國書寫體那一頁遞給他，說：「您自己評評看！」

安瑟姆突然間察覺他的筆跡簡直糟透了，當下驚訝得說不出話來。沒有一筆是順的，沒有一劃正確，大寫和小寫字母不成比例；沒錯，他像小學生用沒削好的羽毛筆寫字，動不動就寫出格子。

「還有，」檔案管理員林德荷斯繼續說，「您的墨也不經用。」他的手指在一個裝滿水的杯子裡浸了一下，然後輕輕沾一下那些字母，所有字母都消失了。

安瑟姆覺得咽喉像被狂人掐住，一個字也說不出來。他站在那裡，手上是那張遭惡評的紙，檔案管理員林德荷斯笑得更大聲了，說：「您別太在意，尊敬的安瑟姆先生；您目前尚未能表現出來的才能，也許在我這裡發展得順利些；何況您使用的材料優於平常能買到的。儘管放心，開始工作吧！」

檔案管理員林德荷斯先拿出一大瓶飄著怪味的黑色液體，一支染了奇特顏色、削尖的羽毛筆，一張光滑的白紙，然後從上了鎖的櫃子拿出一張阿拉伯文原稿，當安瑟姆坐下工作後，他隨即離開房間。

安瑟姆之前曾有不少機會抄寫阿拉伯文，這第一個任務倒是不難。「沒削好的羽毛筆怎麼毀了我漂亮的英文斜體字，只有上帝和檔案管理員林德荷斯知道，」他說，「但是，那不是出自我的手，否則我寧可死去。」

羊皮紙上每一個字他都寫得完好工整，他因此勇氣倍增，技巧也更純熟了。事實上他寫得好極了，神祕的黑色墨汁順服地在光潔平滑的羊皮紙上流動。他勤快又專注地寫著，益發覺得這個寂靜的房間裡陰風慘慘，他全心全意在抄寫上，希望自己順利寫完。

鐘聲響起，三點了，檔案管理員喊他，隔壁房間已經準備好他的午餐，請過去享用。餐桌上，檔案管理員林德荷斯的心情好得出奇，向安瑟姆打聽他的朋友，副校長包爾曼、註冊主任赫爾布朗，說了不少後者的趣事。萊茵區的陳釀葡萄酒很對安瑟姆的胃，他的話變得比平常多。鐘敲四下時他站起身，回去工作，檔案管理員林德荷斯似乎很欣賞他準時結束午餐。用餐前他把那份阿拉伯文原稿抄得得心應手，這會兒進行得更順利，他自己都搞不清楚，他照樣抄那些毫無章法的筆劃為何又快又容易？

有個聲音從他內心深處升起，小聲但清楚的說：「喂！如果你心裡沒有想著她，如果你不相信她的愛，你能完成任務嗎？」房間裡響起輕得不能再輕、清脆悅耳如水晶的耳語：「我在你身邊──很近──很近！我幫你──要勇敢──要堅強，親愛的安瑟姆！我和你一起努力，你才會成為我的人！」他聽到這些滿心歡喜，陌生的文字愈看愈明白，都不用看原稿了。是的，好像那些字淺淺地印在羊皮紙上，他的巧手只需要描上黑色即可。

他在有慰藉效果的動聽聲音中繼續工作，彷彿周遭流淌著甜美溫柔的氣息，直到鐘響，六點了，檔案管理員林德荷斯走進房間。他笑吟吟走向書桌，安瑟姆一語不發站起來，檔案管理員林德荷斯仍舊露出嘲弄的微笑看著他；他才看了抄本一眼，那抹微笑便轉為莊重的嚴肅，臉上的肌肉繃了起來。不久他就像換了一個人似的，原先有火光照耀的眼睛，此刻溫和得無以言喻，他盯著安瑟姆，蒼白的臉頰染上淡淡的紅暈，緊抿的嘴上掛著慣有的諷刺，唇形柔和且優美，似乎張口要說些充滿睿智與感性的話。他整個人變高，變得更高貴；披掛在胸膛與肩上的寬大睡袍如同國王大衣，衣服上有一道道寬褶痕。他高而寬闊的額頭上的白色鬈髮，盤成一個窄窄的金環。

「年輕人，」檔案管理員的聲音相當愉悅，「年輕人，我早就料到，是那些神祕關係讓你擄獲了我最疼愛、最聖潔的人！賽芃緹娜愛你，當她成為你的人，當你得到她擁有的金盆子，也是你一定會得到的嫁妝，厄運的絲線會纏住敵視力量，一個奇特的命運會實現。但是，你只能從戰鬥中追求更高境界的幸福。敵視的力量會攻擊你，唯有用內在力量抵禦誘惑，可以救你於痛苦與毀滅。你靠著在這裡工作熬過實習期；只要你堅持必須堅持的東西，信念與悟解會帶領你朝向目標邁進。把她好好放在心上，她，愛你的人，你將看見金盆子美妙的奇蹟，永遠幸福快樂。祝你順利！」

檔案管理員林德荷斯輕輕把安瑟姆推到門邊，然後鎖上門，於是安瑟姆留在他剛用餐的房間內，房內唯一的門通往走道。他站在門前，仍然陶醉在那些美麗景象裡。上方一扇窗子忽然開了，他抬頭望，是檔案管理員林德荷斯，他身穿一件淺灰色外套，一如他先前看到的那件。他對他說：「喂，尊敬的安瑟姆先生，您在想什麼？怎樣，阿拉伯文還裝在您的腦袋裡呀？您若去找副校長包爾曼，請代我問候一聲，明天您請十二點準時來。今天的報酬已經放在您背心的右側口袋裡了。」

安瑟姆果然在右邊口袋裡找到一枚白燦燦的銀幣，但他一點也不高興。「這枚銀幣會有那些造化，我不知道，」他對自己說，「反正我被瘋狂的空想與鬼怪圍繞，心中只有可愛的賽芃緹娜，如果她放棄我，我寧可死去，因為我知道我永遠會這麼想，沒有哪個敵視力量能讓我對她死了心。但是我的想法和賽芃緹娜對我的愛一不一樣？」

第七次晚禱

副校長包爾曼清乾淨菸斗，就寢去了／林布蘭與布勒哲爾／魔鏡與艾克史丹醫師治療無名病的藥方

副校長包爾曼總算把菸斗清乾淨，他說：「上床睡覺的時間到了。」薇羅妮卡答道：「沒錯，」她正為爸爸這麼晚了還沒睡而擔心，「早就過十點了呢。」副校長才回到他的書房兼臥室。法蘭絲呼吸沉重，宣告她睡得正熟，薇羅妮卡作勢躺在床上，然後輕手輕腳起來，穿上衣服，披上大衣，溜出家門。

從薇羅妮卡離開老莉絲的那一瞬間開始，安瑟姆便無時無刻不在她的眼前，不知為

何心中一直有一個陌生的聲音，不停重複他正在抵拒一個與她敵對的人，那個人與他結夥，除非薇羅妮卡運用神祕的魔法，否則無法拆散他倆。她一天比一天信任老莉絲，陰森恐怖的印象不再強烈，所有與老婦人美好特殊的關係在她看來變成不尋常又傳奇似的微光，把她吸引住。所以她也下定決心，就算危險、失蹤、惹出許多麻煩，也要不分晝夜通過這場冒險。

終於到了棘手的夜晚二分點，老莉絲預告協助她與安慰她的時刻。已經習慣夜晚出走的薇羅妮卡勇氣十足，箭也似地奔馳過寂靜的街道，未曾留意在空氣中呼號的狂風，以及打在她臉上的豆大雨滴。十字塔的鐘鬱鬱敲了十一下，薇羅妮卡站在老婦人家門口時，全身都濕透了。

「嗨，小可愛，小可愛，來啦！等等，等一下呵！」老婦從樓上往下喊，才一下子就站在門前，挽著一個裝了東西的籃子，她的貓也下來了。

「我們走，趁黑夜去完成我們要做的事吧。」老婦一邊說，冷冰冰的手一邊握住薇羅妮卡抖顫的手，把沉甸甸的籃子交給她，再取出一口鍋子，一個三角架和一把鐵鏟。她倆走上田野時，雨已經停了，但風變強了；千百種聲音在風中哭泣。黑色雲層中傳來一聲撕裂心肝、嚇人的悲嘆，然後聚集成快速的詛咒，全部籠罩在黑暗中。

老婦走得很快，刺耳的嗓音喊著：「火把、火把，年輕人！」於是，藍色閃電在她們面前蜿蜒交錯，薇羅妮卡發覺那隻貓噴出嗖嗖火花，身上發著光，在她們面前跳來跳去，每當狂風暫時平息，便能聽到黑貓惶恐的呼救聲。薇羅妮卡好像沒法呼吸了，貓兒冰冷的爪子在她體內又搔又刮，她勉強振作起來，向老婦靠近些，說：「全部都要做到，該發生的就讓它發生吧！」

「對極了，我的孩子！」老婦回答，「要堅定，我有好東西要給妳和安瑟姆！」老婦終於停下腳步，說：「我們到了！」她在地上挖了一個洞，把煤炭倒進去，然後把三腳架放在上頭，再把那口鍋子放在三腳架上。她做這些事的時候，姿勢非常奇怪，那隻貓繞著她不停打轉，貓尾巴噴出火花來，形成一個火輪。不久後那些木炭也燒紅了，三腳架下總算有藍色火苗竄出。

薇羅妮卡脫下大衣和紗巾，蹲在老婦的旁邊，老人緊緊握住她的雙手，閃閃發亮的眼睛盯在女孩身上。老婦從籃子裡拿出花、金屬、藥草、動物，放進鍋子裡，數量之多絕對不容小覷。一大堆東西開始滾沸、冒煙。

老婦放開薇羅妮卡的手，拿起一把鐵製的杓，放到燒熱的鍋中攪拌，薇羅妮卡則依照她的吩咐，定定地往鍋子裡看，一心只想著安瑟姆。薇羅妮卡一直把頭髮編成辮子盤在頭上，現在她剪下一綹像一個小小指環的鬈髮，老婦將之丟在簇新發亮的金屬上，再丟進鍋中，隨即在夜晚激起恐怖刺耳又模糊不清的聲音，而那隻貓哀嗚呻吟，跑個不停。

但願你，我好心的讀者，九月二十三日這天剛好要前往德勒斯登；當夜色漸深，有人拚命要把你留在最後一站，但沒有成功；友善的店家請你考慮，外面風強雨大，二分點之時在黑暗中趕路有多陰森可怕；但是你不理會勸告，只是猜想：我給馬車夫一枚銀幣當小費，最晚凌晨一點就到德勒斯登了，然後就能在金天使或鋼盔飯店，或者能在瑙姆堡城裡吃一頓好的，再躺在柔軟的床鋪裡睡覺。

此刻你在黑夜裡乘車，突然看到遠方有一個奇怪閃爍的燈火。等到靠近時，你看出那是個火輪，中間有一口鍋子，濃煙、發亮的紅光與火花升起，有兩個人坐在那裡。那堆火剛好在路中央，馬兒氣喘吁吁，又是跺腳又用後腿站起。馬車夫咒罵並祈禱，鞭打馬匹，但牠們就是不動。

你不情願地下車，向前跑幾步，看到那位苗條迷人的女孩，身穿一件優雅的薄睡衣跪在鍋子旁邊。風把她的辮子吹鬆了，栗子色的長髮在風中飛揚。三腳架下的火苗竄得很高，那張天使般美麗的臉蛋就在耀眼的火光中，但是好奇怪啊，冰川澆鑄在那臉蛋上凝結成死灰色，她呆滯的目光、上翹的睫毛，驚駭想張口大叫卻叫不出聲，她掙脫不了無名酷吏強加在她胸膛的死亡恐懼。你看出她有多麼驚恐、慌張；她的小手用力握緊向上伸，好像在乞求並呼喚守護天使，把她從地獄的龐然怪物那裡救出來。怪物們聽從強大魔法師指揮，馬上就要露面了。她跪在那裡動也不動，好似一尊大理石雕像。一位高瘦、膚色偏黃，有鷹勾鼻和一雙貓眼的婦人，與她面對面坐在地上；骨瘦如柴的手臂從她披著的黑色大衣裡伸出來，笑著攪拌那鍋湯，粗嘎的聲音在狂風呼嘯中喊叫。

好心的讀者，我打賭，你觀賞林布蘭或布勒哲爾的地獄畫時無懼無怕，但是那些景象此刻活生生在眼前，你看了也會嚇到頭髮倒豎起來。

但你的目光無法離開那位身陷水深火熱中的女孩，你全身的纖維與神經像遭逢電擊而顫抖，你火速興起十足的勇氣，祈求抵抗火輪那神祕的力量；於是你克服了恐懼，想法在恐懼和驚愕中萌芽，變為成果。你覺得，你好像就是那個懼怕死亡的女孩哀求的守護天使，彷彿必須立刻掏出口袋裡的手槍，毫不猶豫斃了那老婦！但是，你熱烈設想的當下大聲叫了出來：「喂！」或者：「那邊怎麼了？」或者：「你們在那裡幹嘛？」

馬車夫用力吹號角，老婦攪動她的湯，所有景象瞬間消失，化為濃煙。你找到那個你懷著熱烈情感在黑暗中尋找的女孩了嗎？我不敢斷言，但你搗毀了那老婦的幽靈，解除了薇羅妮卡草率請求庇佑的神奇輪子的魔力。

好心的讀者，你或者誰都不該在九月二十三日這天晚上，在風狂雨驟中參與這場巫術，嚇得要死的薇羅妮卡必須留在鍋子旁捱過去，直到接近大功告成。她聽得見周遭的哭聲與怒吼，所有不好的聲音混在一起，絮聒個不停，但是她不敢睜開眼睛，因為她感覺到，若是看見身邊醜陋嚇人的東西，她的精神會錯亂失常，無法治癒。

老婦停止攪拌鍋中物，濃煙漸漸消散，到最後只剩下鍋底殘餘的酒精在燃燒。老婦說：「薇羅妮卡，孩子！親愛的！看看鍋底！妳看到什麼？妳看到什麼？」

但是薇羅妮卡無法回答，她覺得鍋子裡有好多亂七八糟的東西轉來轉去；那些東西出現時，模樣愈來愈清楚，安瑟姆忽然從鍋底現身，友善地看著她並把手伸向她。她大聲說：「哦，安瑟姆！安瑟姆！」

老婦火速鬆開鍋邊的旋塞，燒紅的金屬嘶嘶作響流動，形成一小塊，老婦把它放在她旁邊。老婦此時跳起來，滿口咕咕聒聒，粗魯地搖擺身子：「完成了，謝謝，年輕人！你守護——哇——哇——他來了！咬死他，咬死他！」

空中傳來巨大咆哮聲，似乎有一隻巨鷹拍翅轟隆飛下，同時用好大的聲音呼叫：「喂，嗨！惡棍們！結束了，結束了，回家去！」老婦哭著倒下去，薇羅妮卡失去知覺。

她清醒過來時，天已經亮了。她躺在自己的床上，法蘭絲端著一杯滾燙的茶站在床前，說：「拜託告訴我，姊姊，妳到底怎麼啦？我站在這裡有一個鐘頭，或者更久了，妳躺在那裡，像是發了高燒，失去知覺，哀聲又嘆氣，讓我們害怕又緊張。爸爸因為妳的緣故沒去教書，馬上要把醫師請到家中。」薇羅妮卡默默地接過那杯茶；喝茶時，夜裡那些可怕景象活生生就在眼前。

「折磨我的只是一場可怕的夢。但我昨天晚上確實去找了那個老女人，九月二十三日沒錯吧？但我昨天就生病了，還挺嚴重的，一切都是我在幻想，除了不停地想安瑟姆，不停想那位名叫莉絲，只會拿安瑟姆取笑我的奇特老女人，我並沒有生病。」

剛剛走開的法蘭絲這時又進來了，手上是薇羅妮卡溼透的大衣。「瞧，姊姊！」她說，「夜裡颳起好大的風，把窗戶都吹開了，放大衣的椅子也倒了，然後雨打進來，大衣都打濕了。」

薇羅妮卡心情沉重，因為她這會兒明白了，讓她痛苦不堪的不是一場夢，她真的去過老婦那裡。害怕與驚駭向她襲來，發燒畏寒使得四肢顫抖。她抖得厲害，拉起床單蓋上；她覺得胸口有個硬硬的東西，摸到時，覺得好像是塊紀念章。等到法蘭絲拿著大衣走開後，她取出一看，是一面擦得很亮的小圓鏡。她想，這是老婦人送她的禮物，立刻就恢復了生氣。鏡子彷彿射出美麗火紅的光，鑽進她的心，她倍覺溫暖舒暢。發燒畏寒過去了，一種難以形容的怡然貫穿全身。

她不能不想安瑟姆，她愈來愈專注地想著他，安瑟姆從鏡子裡微笑迎向她，好像一張生動的小畫像。不多久，她看見的好像不再是那張畫像，而是活生生的安瑟姆本人。他坐在一間挑高、布置很奇特的房間裡，勤快地寫著字。薇羅妮卡想朝他走去，拍拍他的肩膀，說：「安瑟姆先生，您看看我吧，我在這裡呢！」

但是一點也行不通，因為他四周好像有一圈火光，當薇羅妮卡仔細看過去，原來只是大部頭書的鍍金書口。薇羅妮卡總算讓安瑟姆看見她，他卻看起來必須努力回想，最後才放出微笑，說：「哎！是您嗎，親愛的包爾曼小姐？您為什麼有時候喜歡裝成小蛇呢？」

這些莫名其妙的話讓薇羅妮卡大笑；這時她像從一場酣夢中醒來似的，當房門打開，副校長包爾曼與艾克史丹醫師走進來時，她迅即將鏡子藏起來。艾克史丹醫師直接走到床邊，為薇羅妮卡量脈搏，接著他沉思良久，只說：「嘿！嘿！」便離開病人而去。副校長包爾曼不明白艾克史丹醫師的意思，薇羅妮卡到底得了什麼病？

第八次晚禱

棕櫚樹圖書館／一隻倒楣蠑螈的命運／黑色鱗片向飼料蘿蔔表達愛意／註冊主任赫爾布朗酩酊大醉。

安瑟姆在檔案管理員這裡上班好幾天了。在這裡工作可說是他這輩子最快樂的時候，賽芃緹娜悅耳的慰藉話語不斷繚繞，他經常被一股掠過的氣息輕輕觸動，前所未有的愉悅流經全身，時常上升為狂喜。他匱乏生活中的困難和小憂小慮，全都從知覺與思維中消失，新生活使他真實感受到陽光燦爛，領會到一個更高遠世界的奇蹟；平常那些奇蹟只讓他驚訝、害怕。抄寫進行得愈來愈快，他經常想，他只是把早就認得的筆劃寫在羊皮紙上，描摹起來正確無誤，而且不太需要看原稿。

除了用餐時間，檔案管理員林德荷斯偶爾才會露臉，每次都在安瑟姆剛寫完一份手稿的最後一個字的那一刻，他就會出現，然後交給安瑟姆一份新手稿，用一根黑色小細枝攪一下墨水，把用過的羽毛筆換上新削尖的筆尖，之後便默默離去。

一天，安瑟姆於鐘敲十二下時走下樓梯，他發覺平常他走的那扇門關上了，檔案管理員林德荷斯穿著他那件好似撒上亮晶晶花朵的漂亮睡袍，從另一頭冒出來。他大聲說：「今天您就從這裡進來吧，尊敬的安瑟姆先生，薄伽梵歌大師在他的房間等我們呢。」

他穿過走廊，帶安瑟姆走過第一次來時經過的房間與廳室。安瑟姆再次驚嘆美輪美奐的花園，但是他現在才看清楚，垂掛在深色灌木上的奇珍異卉原來是五彩亮麗的昆蟲，正上下拍打著翅膀胡亂起舞，看似用牠們的吸喙表達愛意。此外他又看到玫瑰與天藍色鳥兒與香花，從花萼散發出來的氣味往上升為可愛的輕音樂，與遠處潺潺泉水、高大灌木與樹木的沙沙聲，混和成低吟思慕的神祕和弦。他第一天來時，那隻嘲諷他的模仿鳥又繞著他的腦袋飛舞，不停用牠們纖細的嗓子說：「大學生、大學生，不要急嘛，別看那些雲彩，它們可能會掉到你的鼻子上唷。喂、嗨！大學生，穿上這件防塵大衣，鄰居貓頭鷹要幫你修剪假髮。」在安瑟姆離開花園前，這些閒扯淡沒完沒了。

檔案管理員林德荷斯終於走進天藍色的房間；放金盆子的那張斑岩製的桌子不見了，取而代之的是房間中央一張鋪著紫羅蘭絲絨的桌子，桌上放著安瑟姆眼熟的寫字文具，桌前有一張罩上絲絨的靠椅。

「親愛的安瑟姆先生，」檔案管理員林德荷斯說，「您已快速又正確地抄寫了一些手稿，我非常滿意，您足堪信賴；剩下來要做的是最重要的，抄寫，或說描摹更貼切，描摹以特殊符號寫成的作品，這些作品都放在這個房間裡，您只能在這裡抄寫。所以，未來您就在這裡工作，我必須提醒您，務必謹慎與專心；寫錯一個筆劃，老天保佑，只要一滴墨水弄髒原稿，您就完了。」

安瑟姆看到棕櫚樹的金色枝幹長出綠寶石似的小葉子；檔案管理員摘下其中一片，安瑟姆發覺，檔案管理員打開一張羊皮紙卷，當著他的面放在桌上，那片樹葉其實就是一個羊皮紙卷。那交織纏繞的希罕符號讓安瑟姆好驚奇，他注視那許多小點、一橫一豎和一撇一捺，以及曲線，忽而像植物，忽而像青苔，忽而是動物模樣，他幾乎沒有自信能精準地描摹，因此陷入了沉思。

「鼓起勇氣來，年輕人！」檔案管理員說，「你已表達你的信仰與真實的愛，賽芃緹娜會幫你的！」他的聲音聽起來有若叮叮噹噹的金屬，安瑟姆嚇一跳抬起眼來，檔案管理員林德荷斯站在他面前，狀似國王，就像他第一次造訪時出現在圖書室的模樣。

滿心敬畏的安瑟姆覺得應該行曲膝禮，然而檔案管理員林德荷斯沿著一棵棕櫚樹的枝幹爬上樹梢，身影消失在綠寶石的樹葉間。安瑟姆於是明白，幽靈侯爵剛和他說了話，現在登上他的書房，也許要在幾個星球傳送來的光芒中，以信使的身分與他商討他與迷人的賽芃緹娜之間的事。也有可能，他又想，尼羅河發源地有新鮮事等待他發掘，或者一位來自拉普蘭的古波斯僧侶來拜訪他。「我現在應該認真工作才好。」說著他便開始研究羊皮紙卷上的奇怪文字。

美妙的音樂從花園傳進房間，甜美的芬芳氣息環繞他，也聽到模仿鳥在嘰哩咕嚕，但他一個字也聽不懂，這樣正合他意。棕櫚樹的綠寶石葉時而沙沙作響，好似精美水晶清脆的聲音閃閃發光，和安瑟姆在那個諸事不順的耶穌升天日，在接骨木下聽到的一樣。這些音調與光亮使安瑟姆精神振奮，益發集中精神在羊皮紙卷的標題上，不一會兒他打從心眼裡感受到那些文字只可能有一個意思：蠑螈和綠蛇的婚姻。

清脆的水晶鐘發出一記響亮的三和弦。「安瑟姆，親愛的安瑟姆，」風吹樹葉拂面，喔，奇蹟！那條綠蛇正從棕櫚樹的枝幹盤旋而下。

「賽芃緹娜！可愛的賽芃緹娜！」心醉神迷至瘋狂的安瑟姆呼喊著，當他定睛望過去，一位有一雙深藍色的眼珠，始終在他心中的可愛標緻女孩正情意綿綿凝視他，朝他飄過來。

樹葉落下又伸展，枝幹上抽長出刺來，但賽芃緹娜靈巧地蜿蜒穿過，一邊拉起她飄逸亮色的長袍，苗條身子才不會被棕櫚樹突起的尖兒、刺兒勾到。她與安瑟姆同坐在一張椅子上，摟著他，讓他靠著自己，他感受到從她嘴唇呵出的氣息，以及她身上電流般的溫暖。

「親愛的安瑟姆！」賽芃緹娜開口說，「不久後你就屬於我，你因為你的信仰和愛而得到我，我會帶給你讓我倆永遠幸福的金盆子。」

安瑟姆說：「嫵媚、親愛的賽芃緹娜，只要我擁有妳，我還有什麼煩惱？如果妳是我的人，我願墜入美妙與奇特中，這是我第一眼看見妳時的感受。」

「我知道，」賽芃緹娜說，「我父親常常自作主張，讓陌生和不可思議的東西包圍你，使你害怕又驚愕，但我希望不會再發生這些事了，此刻我之所以會在這裡，就是要真誠、衷心地把你有必要知曉的，鉅細靡遺告訴你，連細節都不放過，親愛的安瑟姆，我要讓你認識我父親，然後確實理解他與我所處的情況。」

安瑟姆覺得自己被這個可愛嫵媚的人緊緊擁住，只能與她一起移動，即使只是她的脈搏隨他的肌纖維和神經而顫動；他傾聽她說的每一個字，字字敲進他的心坎，彷彿有一道光點亮他體內直上雲霄的狂喜。他的手臂放在她比苗條還要苗條的身子上，但她那件外套發亮的衣料太光滑，滑溜溜的，她似乎很快就會掙脫他溜走，攔都攔不住，這個想法令他戰慄。

「噢，不要離開我，可愛的賽芃緹娜！」他情不自禁喊出，「有妳，我才能活！」

「等我今天統統說完，」賽芃緹娜說，「等你了解你對我的愛，我才能屬於你。親愛的，為什麼我父親出身於奇特的蠑螈家族，為什麼我之存在是因為他喜愛綠蛇。很久很久以前，強大的幽靈侯爵磷統治著亞特蘭提斯仙境，元素精靈是他的僕役。一天蠑螈（我父親）去牠最愛的美麗花園，磷的媽媽用她的巧手把花園妝點得美不勝收，牠四下走走時，聽到高處有一朵百合小小聲唱著：『閉上眼睛，直到我的情人，清晨的風，將你喚醒。』牠走過去；牠溫熱的氣息讓百合打開花瓣，牠於是看見百合的女兒，就是在花萼中酣睡的綠蛇。這隻蠑螈對那條美麗的蛇興起熾熱的情意，奪走了她。從此百合的芳香轉為無名的訴苦，在花園裡呼喚心愛的女兒。

「蠑螈把她抱到磷的城堡，懇求他：『讓我和她結婚，她理當是我永恆的戀人。』

「幽靈侯爵說：『笨蛋，好大的膽子！你可知道，那朵百合以前是我的情人，與我一起統治這裡；但我投到她體內的火花，威脅著要亡了她；除非戰勝此刻被土元素拴在鍊子上的黑龍，然後百合的花瓣強壯到把火花藏在自己身上，不讓它受損，我才能保住她。然而，一旦你擁抱那條綠蛇，你的身體將被熾烈的感情消蝕掉，一個新生物迅速抽長後離你而去。』

「蠑螈不聽幽靈侯爵的警告，情意綿綿地將綠蛇摟進臂彎，牠衰變成灰燼，灰燼中誕生出一個有翅膀的生物，呼嘯著飛到天上。蠑螈因絕望而失去理智，噴出火和火苗，一邊跑過花園，暴怒毀了他，奇花異卉著火枯萎下垂，到處都聽得到花兒在慟哭。

「氣壞的幽靈侯爵抓住蠑螈，說：『你的火滅了，你的火苗熄了，你失去光芒。降到土元素去吧，它們會取笑、譏刺，並且逮捕你，直到火種再次點燃，與你成為一個新生物，從土裡發出光來為止。』

「可憐的蠑螈倒下死了，年老、怏怏不樂的土元素，也就是磷的花匠，此時卻出現，他說：『主人！有誰比我更有資格抱怨那隻蠑螈？牠燒掉的那些美麗花朵，我難道沒用我燦爛的金屬清理過嗎？我難道不曾好好保存它們的嫩芽，悉心照顧，耗費大把精神維護它們漂亮的顏色上？但我照顧可憐的蠑螈，牠卻被愛情俘虜，你自己也經常如此，主人，絕望驅使牠蹂躪花園。赦免牠的嚴刑吧！』幽靈侯爵說：『牠的火已經熄滅了。』

「在那個悲慘的時代，墮落的人類不懂大自然語言，只要精靈元素被逐出自己的領域，只能從遠方用沉悶音調和人類說話，當他脫離了和諧的循環，只有無止盡的思念從絕妙王國那裡給牠捎來晦澀的消息，牠本來住在那王國裡的，在那時候，信仰與愛仍駐守在牠心中。在那個悲慘的時代，蠑螈的火種重新燃起，但只能抽長成人，牠必須深入匱乏的生活，忍受生活逼仄。牠不僅對自己最原始的狀態記憶猶存，也在大自然神聖的和諧中重新振作起來，牠明瞭大自然之神奇，知道結為莫逆的精靈的權力供牠支配。牠在百合花叢中又找到了那條綠蛇，兩人結婚並生了三個女兒，女兒們長相酷似母親。

「春天時節，牠們懸掛在陰暗的接骨木下，嫵媚的水晶嗓音哼唱著歌。一位年輕人適應了這個內在冥頑不靈的貧瘠時代，聽到了牠們的歌聲，是的，其中一條蛇迷人的眼睛注視他，這個目光點燃起他心中對那個遙遠美好國度的預感，而他能夠鼓起勇氣前往，因為他已擺脫俗務的負擔，因為愛那條蛇而在心中萌生出信仰大自然的奇蹟，相信這些奇蹟必然使他的生命充滿熱情與活力，那條蛇亦將如此。但要先創造出三位這樣的年輕人，和牠三個女兒結婚之後，那隻蠑螈才能擺脫他惱人的負荷，回到他兄弟的地方。

「『主人，』土元素說，『我想送三個女兒一份禮物，這份禮物能讓她們與丈夫的生活幸福美滿。每個人都能從我這裡得到一個漂亮金屬做的盆子；我用光線擦亮金盆，並摘下盆子上的鑽石；我們與整體大自然和諧共生的奇異王國，所發出炫目莊嚴的反射，將映照在盆子的光彩中，結婚的那一刻，盆的內部會長出一朵珠芽百合，這朵永不凋謝的花散放出甜美芬芳，環繞這位已表明心跡的年輕人。不多久他就能理解她的語言，以及我們王國的奇蹟，並與心上人住在亞特蘭提斯。』

「你現在知道了，親愛的安瑟姆，我父親就是我說的那隻蠑螈。他必須無視自己較高等的種類，屈就於共同生活最微小的困境，因此時不時就難免幸災樂禍，以此取笑別人。他常跟我說，內在的精神狀態是從前幽靈侯爵磷在與我以及與我的姊妹結婚時所提出的條件；現在我們有了一種說法，只是太常濫用，而且方式並不高明；我們稱之為純真的詩意氣質。通常年輕男子身上帶有這種氣質，一則由於他們非常純真，二則因為他們尚未建立起常遭平民百姓嘲笑的世界觀。

「啊，親愛的安瑟姆，你了解我在接骨木下唱的歌、我的眼神，你愛那條綠蛇，你相信我，並希望永遠為我所有！金盆子裡將長出美麗的百合花，我倆將結為連理，幸福快樂地住在亞特蘭提斯！

「但我不能瞞你，那條黑龍在與蠑螈和土元素激戰時逃脫了，怒吼著飛到空中。雖然磷再度為牠戴上枷鎖，但激戰的當下，牠黑色的鱗片四散紛飛，長出充滿敵意的鬼怪，到處反抗蠑螈及土元素。那個仇視你的女人，親愛的安瑟姆，盡全力要將金盆子據為己有，這一點我父親十分清楚，若不是龍掉下的鱗片變成了一顆飼料蘿蔔，這顆蘿蔔關愛她，她不會存活下來。她知道自己的出身與擁有的力量，從那條被拘禁的龍的呻吟與抽搐中，她看出了某些奇詭局勢的祕密，於是她使出各種方法，從外影響到內，我父親用蠑螈體內發射出來的閃電抵抗她。所有蟄居於有害藥草以及有毒動物身上的敵視力量，她統統收集起來，並且製造騷動不安，再將它們混合，等待局勢較有利的時候，降伏某些以驚駭手段束縛人知覺的妖魔鬼怪，然後賦予這個人魔鬼戰勝龍的力量。小心那個老女人，親愛的安瑟姆，她痛恨你，因為你純真虔誠的性情摧毀了她的陰險魔法。對我忠誠，忠誠，再過不久你就到達目的了！」

「哦，我的，我的賽芃緹娜！」安瑟姆說，「我怎能讓妳離去，我怎能不永遠愛妳！」一個滾燙的吻印在他的嘴上，他從睡夢中驚醒。賽芃緹娜不見了，鐘敲了六下，他心情好低落，因為他什麼也沒抄寫。他憂心忡忡看著紙張，該怎麼跟檔案管理員解釋呢？喔，奇蹟出現，神祕手稿的抄寫工作已經完成了，當他更仔細觀察筆劃時，他相信了剛才賽芃緹娜敘述她父親的事，也就是仙境國度亞特蘭提斯幽靈侯爵磷的寵兒抄寫了手稿。

這時，身穿淺灰色外套、戴帽、拿著手杖的檔案管理員林德荷斯走了進來；看過安瑟姆抄寫過的羊皮紙，他十分讚美並且笑著說：「我就知道！好吧！這是銀幣，安瑟姆先生，我們現在去林克浴場吧。儘管跟著我走！」

檔案管理員快步通過花園，園內處處可聞歌聲、口哨及講話聲混一起的噪音，搞得安瑟姆頭昏腦脹。當他終於來到大街上，忍不住感謝起老天來。他們才走了幾步路，就遇見了註冊主任赫爾布朗，而他開心的加入他倆的行列。

他們在城門前停下來，把菸絲裝進菸斗；註冊主任赫爾布朗埋怨忘了帶火柴，檔案管理員林德荷斯不耐煩地說：「什麼火柴！這裡有的是火！」說著他彈了彈手指，他的指頭上有火，一下子就把菸斗點好了。

「您瞧瞧這化學的小玩意，」註冊主任赫爾布朗說，但安瑟姆心頭一震，不禁想起那隻蠑螈。

註冊主任赫爾布朗在林克浴場喝了好多杯濃啤酒，這個平素好脾氣、話不多的男人，開口唱起一首年輕人的曲子，呱啦呱啦拉高音調，熱切地問每一個人：他是不是他的朋友。最後安瑟姆把他送回家，檔案管理員林德荷斯早就離開了。

第九次晚禱

安瑟姆如何保持理性／潘趣酒[8]社團／安瑟姆把副校長包爾曼當成貓頭鷹，使得他非常生氣／墨水漬及其後果

安瑟姆每天遇到的事情罕見又奇妙，使得他脫離了平常生活的軌道。他不再與朋友見面，每天早上都迫不及等待天堂之門打開的十二點快快到來。因為他整顆心都放在迷人的賽芃緹娜身上，以及檔案管理員林德荷斯家中精靈王國的奇蹟上。偶爾他不得不想一下薇羅妮卡，有時候他覺得她好像就站在眼前，紅著臉坦承，她有多愛他，她又多努力想把他從那些只會揶揄、嘲笑他的鬼怪手中救出來。偶爾彷彿有一股陌生力量突然闖入他心中，使他毫無反抗餘地的想起已被遺忘的薇羅妮卡，好像他必須跟著她走，必須和她緊緊銬在一起。

那天夜裡，他第一次看見賽芃緹娜美麗優雅年輕女子的模樣，也就是他獲悉蠑螈和綠蛇結婚的神奇祕密那晚，薇羅妮卡浮現在他眼前時比任何時候都逼真。是她！等到他醒來時，方才察覺只是作夢，但是他相信薇羅妮卡真的來過，痛苦地向他抱怨，她說的話穿透他的心，她心中的愛把製造他心中不安的鬼魅召喚了出來，那些鬼魅犧牲、遭遇不幸、滅亡了。薇羅妮卡比他之前看到的更加嫵媚；他很難不想她，他因此痛苦不堪。

一天清晨散步時，他很希望不再受這種苦。一股神奇的魔力將他帶往皮爾納城門，

8　葡萄酒、果汁、香料、糖、茶或水調成的熱飲料。

他想轉入一條支路的時候，副校長包爾曼從後面朝他喊道：「喂！喂！尊敬的安瑟姆先生！朋友！朋友！天啊，您躲到哪裡去啦？我們都看不到您了。您知不知道薇羅妮卡多想再和您一起唱歌？您就來吧，想必您是來找我的！」

安瑟姆迫不得已只好跟著副校長走。他倆走進屋子時，薇羅妮卡穿戴整齊迎面而來，副校長包爾曼好生驚訝，問：「為何如此盛裝打扮，有客人要來嗎？看我把安瑟姆先生帶來了！」

安瑟姆彬彬有禮親吻薇羅妮卡的手的時候，他感覺到輕微的震顫，好像有一股熱流穿過他所有的纖維與神經。薇羅妮卡興高采烈，安瑟姆也是。副校長包爾曼回他的書房後，她開起安瑟姆的玩笑，不斷捉弄他，話鋒愈來愈犀利，他因此忘了所有的不愉快，和這個放輕鬆的女孩在房間裡玩起你追我逃。

他忽然又覺得有鬼怪掐住他的脖子，他撞到桌子，薇羅妮卡的針線盒掉到地上。安瑟姆把它撿起來，盒蓋突然彈開，一面小而圓的金屬鏡子閃閃發著光，他饒富興味瞧著鏡子。薇羅妮卡悄悄走到他身後，手放在他的手臂上，貼著他，越過他的肩膀也朝鏡子裡看。安瑟姆覺得自己內心裡有一場戰鬥：思想、畫面，顯露出來後消逝，檔案管理員林德荷斯、賽芃緹娜、綠蛇，終於安靜下來，所有的混亂平息之後，清楚的意識又回來了。

他這會兒明白，他不斷地想著薇羅妮卡，昨天出現在藍色房間裡的形體就是薇羅妮卡，至於那則蠑螈與綠蛇結婚的美妙傳說，只是他抄寫的內容，絕對不是有人告訴過他。他的幻想力之豐富，連他自己都驚訝，這充分證明他因為愛薇羅妮卡，心靈已呈痴狂，如同在檔案管理員林德荷斯那裡工作一樣，那個房間散發出令人頭暈目眩的香味。他愛上一條小蛇，把位居要津的機要檔案管理員當成一隻蠑螈，他為自己瘋狂的幻想開懷大笑。

「對、對！是薇羅妮卡！」他大聲喊；他一轉頭，正好看見薇羅妮卡閃動著愛意與渴念的藍眼珠。當她灼熱的嘴唇印上他的之際，她發出低低的一聲哎呀！

「哦，我是幸運兒！」陶醉的安瑟姆嘆了一口氣，「昨天夢見，今天就成真，而且真的實現了。」

薇羅妮卡問：「你當上內廷參事時，真的會和我結婚嗎？」安瑟姆回答：「當然！」門兒咿呀作響，副校長包爾曼邊走進來邊說：「尊敬的安瑟姆先生，今天我可不會讓您離開，您先喝點湯，待會兒薇羅妮卡為我們煮香濃的咖啡，我們再和答應要來這裡的註冊主任赫爾布朗一起享用。

「啊，善良的副校長先生，」安瑟姆回答，「您不知道我得去檔案管理員林德荷斯那裡嗎？」

「朋友，您看！」副校長包爾曼說著把懷錶拿起來給他看，上面正指著十二點半。安瑟姆曉得現在去檔案管理員林德荷斯家已經太晚了，乾脆順了副校長的意思，他可以一整天都看得到薇羅妮卡，希望偶爾能迎上她偷瞄過來的目光，溫柔地碰碰她的手，甚至親吻一次。安瑟姆的心願愈來愈大膽，他愈是說服自己，再過不久他便能掙脫那些足以使他變成瘋狂小丑的幻想，心情就愈來愈好。

餐後，註冊主任赫爾布朗果然來了。喝過咖啡，夕陽西下之際，他臉上含笑，開心地搓著手表示：他帶了一樣薇羅妮卡親手製作的東西，一定能在這個涼爽的十月夜晚讓眾人高興。副校長包爾曼說：「請您把帶來的神祕東西拿出來吧，敬愛的註冊主任。」註冊主任赫爾布朗伸手進他晨禱的袋子，重複了三次之多，分別拿出一瓶燒酒，檸檬和糖。不過半小時光景，包爾曼的桌上多了一瓶冒著煙的美味潘趣酒。薇羅妮卡幫忙倒飲料，有酒助興下，大夥兒高談闊論。

酒精進入安瑟姆的腦袋之後，所有他一度經歷過的美妙、奇異畫面全都回來了。他看見穿著發出磷光的錦緞睡袍的檔案管理員林德荷斯；他看見那個天藍色房間，金色的棕櫚樹，於是又覺得必須相信賽芃緹娜。他內心波濤起伏，醞釀著什麼。

薇羅妮卡給他一杯潘趣酒，他接過來時輕輕碰了一下她的手。「賽芃緹娜！薇羅妮卡！」他暗自嘆息，沉入悠悠睡夢中，但註冊主任赫爾布朗大聲說道：「那個檔案管理員林德荷斯是個脾氣古怪的老人家，沒人了解他，隨他去。好吧，他應該活下去！安瑟姆先生，乾杯！」

安瑟姆從睡夢中驚醒，一邊與註冊主任赫爾布朗碰杯，一邊說：「最崇敬的註冊主任先生，之所以這樣，是因為檔案管理員林德荷斯先生實際上是一隻蠑螈，一氣之下把幽靈侯爵磷的花園毀了，因為那條綠蛇離開他了。」

副校長包爾曼問：「啊，什麼？」安瑟姆接著說：「對，所以他現在必須當國王的檔案管理員，與三個女兒住在德勒斯登，她們就是在接骨木下曬太陽，唱著誘惑人的歌，像妖精一樣勾引年輕人的三條金綠色小蛇。」

「安瑟姆先生，安瑟姆先生！」副校長包爾曼說，「您腦袋不清楚嗎？您滿口胡謅些什麼？」

註冊主任赫爾布朗加進來說：「他說的對，檔案管理員這個傢伙是一隻受詛咒的蠑螈，彈彈手指頭就有火，把外套燒出像海綿一樣的洞來。對、對，你說的對，安瑟姆兄弟，誰要不相信，誰就是我的敵人！」註冊主任赫爾布朗說著一拳打在桌上，玻璃杯叮叮咚咚。

「註冊主任！您瘋了嗎？」氣急敗壞的副校長大叫，「大學生！大學生！您到底唱的是哪一齣？」

「哎呀！」安瑟姆說，「您不過也只是一隻鳥而已，一隻貓頭鷹，梳理假髮的貓頭鷹，副校長先生！」

「啥？我是鳥？貓頭鷹？理髮師？」副校長怒髮衝冠大吼。

「先生，您瘋了、瘋了！」安瑟姆說，「但是老婦人偷襲他，別以為她出身低；她的父親是個粗鄙傢伙，她的母親則是一根可憐的飼料蘿蔔，她所擁有的大部分力量，要歸功於她周遭所有不懷好意的生物，惡毒的烏合之眾。」

「這是可憎的誹謗，」薇羅妮卡的眼中滿是怒火，「老莉絲是位有智慧的婦人，那隻黑貓不是什麼不懷好意的生物，而是一位受過教育、風度翩翩的年輕男子，她的表哥。」

「那隻蠑螈吃東西時會不會燙到鬍子，然後慘兮兮走開？」

「不，不！」安瑟姆大叫，「不論現在和以後，他永遠都辦不到：那條綠蛇愛我；因為我具有純真的氣質，並且看見了賽芃緹娜的眼睛。」

薇羅妮卡說：「那隻貓會把她的眼睛挖出來！」

副校長氣得不可開交，又吼又叫：「蠑螈，蠑螈戰勝一切，一切！我在瘋人院嗎？還是我精神失常了？我在這裡鬼扯些什麼廢話？沒錯，我也瘋了，也瘋了！」

副校長說完跳起來，扯下假髮，用力往天花板的方向丟，鬈髮受到撞擊發出嘰嘎聲，毀壞殆盡，上頭鋪的粉紛紛揚起。安瑟姆與註冊主任赫爾布朗抓起盛裝潘趣酒的大缽、玻璃杯，在快樂的歡呼中把它們砸向天花板，到處都是匡啷匡啷亂竄的碎片。

「蠑螈萬歲！打倒她，打倒那個老女人！摔碎金屬鏡子，挖出貓的眼睛！小鳥，空中的小鳥，喔，喔，耶，蠑螈！」三人著了魔似的大吼大叫。法蘭絲大哭跑開了，痛苦悲泣的薇羅妮卡躺在沙發上，一臉懇求的表情。門打開了，大家突然安靜下來，一個身穿灰色大衣的小個子男人走進來，他的臉上有一股威儀，襯托出架了一副眼鏡的彎鉤鼻，他也戴了一頂很特別的假髮，看起來比較像一頂羽毛帽。

「喂，晚安！」滑稽的矮小男人咕嚕咕嚕說，「大學生安瑟姆在這裡嗎？我受檔案管理員林德荷斯先生委託，他今天沒等到安瑟姆先生；但明天，他誠懇拜託，請安瑟姆務必準時到來。」說完他又走出門，大家這時才看清楚，這個架式十足的矮個子男人其實是一隻灰色的鸚鵡。

副校長包爾曼、註冊主任赫爾布朗大笑了起來，房間裡充斥著爆笑，薇羅妮卡看似被無名的痛苦撕碎了，哀聲又嘆氣。安瑟姆被驚愕搞得快失常了，未及多想就奪門而出，跑到街上。昏昧中他找到了他的房子，他的房間。

片刻之後，薇羅妮卡平靜友善地向他走來，問他為何恍恍惚惚間，如此害怕的樣子，他在檔案管理員林德荷斯那裡工作時，只要提防再有新的幻想就可以了。「晚安，晚安，我親愛的朋友，」薇羅妮卡低聲呢喃，吹送一個吻在他唇上。他想用手圈住她，但這個夢幻形體消失了。他醒來時感到愉快且勇氣倍增。現在他真心覺得潘趣酒造成的效果十分好笑；想起薇羅妮卡時，他真的覺得有一股愉悅的感覺穿透全身。

他對著自己說，「感謝你們，我不再滿腦子愚蠢想法。真的，和自認是一個玻璃杯，或者幻想自己是大麥粒，擔心被雞啄食而不肯踏出房間的人相比，我是五十步笑百步。但是，等我當上內廷參事，我會毫不猶豫地和包爾曼小姐結婚，過著快樂幸福的日子。」

中午時分他穿過檔案管理員林德荷斯家的花園，他很奇怪自己之前竟然覺得園中一切稀奇又美麗。他只看見普通的殘枝敗葉，各種老鶴草、香桃木。幾隻麻雀飛來飛去，嘲謔他的發亮五彩鳥不見了，麻雀發覺安瑟姆的時候提高嗓門大聲鳴叫，不知道在叫什麼，難聽極了。他也覺得藍色房間和之前大不相同，他不懂，那麼俗氣的藍色和棕櫚樹的天然金色樹幹，樹上發光的葉子奇形怪狀，他那時候怎麼會覺得漂亮呢？

檔案管理員帶著耐人尋味的譏諷微笑，問：「昨兒的潘趣酒味道好嗎，尊敬的安瑟姆？」

安瑟姆羞愧萬分地回答「哦，那隻鸚鵡想必……」他期期艾艾，因為他這會兒想到，那隻鸚鵡也是自己意識迷糊時的假象。

「對了，我也參加了，」檔案管理員林德荷斯說，「您沒看到我嗎？但您發動的胡作非為差點傷到我；註冊主任赫爾布朗拿起缽甩向天花板時，我剛好坐在缽內，只好趕快逃到副校長的菸斗裡面。再見，安瑟姆先生！好好工作吧，昨天您沒來，我還是發銀幣，因為您到目前為止都做得很好。」

「檔案管理員在鬼扯什麼呀！」安瑟姆自言自語，然後坐到書桌那裡，開始抄寫手稿，檔案管理員按照慣例已經幫他打開原稿並放在桌上了。可是羊皮紙卷上的筆劃糾結成一團，充滿曲線和花飾，讓人眼花撩亂，沒有目光可停駐的地方，他簡直認為不可能完全照抄一遍。那個羊皮紙卷看起來像一塊有彩色花紋的大理石，或是像一塊長滿青苔的石頭。

他盡量不管這些，努力嘗試，自信滿滿醮飽羽毛筆：但墨水寫不開，他不耐煩地把筆甩了又甩，天啊！一大塊污漬落在打開的原稿上。一道藍色閃電從污漬延伸出來，嘶嘶作響又呼號著，蜿蜒爬過房間，直上天花板，發出爆裂聲。牆壁冒出濃煙，樹葉開始啪啦啪啦響，好似在暴風雨中搖晃。

跳動的火光中，閃亮的羅勒從樹葉間掉下來，濃煙因此被點燃，火焰轟隆隆竄起，在安瑟姆身邊轉動。棕櫚樹的金色樹幹變成一條條大蛇，醜陋的蛇頭相撞發出刺耳的金屬聲，鱗片脫落的身體纏繞安瑟姆。

「蠢貨！好好為你幹的好事在罪惡的淵藪受罰吧！」戴著王冠的蠑螈大喊，聲音令人害怕，火焰中，牠像一道刺眼的光芒在蛇的上方出現，火焰從牠們大張的咽喉噴到安瑟姆身上，火勢增強圍繞著他，然後變成一大團冰冷的固體。

安瑟姆的四肢愈縮愈小，愈來愈僵硬，他失去了知覺。醒來時，他動彈不得，彷彿被一種發光的假象包圍，只要舉手或稍微動一下就會撞到。哎呀！他坐在檔案管理員林德荷斯圖書室書架上一個封死的水晶瓶裡。

第十次晚禱

安瑟姆在玻璃瓶內受苦／十字高中[9]學生和實習生快樂的生活／檔案管理員林德荷斯圖書室裡的大屠殺／蠑螈戰勝及安瑟姆獲釋

我有充分的理由懷疑，你，好心的讀者，曾經被封在一個玻璃瓶內，就像一個生動詼諧的夢中，忽然有仙女搗蛋把你困住一樣。如果這樣，你就能體會安瑟姆的痛苦。假如你從不曾做過一樣的夢，為了讓我和安瑟姆高興，請把你活潑的幻想鎖進水晶裡。你的周遭流淌著耀眼的光彩，環繞你的東西都發出彩虹光芒，一切都在震動、搖擺，在微光中喧鬧。你沉浸在結凍的蒼穹動也不動，蒼穹擠壓著你，以至於鬼怪無法掌控無生氣的軀體。千鈞萬擔的負荷壓在你的胸膛上，愈來愈重，愈來愈重，每一次呼吸，在狹小空間裡上下翻滾的空氣就愈來愈稀薄。動脈腫了起來，可憎的恐懼穿過每一根神經，在殊死戰中流血抽搐。

9　一三〇〇年創辦的教會學校，最初為培養神父的專校，位於德勒斯登，是德國最古老的高中之一。

好心的讀者，請同情在玻璃牢獄中受這無名折磨的安瑟姆。死神沒有拯救他，他十分高興：當朝陽升起，友善地照進房間，他因為過度痛苦而嚴重昏厥，如果他醒過來，受過的折磨是不是會再來一次？他連一根手指都動不了，但他的思維敲打著玻璃瓶，難聽的聲音麻痺了他，於是他沒聽見鬼怪平時在內心說的話，而是聽見精神錯亂的鬱鬱呼嘯。他絕望地大叫：「噢，賽芃緹娜，賽芃緹娜，救我，不再受煉獄的折磨！」

有風在輕輕嘆息，透明的接骨木葉子彷彿繞著瓶身轉。聲音停了，刺眼紊亂的幻象消失了，他呼吸更順暢了。「我受的罪難道不是自作自受？唉，迷人可愛的賽芃緹娜，我不是因為抗拒妳才犯了罪嗎？我是不是可鄙地懷疑過妳？我是不是失去了能讓我幸福的信仰？妳再也不會成為我的人了，我失去了金盆子，我永遠都沒資格觀賞它的奇蹟！唉，我只想看看妳，一次就好，聽聽妳迷人甜美的聲音，嫵媚的賽芃緹娜！」

安瑟姆心如刀割地悲痛泣訴。一個靠他很近的人告訴他：「我根本不知道您想要什麼，大學生，您為何如此呼天搶地？」安瑟姆察覺他旁邊同一個書櫃上另外還有五個瓶子，他看到瓶中分別有三個十字高中的學生，兩個實習生。

「唉，我苦難的夥伴，」他說，「我從你們愉悅的表情觀察出，你們很鎮定，還一副樂在其中的樣子，你們是怎麼辦到的？你們和我一樣坐在玻璃瓶裡，其實就是被封鎖在瓶中，動彈不得，連想要理性思考，都會被謀殺人的噪音、乒乒乒乒弄得腦袋嗡嗡大作，咚咚咚敲著，嚇壞人也。你們想必不相信那隻蠑螈，也不相信那條綠蛇！」

一位十字高中的學生回答，「您滿口胡謅，我的大學生。我們從來沒有像此刻這樣舒坦過：我們所有的文稿寫得亂糟糟，好心的檔案管理員還給我們銀幣，讓我們過上好日子。我們現在不必死背義大利文合唱曲，每天都上約瑟夫小館或者其他的酒吧，痛飲濃啤酒，好好端詳美麗的少女，像真正的大學生一樣唱歌：讓我們歡樂吧，[10]盡情開心。」

「幾位先生說的有理，」一位實習生插進來說，「我也因為有了銀幣而過得很好，和這位坐我旁邊的尊貴的同事一樣，勤快地在葡萄園散步，而非坐在四堵牆內抄寫討厭的檔案什麼的。」

安瑟姆說，「但是，我最尊敬的先生們，你們難道沒感覺到，你們無一例外，全都坐在玻璃瓶內，動也不能動，不能散步呀？」

十字高中的學生與實習生紛紛爆出笑聲，大叫：「這個大學生瘋了，他幻想自己坐在玻璃瓶裡面，站在易北河的橋上看著河水。我們走我們的！」

---

10 Gaudeamus Igitur，十八世紀的拉丁文歌曲。

「唉，」安瑟姆嘆了一口氣，「他們永遠看不見優雅的賽芃緹娜，他們不識何謂自由，不識有信仰與愛的人生！蠑螈把他們關押在牢裡，由於愚行，世俗的感知，他們感受不到牢獄的壓力；不幸的人如我，如果她，那個我深愛的人不來救我，我將死於痛苦和悲慘境遇。」

賽芃緹娜的聲音在房間裡飄來盪去：「安瑟姆！相信、愛、希望！」每一個字在安瑟姆的牢裡發光，水晶必須軟化自身的力量並努力膨脹，好讓犯人的胸膛能夠動一動。他的處境愈來愈不那麼苦痛難當了，他又發覺賽芃緹娜仍然愛著自己，能讓他在這塊水晶裡稍微好過一些的，唯有她。於是他不再擔憂他輕浮的夥伴，而是把心思集中在賽芃緹娜身上。

突然間，另一端傳來令人厭惡的低聲喃喃自語。片刻之後他清楚分辨出，喃喃自語是從一個老舊、蓋子已破、放在他對面一個小櫃子上頭的咖啡壺傳出來的。當他定睛看過去，隱隱然有一張老婦人的臉，輪廓愈來愈清晰，看起來面目可憎，才一下子，黑色城門的那位蘋果婦人就站在書櫃前面了。

她對著他裂嘴笑，尖著嗓子說：「喂、喂，孩子！你在撐嗎？你會掉進水晶裡！我不是早就告訴你了嗎？」

安瑟姆說：「儘管嘲笑諷刺吧，可惡的巫婆！都是妳的錯，蠑螈想和妳見面，妳這個可憐的飼料蘿蔔！」

老婦回答，「喔、喔！別這麼趾高氣昂！你踢了我兒子的臉，你燒傷了我的鼻子，但我還是對你好，調皮鬼，你其實懂禮貌，我的小女兒對你也很好。若我不幫你，你就出不了這塊水晶。我到不了你那上頭，但我的鄰居，那隻老鼠，住在你上面那一層，他可以把你那塊板子咬開，你跌下來時，我會用圍裙接住你，這樣你不至於摔斷鼻樑，保住你光滑的小白臉，然後我立刻把你帶到薇羅妮卡小姐那邊，等到你當上內廷參事，你就得娶她為妻。」

「放我出去，魔鬼，」安瑟姆氣大叫，「就是妳可怕的魔法誘惑我，我才陷入這場胡鬧的，我現在必須付出代價。我耐著性子忍受一切，因為只有在這裡，我才會置身於優雅的賽芃緹娜的愛與慰藉裡！聽好了，老女人，別抱希望！我要抗拒妳的威力，我永遠只愛賽芃緹娜，永遠不希望成為內廷參事，永遠不會看受妳蠱惑做壞事的薇羅妮卡一眼！倘使那條綠蛇不能專屬於我，我願意因為渴望與痛苦而死！走開、走開，醜八怪！」

老婦哈哈大笑，房間裡充斥她尖銳的笑聲，她說：「好好在這裡坐著等死，我該去忙了：我在這裡經營另一種生意。」

她丟開黑色大衣，赤裸裸站著，樣子真不好看，然後開始繞圈圈，大部頭的書紛紛掉落，她撕下其中的羊皮紙，眼明手快把那些羊皮紙裝訂在一起，再拉到自己身上，之後她看起來就像穿上了一件很怪異的彩色鱗甲。黑貓嘴裡噴著火，號泣著從放在桌上的墨水瓶裡跳向老婦，大聲歡呼的老婦和牠穿過門後失去蹤影。

安瑟姆注意到，他倆跑往藍色房間的方向，不久他便聽到遠處傳來唧唧噥噥，是花園裡的鳥兒在叫，那隻鸚鵡嘰哩咕嚕：「救命、救命！搶劫、搶劫！」

老婦在此時跳回房間，手上拿著金盆，動作粗魯地尖叫：「平安上來！平安上來！兒子，殺死綠蛇！上來，兒子，上來！」

安瑟姆聽到低沉的呻吟，以為是賽芃緹娜的聲音。他驚愕又沮喪。他打起精神，使出全身力氣，神經和血管似要迸裂，猛然撞向水晶。

房間裡出現刺耳的聲音，身穿發亮錦緞睡袍的檔案管理員站在門內，說：「喂，嗨！惡棍，你這瘋鬼，使了妖術，過來，哈！」

老婦人的黑色頭髮像硬毛似的豎起來，通紅的眼睛發出恐怖的火光，闊嘴裡的尖牙磨來磨去，竊竊私語：「新鮮，新長出來，出來、出來！」她一邊說一邊笑，連嘲帶諷，緊緊抱著金盆子，手上亮晶晶的泥土朝檔案管理員身上丟，但泥土一沾上他的睡袍就長出花朵來，隨即飄落。睡袍上的百合不停閃爍，檔案管理員用力把在嘶鳴火中燃燒的百合丟到巫婆身上，她痛得大哭；她一往上跳，羊皮紙盔甲經此震動，百合便凋謝並瓦解為灰燼。

「坐上去，孩子！」老婦扯嗓子叫，黑貓一躍而起，喵喵叫著往門的方向，跳到檔案管理員上頭；灰色的鸚鵡拍翅飛向黑貓，彎彎的喙子啣住牠的頸背，脖梗上流出鮮紅的血。賽芃緹娜在呼喚：「救回來了！救回來了！」

憤怒又絕望的老婦跳到檔案管理員身上，把金盆甩在後頭，想伸出乾柴般的長手指去抓檔案管理員；但他立刻脫下睡袍向老婦扔去。羊皮紙卷燒了起來，噴出轟轟作響的藍色火苗，痛苦哀泣中的老婦到處打滾，企圖從金盆子裡挖出更多泥土來，從書籍扯下更多羊皮紙頁，意欲滅了熊熊烈焰。當她成功地把泥土或羊皮紙頁往身上倒之際，火滅了。但此刻從檔案管理員的內心發射出嗖嗖嗖跳動的光，射在老婦身上。

「喂，嗨！去吧，蠑螈勝利！」檔案管理員的呻吟在房間內回響，千百道閃電彎曲成火紅的圓圈，繞著尖叫不已的老婦打轉。怒氣衝天的貓和鸚鵡鬼吼鬼叫扭打成一團；鸚鵡終於憑著牠強壯的翅膀把貓打倒在地，再用爪子戳牠，牢牢抓住牠，瀕死的貓鬼哭神號苦苦哀求，鸚鵡尖銳的喙子把貓發亮的眼睛啄出來，那眼睛噴出灼熱的泡沫。

老婦倒臥地上，睡袍蓋在她身上，濃煙竄起。她不停哀號，嚇人又刺耳的痛苦尖叫聲傳得很遠。刺鼻的煙四處瀰漫，蒸騰而上，檔案管理員拾起睡袍，睡袍下躺著一根醜陋的飼料蘿蔔。

鸚鵡說：「尊敬的檔案管理員先生，我把打敗的敵人帶來了。」同時把喙子上的一根黑毛遞給檔案管理員林德荷斯。

「幹的好，親愛的，」檔案管理員回答，「我打敗的敵人也躺在這裡，從現在起，您行行好，照料其他人；今天您可獲得六顆椰子果和一副眼鏡為獎賞，我看到貓把您的眼鏡踩碎了，真可恥。」

鸚鵡歡喜說道：「可敬的朋友與施主，祝您長命百歲！」牠叼起那根飼料蘿蔔，然後拍拍翅膀，檔案管理員林德荷斯幫牠打開窗戶，牠飛走了。

檔案管理員一把拿起金盆子，大聲呼叫：「賽芃緹娜、賽芃緹娜！」把他推向毀滅的可惡老女人這會兒死了，安瑟姆高興得不得了。他看著檔案管理員，也是那位高貴莊嚴的幽靈侯爵，侯爵神情無比優雅地盯著他。

「安瑟姆，」幽靈侯爵說，「不是你，滲入你內心，拚命要分化你的毀滅力量只是一種敵視力量，你錯在沒有信仰。你已證明了你的忠誠，願你自由快樂。」

一道閃電劃過安瑟姆內心，水晶鐘悅耳的三和弦敲得更加宏亮，比他聽過的力道大多了。他的纖維與神經都感到震撼。房間裡充盈著和弦聲，並且不斷擴大，包覆安瑟姆的玻璃瓶迸裂開來，他跌進可愛迷人的賽芃緹娜的臂彎。

第十一次晚禱

副校長包爾曼對家人爆發的愚蠢行徑表示不滿／註冊主任赫爾布朗當上內廷參事，冰天雪地中穿著鞋子與綢緞長襪走過來／薇羅妮卡的供詞／在冒煙的湯碗前訂婚

「尊敬的註冊主任，請告訴我們，昨天那該死的潘趣酒直衝腦門，大夥兒胡鬧了一場，到底怎麼回事？」隔天早上副校長包爾曼走進到處是碎玻璃的房間如此說道，房中央還有一頂十分可笑的假髮，四分五裂的假髮泡在潘趣酒裡面。

安瑟姆跑出門的那一刻，副校長包爾曼和註冊主任赫爾布朗在房間裡四處搖晃，中了邪似地尖叫，抱著頭朝對方跑過去，直到法蘭絲花了好大力氣把暈頭的爸爸拖到床

上，累癱的註冊主任倒在沙發上，薇羅妮卡躲回自己的臥室，這一幕才停止。

註冊主任赫爾布朗把他的藍色手帕纏在頭上，臉色慘白，神情抑鬱，嘆氣說：「哎呀，尊敬的副校長，不是薇羅妮卡小姐調配的美味潘趣酒，不是！所有胡作非為都是安瑟姆的錯。您沒注意到，他早就神經錯亂了嗎？您不也知道，瘋癲是會傳染的嗎？傻瓜愚弄更多傻瓜；請見諒，這是一句古老的諺語；只要小酌一杯，很容易發酒瘋，模仿起側翼進攻的動作。您相不相信，我一想到那隻灰色鸚鵡就天旋地轉起來？」

「真的，」副校長接著說，「都是鬧劇！都是披上灰色大衣尋找安瑟姆，檔案管理員那位又老又矮的助理啦。」

註冊主任赫爾布朗回答，「有可能，但我必須承認，我感覺糟透了；一整夜都有人彈風琴、吹口哨，挺怪的。」

副校長回答，「是我，因為我很會打呼。」

註冊主任說，「也罷，大概是吧。但是副校長、副校長啊！我昨天不是沒理由為大家找來一些樂子，但是安瑟姆破壞了一切。您不知道，喔，副校長、副校長！」註冊主任赫爾布朗跳起來，扯下頭上的手帕，抱住副校長，熱情地握住他的手，再次肝腸寸斷地呼喊：「喔，副校長、副校長！」然後拿起帽子與手杖火速離開。

副校長自言自語說：「安瑟姆別想再來見我了。我現在看出來，他失常得厲害，使得最好的人也喪失了些微理智。註冊主任現在也完蛋了。我到目前算是頂住，但是那個昨天趁著醉意來打聽的魔鬼，極有可能到最後仍舊破門而入，來要他的花招。滾！安瑟姆給我滾！」

薇羅妮卡非常消沉，一句話也不說，偶爾才若有所思地微笑一下，寧可獨處。「她心裡也有安瑟姆，」副校長憤恨難平地說，「他現在不見人影，倒也不錯，我知道他怕我。這個安瑟姆，根本不敢來這裡。」

最後一句他說得特別大聲，也在場的薇羅妮卡聽到後，眼淚奪眶而出，嘆息說道：「哦，安瑟姆還能來嗎？他不是早就被封鎖在玻璃瓶裡了？」

副校長嚷嚷起來，「嗄？什麼？天啊，天啊，她也和註冊主任一樣滿口蠢話，不久就快發作了。可惡，該死的安瑟姆！」

他馬上跑去看艾克曼醫師，醫師微笑著，不斷重複說：「哎呀，哎呀！」他沒開藥方，離開時吐出了幾個字：「精神失常！會自動痊癒，大動肝火，駕車散步，放輕鬆，看戲，幸運兒，布拉格姐妹花，[11]會自動痊癒！」副校長包爾曼心想，「醫師很少這樣說

11 *Die Schwestern von Prag*，奧地利劇作家 Joachim Perinet 於一七九四年發表的作品。

話呢，全是廢話。」

過了好多天，好幾個星期，又過了好幾個月，安瑟姆始終沒有消息，就連註冊主任也是不見人影。直到二月四日這一天，他身穿一件新穎時髦，上好料子裁製的衣服，足登鞋子與綢緞襪，無視天寒地凍，捧著一束新鮮的花，中午十二點準時出現在副校長包爾曼的家中。他盛裝打扮，副校長頗感驚訝。

註冊主任赫爾布朗慎重地走向副校長，中規中矩擁抱他一下，說：「就在今天，您仁慈的愛女薇羅妮卡小姐的命名日，我要把藏在心中很久的話統統說出來！我把摻了配料的該死潘趣酒放進我外套的口袋，再把它帶過來的那個悲慘晚上，我心裡想的，是要告訴您一個讓人欣喜的消息，並且歡慶那個充滿喜悅的日子。那時我就知道，我已當上了內廷參事，現在，我的口袋裡放著提高社會地位的委任狀，上頭有侯爵的親筆簽名和用印。」

「哎呀、哎呀！註冊……我是說，內廷參事赫爾布朗先生，」副校長結結巴巴的說。

「但是，尊敬的副校長，您，」從現在開始改稱內廷參事的赫爾布朗說：「您才能使我的幸運圓滿，我偷偷愛慕薇羅妮卡小姐已經很久了，她偶爾投向我的眼光好親切，清楚表示她不討厭我，實在讓我感到自豪。長話短說，尊敬的副校長！我，內廷參事赫爾布朗向您和藹可親的女兒，薇羅妮卡小姐求婚，您若不反對，我希望短期內將她迎娶進門。」

驚訝不已的副校長拍手說：「喂，喂，喂，註冊……我是說，內廷參事先生，誰想得到呀！如果薇羅妮卡確實愛您，我絕不反對。她最近心情不好，也許是因為想隱藏對您的愛意，尊敬的內廷參事；這些我們並不陌生呢。」

薇羅妮卡剛好走進來，臉色蒼白，心煩意亂，她最近都是這個樣子。

內廷參事赫爾布朗走上前，說了些祝賀她命名日的動人話，然後把那束花及一個小盒子遞給她，她打開盒子一看，是一對亮晶晶的耳環。她的兩腮立刻染上紅雲，雙眼發亮，說：「哎呀，我的天！這和我戴了好幾星期，我好喜歡的那對耳環一模一樣！」內廷參事赫爾布朗有點吃驚，還變得有點脆弱，「怎麼可能？這個首飾是我一個小時前，在城堡巷花了好大一筆錢才買到的。」

薇羅妮卡沒把這些話聽進去，她站在鏡子前，耳環已經掛在她嬌小的耳垂上，她正在研究好不好看呢。副校長包爾曼一臉認真，用很嚴肅的語氣告訴她，他的朋友赫爾布朗社會地位提高了，還有，他請求她嫁給他。薇羅妮卡有穿透力量的眼睛看著內廷參事，說：「我早就知道您想和我結婚。現在願望成真了！我答應把我的心和我的手交給您，但我現在必須向您二位，父親和新郎，交代一些讓我憂思難忘的事情，我現在一定要說，我看到法蘭絲把湯放在桌上，這麼一來，就讓湯涼了吧。」

她沒有等副校長和內廷參事回答，不管他們明顯想開口說話，自顧自繼續說：「您可以相信我，我的好爸爸，我真心愛著安瑟姆，當現在當上內廷參事的註冊主任赫爾布朗向我擔保，有朝一日安瑟姆也能達到這一步的時候，我決定非他不嫁。但是，好像有個陌生的壞蛋想把他從我身邊奪走，於是我逃到老莉絲那邊，以前她是我的保母，現在是聰慧的女人，一個偉大的女巫師。她答應要幫我把安瑟姆送到我手中。我們在二分點那天深夜走到十字路，她用魔法召來可怕的鬼怪，然後我們在一隻黑貓的協助下，打造出一面金屬鏡子，我對安瑟姆的心思都在那上頭，我只要看著那面鏡子，就能完全掌控安瑟姆的心和想法。我現在好後悔曾經做過這些事，我發誓再也不碰任何巫術。蠑螈打敗了老婦，我聽到她痛苦尖叫，當她變成一根飼料蘿蔔，被鸚鵡吃下肚的當下，我一點辦法也沒有，我的金屬鏡子在刺耳的聲音中裂成碎片。」

薇羅妮卡從針線盒裡拿出兩片鏡子碎片，一綹髮髮，交給內廷參事赫爾布朗，然後說：「拿去吧，親愛的內廷參事，今晚十二點，您從易北河橋上，站在那個十字架的地方，把鏡子碎片丟進沒結冰的水流中，這綹髮髮珍藏在胸膛。我再次發誓再也不碰任何巫術，同時我誠心祝福安瑟姆幸福，因為他現在和那條比我漂亮也比我富有的綠蛇結婚了。我希望，摯愛的內廷參事，成為您又敬又愛、守本分的妻子！」

「唉，上帝！唉，上帝！」副校長包爾曼痛苦地大喊，「她瘋了，她瘋了！她永遠不會成為內廷參事夫人，她瘋了！」

內廷參事赫爾布朗說：「絕非如此，我很清楚，薇羅妮卡對神經兮兮的安瑟姆懷有好感，她在身心承受高度壓力時，也許曾求助那位聰慧的女人，肯定就是在大湖門那裡用紙牌占卜，用咖啡渣算命的那個人，長話短說，就是姓勞爾的那個老女人。不可否認，世上的確有神祕的力量，對人施加邪惡的影響力，古人留下的書籍就有記載。薇羅妮卡小姐提及的蠑螈戰勝老女人，安瑟姆和綠蛇結為連理，想必只是一個充滿詩意的譬喻，有如一首詩，唱出她徹底與大學生道別。」

「您愛怎麼想，就怎麼想吧，好內廷參事！」薇羅妮卡說，「也許當它是一場傻呵呵的夢。」

內廷參事赫爾布朗回答，「我絕不會這樣做，因為我知道安瑟姆也被神祕的力量束縛了，驅使他幹了不少蠢事和愚行。」

副校長包爾曼再也受不了，突然大聲說道：「停，看在老天分上，停！我們難道又因為該死的潘趣酒而醉醺醺，或者感染了安瑟姆的失常？內廷參事先生。您在那裡說什麼呢？我想，這是因為愛情在您兩位的腦子裡搗亂的關係；但不久就要舉行婚禮，否則我會擔心，連您，敬重的內廷參事，也會變得神智不清，而我還要擔心你們的小孩可能從父母這兒遺傳到這種疾病呢。好吧，我以父親的身分祝福兩位百年好合，允許你們以新娘和新郎的身分親吻。」

兩人依言做了，在端上桌的湯涼掉之前正式訂婚。幾星期後，內廷參事夫人真的像她曾在心中幻想過的那樣，坐在新市場上一間漂亮房子的凸窗前，含笑看著戴著長柄眼鏡，自命不凡的年輕人邊走邊說：「那可是神仙姊姊，內廷參事夫人哪！」

第十二次晚禱

關於安瑟姆以檔案管理員林德荷斯女婿的身分接收貴族地產的新聞，以及他在那裡與賽芃緹娜過的日子／終曲

我深刻體會大學生安瑟姆幸福美滿，他和迷人的賽芃緹娜兩情相悅，搬到神祕美妙

的王國；他心中對這裡充滿奇特的預感，朝思暮想許久，他認出原來那就是他的故鄉！所有的努力皆為枉然，好心的讀者，安瑟姆身邊所有的美好事物只有一些能用言語表達。我不得不說，我自知表達不夠精確，平淡匱乏的日常生活把我侷限住了，折騰人的不愉快讓我生病，我像個夢遊者四處匍匐，簡言之，我落入了我在第四次晚禱時描寫過的，好心的讀者，和安瑟姆一樣的處境。當我經歷過第十一次晚禱快樂無邊的情境，現在卻心想，我再也不可能有這種好運時，我真的憔悴日損，在此補充第十二次晚禱為結局。

我經常於深夜坐下來，想要把這個故事寫完，卻覺得有一個陰險的鬼怪站在我面前，手持一塊擦得很亮的金屬（極可能是哪位親戚，也許是被殺死的巫婆的表哥），我能在那塊金屬亮片上看到自己，蒼白、筋疲力竭、鬱鬱寡歡，和痛飲潘趣酒之後的註冊主任赫爾布朗沒兩樣。

我擲筆，然後快快上床，為的是至少可以夢見幸福的安瑟姆與嬌豔的賽芃緹娜。就這麼過了好幾天又好幾夜，直到我終於在毫不預期的情況下，收到檔案管理員林德荷斯的便條為止，他寫給我的內容如下：

尊貴的您，我知道第十一次晚禱描述了我善良的女婿，以前那位大學生，如今的詩人安瑟姆奇特的命運，現在我很煩惱，要在第十二次、最後一次晚禱時，說一些他在亞特蘭提斯過的幸福日子，他在那裡和我的女兒接收了我擁有的龐大貴族地產。

我其實並不樂意見到，您在閱讀世界中把真實的我傳布開來，我身為機要檔案管理員，為了工作已忍受了諸多不便，甚至在集會上引起別人仔細討論這個問題：一隻當上公僕的蠑螈能夠承擔多少任務，又能負起多少隨之而來的結果，以及能夠把多少艱難任務託付給他？根據《加巴里伯爵》[12]和斯威登堡[13]的理論，絕對不能輕信元素精靈。不管我的好友因害怕而不願與我擁抱，我會突如其來放肆發出閃光，弄壞他們的髮型與好衣服。不管我說了什麼，尊貴的您，我依舊想出點力氣完成這部作品，因為我說了太多我以及我親愛的已婚女兒的好話（但願兩者皆與我無關了）。

如果您因此想要撰寫第十二次晚禱，請步下五級可惡的階梯，離開您的小房間，來找我吧。在這個您見過的藍色棕櫚樹房間裡，您會找到寫作素材，於是您可以用三言兩語告訴讀者您的所見所聞，和詳盡地描述一場您只是聽說的人生相比，這樣輕鬆一些。

至上敬意——

尊貴的您最忠誠的蠑螈林德荷斯，王室機要檔案管理員。

*

這張便條固然簡略，卻讓我感到莫大愉快。這位舉止古怪的奇特老人想必知道，我對他女婿罕見的遭遇略有所聞，而我理應保守祕密，對您，好心的讀者，我必須緘默；若我說出來，他又不至於如我擔心的那樣惱火。他主動表示要幫我完成這部作品，我因此有把握，他基本上不反對把自己奇特的一生寫成書印出來，在讀書人的圈子裡流傳。我想，他也可能希望藉此為他兩個待字閨中的女兒物色丈夫，說不定哪位年輕人在耶穌升天日那天，在接骨木叢裡尋找並發現了一條綠蛇，心中對那條綠蛇激起思慕的火花。他會從安瑟姆悲慘的遭遇，就是他被羈押在玻璃瓶中那件事情，記取教訓，要自己不要懷疑，不要失去信仰。

十一點，我吹滅了檯燈，輕手輕腳去找檔案管理員林德荷斯，他在走道上等候我。「您來了，尊敬的人！我希望您沒有誤會我的良好立意。跟我來！」說著他帶我穿過花

12 *Comte de Gabalis*，十七世紀一本談論神祕主義的著作，以法文書寫，作者為 Abbé Nicolas-Pierre-Henri de Montfaucon de Villars（1635-1673）。

13 Emanuel Swedenborg（1688-1772），瑞典神祕主義者。

團錦簇的花園，走進那個天藍色的房間，我看到房內那張安瑟姆伏案工作的紫羅蘭色書桌。檔案管理員林德荷斯倏忽不見，重新出現時，手上多了一個美麗的金色高腳杯，藍色的火苗從杯中往上竄。

「這裡，」他說，「我給您帶來您的朋友，管絃樂團指揮約翰內斯．柯萊斯勒最愛的飲料。這是點了火的燒酒，我還加了一點糖。您先啜飲一小口，我馬上就要脫下睡袍，當您坐下來，邊看邊寫的時候，我將在您作陪下，隨興在這個高腳杯內上上下下。」

「您高興就好，尊敬的檔案管理員先生，」我答道，「但我喝這杯酒時，您千萬不要跑到杯子裡去。」

檔案管理員說：「我最親愛的朋友，您不必擔心！」他很快脫下睡袍，爬進高腳杯，消失在火苗中，我只有目瞪口呆的份。我毫不膽怯地吹開火苗，品嚐飲料，滋味真好！

棕櫚樹綠寶石般的葉子是否沙沙作響、窸窸窣窣，彷彿晨風的氣息愛憐地拂過？一夜好眠後，樹葉款擺，悄悄訴說著驚奇，聽起來好像遠方傳來優雅動人的豎琴聲音！天藍色從牆壁溶解，薄霧似地上下蒸騰，耀眼的光芒從霧氣中發射出來，懷有興高采烈童稚樂趣的霧靄旋轉著上升，升到無法測量的高度，在棕櫚樹梢形成拱頂。聚集的光芒愈來愈亮，直到成為一望無際小樹林上方的耀眼陽光為止，我在其中看見安瑟姆。

熾熱的風信子、鬱金香和玫瑰開展美麗的花瓣，它們的香味用甜美聲音對那個幸運兒說：「慢走啊，在我們的下面踱方步，心愛的人，你懂我們的心意——我們的香味是思慕愛情——我們愛你，永遠屬於你！」

金色的光芒在熱烈的語氣中燃燒：「我們是愛情點燃的火。香味代表思慕，火代表渴望，我們不正棲息在你胸中嗎？我們只屬於你！」

漆黑的灌木林簌簌作響，高大的樹木說：「到我們這裡來！幸運兒！心上人！火代表渴望，我們涼爽的樹蔭象徵希望。我們在你頭上柔情地呼嘯，你理解我們，因為你的胸膛中藏著愛。」

泉水與小溪潺潺流動、打漩渦：「心上人，別太快走開，看看我們的水晶——你的樣貌珍藏在我們心中，我們柔情蜜意保存你的樣貌，因為你明白我們的心意！」

斑斕的鳥兒歡欣地合唱，啁啾鳴叫：「聽我們說，聽我們說，我們代表歡樂、狂喜、愛情的迷人！」

安瑟姆熱切地望著遠方那座升起的莊嚴廟宇。人造的柱子看似樹木，柱頂與柱線腳裝飾了爵床科植物，形成有螺紋與花樣的漂亮裝飾。安瑟姆踏著莊重的步伐走向廟宇，心中狂喜地觀看那塊彩色大理石，長滿青苔的精美階梯。「哦，不，」他著魔似地呼喊，

「她就在附近！」

豔光四射又嫵媚的賽芃緹娜從廟宇裡面走出來，拿著那個金盆子，盆中長出一朵美麗的百合。無以名之的狂喜和無止盡的思慕在她迷人的眼眸中閃閃發亮，她就這麼注視著安瑟姆，說：「啊，親愛的！百合吐蕊揚芬，已經達到最高境界：有沒有堪與我們相比的至高無上幸福？」

安瑟姆熱烈渴慕地擁抱她。百合花在他頭上火焰般的光芒中燃燒，樹木與灌木林大聲搖動，泉水發出清脆愉快的歡呼。鳥兒們、所有五彩的昆蟲在空氣渦流中翩翩起舞，一種開心、愉悅、歡欣的氣氛在空中喧騰，水中、地上都在歡慶愛情！到處都是發亮的閃電橫掃過灌木林，泥土中的鑽石有如亮晶晶的眼睛，高漲的溪澗從水源流淌出來，閃閃發光，奇異的香味隨著噗噗拍翅飄來盪去，是正在向高雅百合宣告安瑟姆獲得幸福的元素精靈。

安瑟姆抬起閃著幸福光芒的頭。是目光？是話語？是歌唱？聽起來是這樣：「賽芃緹娜！我相信妳，愛情向我開啟了大自然的內在！妳為我帶來了百合花，這朵花從黃金、泥土的原始力量，在磷點燃起思想之前，發芽生長，它代表所有生物虔誠和諧的領悟，而我在這層領悟中過著歡欣至極的生活直到永遠。是的，幸運快樂如我領悟到最高境界，我要永遠愛著妳，喔，賽芃緹娜！永遠不要讓百合的金光黯淡下去，因為這層領悟和信仰與愛情一樣，永恆不變。」

感謝蠑螈高超的本領，我在亞特蘭提斯安瑟姆的貴族封地上，親眼看見了安瑟姆的幻影，一切有如雲霧散去，放在紫羅蘭桌上的紙張非常乾淨，而且顯然就是我寫的。但我忽然覺得被痛苦穿鑿然後撕碎。

「幸運的安瑟姆，掙脫了日常生活的苦惱，因為愛上迷人的賽芃緹娜而受到強烈震撼，現在在亞特蘭提斯自己的貴族封地上過著快樂幸福的日子！我這個可憐蟲！等等，只消幾分鐘，我就會從漂亮大廳出來，這間大廳還要過很久才會成為亞特蘭提斯的貴族封地，接下來我被安置在我閣樓上的小房間，匱乏的生活捉襟見肘，處處侷限了我的感知與眼光，霉運當頭有若籠罩在濃霧中，我大概再也見不到百合花了。」

檔案管理員林德荷斯輕拍我的肩膀：「安靜、安靜，尊敬的朋友！您別這樣抱怨！您剛才不是也到過亞特蘭提斯，您在那裡，不也在心中把一座管理人的產業視為詩情畫意的莊園嗎？安瑟姆快樂賽神仙，是否與詩歌中描繪的生活略有不同？而箇中所揭示的大自然最難解的祕密，是否就是萬物神聖和諧？」

童話結束。（一八一四／一八一九）

除夕夜冒險

Die Abenteuer der Sylvester-Nacht

編者的話

卡洛[1]的幻想故事在這個旅行熱愛者寫的日記中重出江湖，卡洛的內心顯然與外在世界鮮有區別，很難讓人分辨出兩者之間的界線。好心的讀者，因為你未清楚察覺到這界線，也許這個通鬼之人更能吸引你，使你在不知不覺中置身於魔幻世界，時不時就有奇特的人物闖入你的生活，像老朋友似的，想與你成為莫逆之交。好心的讀者，我誠懇地求你，接納他們，關注他們的奇妙活動，忍受他們對你忽冷忽熱，像發燒的畏寒症狀一樣。我還能為這個熱愛旅行的人做什麼？此人遊走四方，於除夕夜抵達柏林，遇見了好多怪異又瘋狂的事情。

1. 戀人

死神，冰冷的死神在我心中，從我的心、內心最深處冒出來，像尖銳的冰柱刺進奔流中的灼熱神經。我沒命地狂奔，竟然忘了帽子和大衣，跑進颳起強風的漆黑夜色！塔樓上的旗幟呼呼作響，彷彿時間觸動了它永遠令人畏懼的齒輪，還發出了聲音，此時，過去的一年像沉甸甸的秤陀，在悶悶的轟隆轟隆聲中，往昔滾落黑暗的深淵。

你知道的，耶誕節與新年這段時間，你們沉浸在歡樂中，總是把我從修道院的小房間裡趕出來，把我驅逐至波濤洶湧又怒吼的大海上。耶誕節！這個不斷對我發出親切召喚的節日，我迫不及待它的到來。我比一年中的任何時候更好、更孩子氣，任何陰鬱、不好的想法，休想進入我為了迎接歡樂而敞開的胸臆；我又成了一個快樂歡呼的男孩。亮晃晃的耶誕市集上，那個彩繪鍍金的木刻天使的臉龐對我展露可愛的微笑，走在熙熙攘攘的街上，遠處傳來的神聖的風琴聲，似乎在說：「因為有一個嬰孩為我們而生！」

但節慶過後，所有樂音都消失了，微光在鬱悶的黑暗中熄滅。每年有愈來愈多的花枯萎掉落，嫩芽死去，春陽不再照在腐壞的樹枝上，點燃起新生命。這些我十分清楚，當一年將盡，不知為何，我總是受到澆薄寡歡的氣氛影響，頻頻產生陰森森的幸災樂禍之感。

「瞧，」我耳畔有低語，「瞧，今年你失去了多少歡樂，歡樂永不復返，但你因此變得更聰明，再也不會重視膚淺的樂事，逐漸成為一個嚴肅的男人，一點樂趣也沒有。」

---

1 Jacques Callot（1592-1635），法國畫家、銅版畫家。

魔鬼每次都幫我準備了一齣特殊的戲，他知道在正確的時刻，用譏諷銳利的爪子探入人的胸腔，以汨汨流出的血液為樂。到處都有人幫忙他，譬如昨天那位法律顧問就勇於伸出援手。

除夕夜，他府上（我說的是法律顧問）一定有一場盛大活動，他會為每位賓客準備一份特殊的驚喜迎接新年，他的動作既靈巧又笨拙，那些驚喜全是他挖空心思想出來的好玩東西，但最後會變得奇怪，讓人苦惱不已。我走進前廳時，法律顧問快步朝我走來，阻止我踏進飄著茶葉以及雅致薰香味的殿堂。他看起來怡然自得又一副機靈的模樣，對我露出奇怪的微笑，說：「小朋友，小朋友，房間裡可口的食物正在等您。這是除夕夜才有的驚喜，可別嚇一跳！」

這話讓我心頭一震，陰沉沉的感覺一湧而上，我剎那間感到惴惴不安。幾扇門都打開了，我很快向前走，走進去。沙發上坐著幾位女士，中間那位笑盈盈看著我。是她，我有幾年沒看見過她了，生命中微醺的幸福時刻襯著驀然發出的光亮，穿透了我的內心——不要再有致命損失——我永遠失去了她！她為何突然來到此地，法律顧問為何請到她來當座上賓？我一點也不知道，他居然認識她，這些我統統不去想，我又遇見她了！我像驟然被魔法點了一下，一動也不動，只能站在原地。

法律顧問輕碰了我一下：「喂，小朋友？小朋友？」我不由自主地繼續走，但眼中只有她，壓抑的胸膛吃力地擠出幾個字：「我的天，我的天，尤莉雅在這裡？」

我緊挨著擺茶點的桌子，直到這時，尤莉雅才看見我。她站起來，生疏地說：「真高興在這裡見到您，您的氣色真好！」說完她又坐下，問坐在旁邊的一位女士：「我們下星期是不是有精采的戲可觀賞？」

你湊近燦爛的花朵，它們散發出甜美的神祕芳香，迎面閃耀，一旦你俯身想看看她動人的臉龐，一條光滑冰冷的長尾蜥蜴從微微發光的葉子間衝出來，意圖用敵意的眼光殺死你！我現在的處境就是如此！

我僵硬地對著女士們彎下身，這個動作為那凶猛的東西平添一份荒謬，然後我迅速轉身，把手中冒煙的茶杯投向法律顧問有漂亮縐褶的襞飾[2]上。大夥兒笑謔法律顧問運氣不好，對我的愚行更是嘲弄有加。這都是計畫中的癲狂行為，尷尬又沮喪的我卻得重新打起精神。

尤莉雅沒有笑，我困惑的眼光掃瞄到她，於是溫馨的往事又發出光芒，從充盈著詩

2 從前女裝胸前的裝飾縐邊，男子襯衫胸部的襞飾。

歌與愛的熱鬧中向我投射過來。隔壁房間有人在即興彈鋼琴，引起全體賓客一陣騷動。那個人是外地來的傑出演奏高手，名喚貝爾格，他彈得出神入化，任誰都得豎起耳朵聽。

「小敏，不要用茶匙啪啪啪啪敲，難聽死了。」法律顧問說，然後手朝下指一指門，和顏悅色說：「好吧！」作勢邀請女士們靠近彈琴高手。尤莉雅也站起來，慢慢走到隔壁房間。

她整個人有點異於以往，我覺得她變高了，出落得比從前標緻。她身上特殊剪裁、有許多縐褶的白色洋裝僅僅半掩胸部、肩膀以及脖頸，蓬蓬袖長及手肘；頭髮從額頭分開兩邊梳，在腦後編了好多辮子再盤上去，讓她看起來像古典美人，好像米里斯[3]畫中的少女。但我又覺得好像親眼在哪裡看過，是尤莉雅變成了她。她脫下手套，手腕上當然有垂飾纏繞，已然模糊的記憶被她那身同款式的服飾喚回來，愈來愈清晰，色澤逐漸鮮明。移往隔壁房間前，尤莉雅轉身向我，我覺得她天使般青春嫵媚的臉孔扭曲為一抹譏笑；我心中震盪著驚慌與恐懼，似乎所有的神經都在抽搐，起了痙攣。

「噢，他彈得多美呀！」一位受到下肚甜茶鼓舞的女士喃喃說道，而我搞不清楚，她的手臂怎麼落到我的手臂上，以致於我帶著她，不如說是她帶著我走進了隔壁房間。

貝爾格此時正讓狂暴的颶風呼嘯而過；強有力的和弦猶如升起降落的滔天巨浪，我覺得好舒服！尤莉雅站在我旁邊，以前所未有的嬌憨聲音說：「我希望你坐到鋼琴那邊，溫柔地唱幾首歌，喚醒往日的歡樂與希望！」

敵人被我擊退了，我感到無比快樂，對我而言，這份快樂就叫做尤莉雅！其他陸續進來的人站得離我很遠。現在她很明顯躲著我，但我仍舊觸摸到她的衣裳，片刻後又近得能聞到她呵出來的氣息，過往春天千百種閃閃發亮的顏色在我心中重現。貝爾格讓颶風平息，天空轉為清朗，可愛的旋律有如清晨金色的小朵雲彩，輕輕悄悄消失。彈琴高手贏得滿室熱烈掌聲，賓客們如潮湧，我不經意地竟站在尤莉雅面前。我心中的魔鬼變得強大，我想要緊緊抓住她，將她包覆在不可理喻的愛情痛楚中，但有一個面目可憎的僕人擠進我倆中間，他手上拿著一個托盤，很粗魯地說：「有何吩咐？」

盛有冒煙潘趣酒的酒杯中間，有一個雕琢精美的高腳杯，看起來杯中的飲料並無不同。這個高腳杯為何與其他的杯子放在一起，我逐漸認識的那個人最清楚；他像蒂克[4]的著作《歐克塔維安努斯皇帝》中的克雷門斯，[5]單腳優雅旋轉，最愛紅色的短大衣和紅色

---

3 Frans van Mieris（1635-1681），荷蘭肖像畫家。
4 Ludwig Tieck（1773-1853），德國詩人。
5 *Kaiser Octavianus*，蒂克於一八〇四年發表的六幕喜劇，克雷門斯是劇中的丑角。

羽毛。尤莉雅拿起那個精雕細琢、光潔得不可思議的高腳杯要給我，她說：「你還跟以前一樣，喜歡接過我手上的杯子嗎？」

「尤莉雅，尤莉雅。」我嘆了一口氣，握住高腳杯，碰到她纖柔的手指，一陣帶電的火光流竄過我的脈搏與血管，我一口接一口喝，似乎有嘶嘶作響的藍色小火苗正在舔酒杯和我的嘴唇。

飲盡了高腳杯，不知怎麼回事，我忽然待在一間只點著一盞雪花石膏燈的小房間裡，坐在一張躺椅上。尤莉雅！尤莉雅坐在我旁邊，和往常一樣天真無邪地注視我。貝爾格又坐在鋼琴前，彈起莫札特高雅的小交響曲中的行板，我陽光普照的生命中的愛情和慾望在這首歌的天鵝之翼上活躍，振作了起來。沒錯，就是尤莉雅！是尤莉雅，天使臉孔好溫和。

我們的談話是一種充滿渴念的愛情泣訴，眼神勝過千言萬語，她的手放在我的手上。「我再也不放開你，你的愛是我心中灼熱的火花，用藝術與詩歌點燃並昇華的生命。沒有你，少了你的愛，一切呆滯如死水。你不也是為了要我永遠留下來才來的嗎？」

就在這時候，一個有一雙蜘蛛般細長的笨拙彎腿、一對青蛙凸眼的傢伙，搖搖晃晃走進來，粗聲粗氣、沙啞且吃吃傻笑地說：「見鬼了，我老婆到底在哪裡？」

尤莉雅站起來，用奇怪的聲音說：「我們要不要回到客人那邊？我丈夫在找我。您真的好有趣，親愛的，和以前一樣心情開朗，別喝太多酒。」那個有蜘蛛腿的細密銅版畫家抓住她的手，她微笑跟著他走進大廳。

「永遠失去了！」我大聲叫喚。

「對，確實，這局贏了，心愛的！」一個正在玩龍勃勒紙牌遊戲的傢伙喀喀地笑。出去！我跑出去，跑進狂躁的夜色。

2. 地下室酒館的賓客

平常在菩提樹下走動極為愜意，但在嚴寒、雪花紛飛的除夕夜，滋味完全不同。我頭上毫無遮蔽，又沒穿大衣，簡直像從發高燒直接進入畏寒。往前走過歌劇院的那座橋，再經過城堡，我拐進去，上船閘橋，再走過錢幣司大樓。我在獵人街上，緊鄰著堤爾曼商店，店裡跳躍著溫暖的燭光；我真想進去，因為我冷得發抖，很想喝一杯烈酒解渴。

一群歡天喜地的人此時蜂擁而出，談論著鮮美的生蠔和醇厚的埃爾菲葡萄酒。[6]「那個人說的沒錯，」其中一人說，我就著街燈看出那是一位波蘭的烏蘭騎兵軍官，「那個人說的沒錯，他去年在美因茲罵了那些一七九四年時拒絕接受埃爾菲葡萄酒的人，該死啊！」一人人放聲大笑。[7]

我不由自主又往前走了幾步，在一間有孤寂燈火照耀的地下室酒館前停下腳步。莎士比亞筆下的亨利五世，這個可憐的東西，當他很想來一杯淡啤酒時，身心是否也如此疲憊，不得不低聲下氣？事實上我感同身受，我的舌頭渴望一瓶上好的英國啤酒。我很快走進酒館。

「想喝什麼？」店東向我走來，友善地壓了壓帽子致意。我點了一瓶上好的英國啤酒，另外還想抽一管菸斗，而且菸草品質一定要好。不多久，我便沉浸在小市民享樂的最高境界，連魔鬼都暫時放我一馬，任我抽菸喝酒。喔，法律顧問！要是你看到我從你燈火通明的交誼室出來，走到這間陰暗的地下啤酒館，你想必會驕傲又輕蔑地轉開視線，咕噥地說：：「這樣的貨色毀了漂亮的襞飾，有什麼好奇怪的？」

我既沒戴帽子又沒穿大衣，那些人一定覺得我很奇怪。一位男士嘴皮掀動想發問，有人猛敲窗戶，並且喊著：「開門，開門，我來了！」

店東跑出去，馬上又走進來，高舉的雙手拿著兩盞燈，一個高瘦的男人跟在他後頭。門很低，他忘了彎腰，腦袋狠狠地撞了一下。他頭上戴的黑色貝雷帽使他免於受傷。他蜷縮著身子，怪模怪樣地沿著牆壁走，然後與我對坐，兩盞燈放在桌上。

看到他的人大概會說，他態度優雅但神情流露出些微不滿。他悶悶地點了啤酒和菸斗，才用力吸了幾口，煙霧就大到我們好像在雲朵上載浮載沉。此外，他的臉極有特色，也頗具吸引力，儘管整個人陰鬱不開朗，仍舊贏得我的好感。他一頭黑髮中分，兩邊掛著許多小小的鬈髮，挺像魯本斯畫中的人物。他拿下那個很大的大衣領子時，我看出他穿了一件裝飾很多條帶的黑色庫爾卡，[8]最引起我注意的是他在靴子外又套上了小巧的拖鞋，我還看到他把五分鐘就抽完的菸斗清空。

我倆的談話並不順利，這個陌生人研究各種罕見植物，他從一個小匣子拿出來幾株植物，然後仔細觀察。美麗的植物令我讚嘆，我問他，看起來都是才摘下來的，他是否剛去過植物園或者布雪[9]的家？他笑得很詭異，回答：「看樣子植物學不是您的專業，不

6 產自一八一一年的彗星年分葡萄酒，歌德曾在《西東詩集》中歌詠。
7 一七九四年，法國大革命進入第二個階段，法軍征服了歐洲及德國不少地方。一八一一年生產的埃爾菲葡萄酒為史上著名好酒。一七九四年的人拒喝一八一一年才釀出來的酒，邏輯上混亂，因此「人人放聲大笑」。
8 拿破崙戰爭時波蘭軍隊的制服，後有燕尾服短襬，胸前彩繪鑲邊是其特徵。
9 François Boucher（1703-1770），法國洛可可時期的重要畫家，以感官繪畫聞名。

然您不會……」他打住，我輕聲說：「這樣愚蠢。」他坦率地補充：「這樣問。」

「若您熟悉植物學，第一眼就會認出，它雖然屬於阿爾卑斯山植物誌，卻生長在欽博拉索山上。」最後一句他像是說給自己聽，而你大可想像，我聽了有多驚訝。其他的問題在我的舌頭上凍住了；但我心中愈來愈感覺到我既沒見過他，也不曾在幻想中勾勒過他的樣子。

又有人在敲窗戶，店東打開門，外頭傳來一個聲音：「行行好，把您的鏡子遮起來。」店東說，「哇！蘇沃洛將軍[10]來得可真晚。」

店東把鏡子蓋起來，一個動作緩慢，慢吞吞卻很靈活的瘦小男人走了進來，他穿了一件棕色大衣，那種棕色十分罕見，他在屋裡跳來跳去時，大衣化為許許多多的皺褶，在他的身上翩飛，在燈光照耀下，好多人物交疊出現，好像魔術燈的幻影。他一邊搓揉著藏在寬大袖子裡的手，一邊說：「好冷！好冷！天啊，真冷！義大利沒這麼冷，沒這麼冷啊！」

他終於坐下來，坐在我和那個大個子中間，說：「煙霧大得嚇人，如果我還有一小撮菸草的話，就製造更多煙霧賽過它！」

我口袋裡有你送我磨得發亮的金屬盒，我立刻拿出來想要分一些菸絲給小個子男人。他沒來得及多看那盒子一眼，兩手就伸過去，一把擤開，還說：「拿走，把這討厭的鏡子拿走！」他的聲音夾雜著驚恐，我訝異地看著他，他頓時變成了另一個人。小個子男人一蹦一跳進來時，臉上洋溢著愉快的青春氣息，此刻他卻頂著一張老人慘白、枯槁的面孔，兩眼無神。我嚇了一大跳，往大個子那邊靠。我想說，「老天，您快看！」但是大個子視若無睹，聽若罔聞，專心研究他的欽博拉索山植物。

這時小個子說：「北方的葡萄酒。」他很做作地咬文嚼字。談話愈來愈生動。我雖然覺得小個子陰森森的，但大個子深諳一些看似微不足道的東西，而且講得深入又有趣，儘管他搜索枯腸才能表達，有時候還夾一個沒聽過的字，但這樣反而讓他正在敘述的事情有一種原汁原味的滑稽，於是，我和他愈來愈投契，而他也緩和了小個子不討人喜歡的地方。

小個子身上好像安了一堆彈簧，在椅子上蹭來蹭去，兩隻手揮來揮去，當我清楚地察覺，他看起來似乎有兩張不同的臉孔時，就有一陣冰冷的風暴穿透我的頭髮直達脊背。他那張不那麼可憎的老臉在瞄準我之前，經常先瞧瞧大個子，對方的怡然自得尤其

---

10 Alexander Wassiljewitsch Suworow-Rymnikski（1730-1800），俄國史上最傑出的將領之一，保有不敗的名聲。

突顯出他的躁動不安。

在世俗人生這場化裝舞會裡，內在魔鬼閃閃發亮的眼睛經常從面具裡望出來，指認出親戚，我們這三個在地下室的怪人也差不了多少，如此這般看自己，並辨認出自己。我們的談話變得幽默，是那種唯有心靈受過傷的人才了悟的幽默。

「這事也有麻煩，」大個子說。「哎，老天，」我插進來說，「魔鬼到處幫我釘了多少個鉤子呢，[11]房間的牆上，連拱廊、玫瑰花叢，我們漫步過之處，珍貴的自我都讓我們忘東忘西。尊敬的朋友，看起來，我們每個人似乎都透過這種方式丟三落四過，像我今晚就缺了帽子和大衣。正如您兩位所知，我的帽子和大衣就掛在法律顧問家前廳的一個鉤子上！」

小個子和大個子一副突然被人打了一拳的樣子，驚愕藏都藏不住。小個子又醜又老的臉盯著我瞧，然後跳到另一張椅子上，把那塊遮住鏡子的布拉得更緊，在這時刻的大個子仔細地擦起燭台來。

費了些力氣，我們的談話才重新活潑起來。有人提起一位名喚菲利浦的年輕大膽畫家，以及他畫的公主肖像，他完整表達出公主深刻神聖的性情，如何激發他懷著愛情神思，以極虔誠的思念追求最高境界。大個子說：「神似，但不是畫像，而是一個幻象。」

我說：「這很真實，有人說，就像從鏡子裡偷出來的一樣。」

小個子聽了暴跳起來，老臉上閃爍的眼睛瞪著我，尖叫：「太蠢了，不可思議，誰會從鏡子裡偷鏡像？誰辨得到？你說的，難道是魔鬼？哎呀，兄弟，魔鬼用笨拙的爪子打破玻璃，女人畫像中的纖纖玉手也會受傷流血。愚蠢之至。哈！給我看那個鏡像，那幅被偷走的鏡像，我就跳下萬丈深淵，你這個憂傷的傢伙！」

大個子站起來走向小個子，對他說：「別把他說的一無是處，我的朋友！不然他要從樓梯滾下去囉，說不定他自己的鏡中影像看起來很糟呢。」

「哈哈哈哈！」小個子極盡諷刺之能事，嘶啞地笑起來，「哈哈哈，你認為哩？你認為哩？我的投影挺好看的，哦，你這個可憐蟲，我有我的影子！」說著他一躍向前，我們聽到他在外面陰沉沉地埋怨，並笑著說：「我有我的影子！」

大個子一副被擊垮的樣子，臉色慘白癱在椅子上，頭埋在雙掌之間大口呼吸，長嘆了一口氣。「您怎麼啦？」我關心的問。

「噢，我的天，」他回答，「那個陰險的人，讓我們覺得他一肚子壞水的人，他跟蹤

11 此處是雙關語，有文字遊戲的味道。「鉤子」指麻煩、困難，「釘鉤子」意指逃跑時突然改變方向，「我」把話接過來，純粹從字面意義發揮，延伸至以下的談話。

我來到此地，一直追到我平日獨坐的普通酒館，那裡充其量只有一個窩在桌子下啃著麵包屑的地妖。那個壞蛋把我帶回原先悲慘的生活。唉，輸了，我的損失沒有挽回的餘地。珍重！」他站起來，走出酒館的門。他的周圍明亮非常，沒有投下影子。

我出神地追上去。「彼得．史萊姆，彼得．史萊姆[12]！」我高興地大叫，但他扔掉他的拖鞋。我看見他越過憲兵隊走開了，消失在夜色中。

我想回地下室時，店東當我的面把門關上，說：「上帝保佑我遠離這樣的客人！」

3. 幻象

馬提歐先生是我的好朋友，他的看門人警覺性很高。當我拉了「金鷹」造型的門鈴，他立刻幫我開門。我向他解釋，我從一場社交活動溜走，沒戴帽子，沒穿大衣，而我家的鑰匙就放在大衣口袋，想要把耳聾的女僕敲醒，出來開門，簡直是不可能的任務。這位友善的男子（我說的是看門人）打開了一個房間，把燈拿進去，祝我一夜好眠。

房間裡掛了一面漂亮的大鏡子，我不知怎麼想的，把覆蓋在上面的布拉下來，再將兩盞燈放在鏡台上。我看著鏡中的我，發覺自己好蒼白，五官擠成一團，我都快認不出自己了。鏡子後，很裡面的地方，似乎飄出一個幽暗的形影。等到我集中精神與眼力仔細看過去，那個形影在神祕微光中演變為一個可愛的女子畫像，五官非常清楚。我認出那是尤莉雅。熾烈的愛意與思慕將我團團圍住，我大聲嘆了一口氣：「尤莉雅！尤莉雅！」房間內最邊邊的角落放著一張床，床幔後有呻吟與嘆息聲。我豎起耳朵聽，呻吟聲愈來愈嚇人，尤莉雅不見了，我果斷地拿起一盞燈，快速拉開床幔往裡面看。

我要如何向你描述，我看見小個子男人躺在那裡，他那張年輕的臉痛苦扭曲，在睡夢中從胸腔內發出嘆息：「尤莉耶塔！[13]尤莉耶塔！」我好震撼。這個名字火辣辣烙在我心上。我不再害怕，我抓住小個子用力搖他，說：「喂，好朋友，您怎麼來我的房間，醒醒，快給我滾！」

小個子睜開眼睛，朦朦朧朧望著我：「做了一個惡夢，謝謝您把我叫醒。」

這些話聽起來像輕嘆。我不知道怎麼回事，我覺得小個子這會兒換了個人似的，席捲他的痛苦滲入了我的內心，我所有因鬱鬱寡歡而生的怒火倏忽消失了。我一下子就掌

12 法裔德國詩人夏米索（Adelbert von Chamisso, 1781–1838）所著童話《彼得．史萊姆的奇幻故事》（*Peter Schlemihls wundersame Geschichte*）中販售自己影子的主角。

13「尤莉雅」的義大利譯音。

握情況，原來看門人一時疏忽，幫我打開了小個子已經入住的房間，我才是那個沒規矩闖入，把小個子從睡夢中驚醒的人。

「先生，」小個子說，「在地下室時我可能讓您覺得我瘋癲，喜歡鬧著玩，之所以如此，您大可把責任推到一個偶爾把我鎮住的瘋狂鬼怪身上，就是他，使我卸下文明禮節與習俗，這點我不會否認。您不偶爾也有類似的遭遇嗎？」

「天啊，是的，」我膽怯地回答，「就在今天晚上，當我又看見尤莉雅的時候。」

小個子粗聲粗氣問，「尤莉雅？」他臉上抽搐了一下，驟然間顯老了。「哎，您讓我靜一靜。您行行好，把鏡子蓋起來吧，好人！」說完他虛弱地回頭看枕頭。

「先生，」我說，「我永遠失去的不凡愛情，她的名字似乎喚起您奇怪的回憶，回憶湧上之際，您的五官明顯變柔和了。但我希望與您共度一個安靜的夜晚，我馬上就把鏡子遮起來，然後上床睡覺。」

小個子坐起來，凝視我，他的臉上有年輕的光采，目光出奇溫和，充滿善意，他握住我的手，再輕輕壓一下，說：「您好好睡，先生，我看得出來，我倆是難兄難弟。您也是嗎？尤莉雅，尤莉耶塔……好吧，除非這是老天的意思，對我而言，您是我無法抗拒的人物，我必須向您坦承深埋我心中的祕密，然後您會恨我，看不起我。」

小個子一邊說，一邊慢慢爬下床，套上一件寬大的白色睡袍，他輕手輕腳，鬼魅般地踱到鏡子那裡，站在鏡子前面。哇！鏡子直捷了當把兩盞燈、房間裡的東西，還有我，統統彈回去；但是，小個子沒有出現在鏡中，光線並未反射到他擠壓成一團的臉上。

他轉身向我，神情非常沮喪，他按了按我的手，說：「您現在看見我無止境的悲慘狀況了。史萊姆，那個純淨善良的人，對照於我的混亂，他可真令人忌妒。他無憂無慮出售他的影子，而我呢？我把我的鏡像給了她，她！喔！喔！喔！」雙手掩住眼睛低沉悲吟的小個子走向床，快速躺下。

我呆呆站著，狐疑、輕視、恐懼、關心、同情，我自己都搞不清楚，心中上下起伏究竟是贊成還是反對這個小個子？這時小個子打起呼來，可愛極了，節奏和諧有致，我抵擋不住這股有麻醉效果的聲音。我很快用布蓋住鏡子，吹熄燈火，和小個子一樣躺下來，須臾沉入夢鄉。

一個悅耳的聲音將我喚醒時，想必已經是早上了。我睜開眼睛，看見穿著白色睡袍、頭戴睡帽的小個子背對著我，坐在桌邊，就著點燃的燈火勤快地寫著字。他看起來陰森如鬼，我突然感到害怕；這個夢抓住我，又把我帶到法律顧問家，我坐在躺椅上，一旁坐著尤莉雅。才一下子，我就覺得整場社交活動是一場詼諧的耶誕展覽，有狐狸、牧場、小草朵，或者諸如此類的東西，法律顧問身材小巧玲瓏，由糖膠與信箋縫製的襞飾組合而成。樹木與玫瑰叢愈來愈高，尤莉雅站起來，遞給我那個水晶高腳杯，藍色火焰從杯子裡溢出來。

有人在拉我的手臂，原來是站在我後面的小個子，他小聲地說：「別喝，別喝，拜託別盯著她看！你不是已經在布勒哲爾、卡洛或者林布蘭的警誡牌上看到她了嗎？」

尤莉雅讓我不寒而慄，因為穿上那件有許多皺褶與蓬蓬袖袍子，戴上髮簪的她，看起來很像這些藝術大師畫像上被猙獰怪物環繞的誘人少女。

「你為什麼害怕？」尤莉雅問，「我擁有完整的你和你鏡中的影像。」

我拿起高腳杯，但小個子像松鼠一樣跳上我的肩頭，用尾巴去搧火焰，狂亂的吱吱嘎嘎：「別喝，別喝。」

此時展覽上所有的糖小人變得生龍活虎，滑稽地擺動小手小腳，糖膠做的法律顧問疾步向我走來，用再悅耳也不過的聲音說：「這些喧鬧所為何來，我親愛的朋友？這些喧鬧所為何來？您只要站在您可愛的腳上，我注意了好一會兒，您懸空走過椅子和桌子呢。」小個子不見人影，尤莉雅手上也沒有那個高腳杯。

「你為什麼不想喝呢？」她說，「從高腳杯照耀你的純淨華麗火焰，不是和我曾經給你的吻一樣嗎？」

我想把她摟過來，史萊姆卻出現了，說：「這是與拉斯卡結婚的米娜。」[14]他踩到幾個糖小人，造成它們哀號不已。不久糖小人倍增為千百個，紛紛小跑步過來，像一群蜜蜂飛到我身上，騷動混亂中不斷地嗡嗡嗡。糖膠做的法律顧問將自己層層纏裹到襯領，愈拉愈緊。

「該死的糖膠法律顧問！」我大叫，氣得從睡夢中醒過來。

陽光燦爛，已經中午十一點了。「與小個子的種種，只不過是一場生動的夢，」端著早餐走進來的服務生對我說，那位與我在同一個房間裡過夜的陌生人，一大早就離開了，他向我問好。我在夜裡鬼魅般的小個子坐過的那張桌子上找到一張才寫不久的紙，我要告訴你寫的內容，因為這是一個與小個子有關的奇妙故事。

4. 遺失的鏡像

艾拉斯姆斯．史皮赫一輩子擱在心頭的願望終於要實現了，心情愉快的他揣著滿

14 典出自《彼德．史萊姆的奇幻故事》。

滿的荷包坐在車上，離開北方的家園，去溫暖、風景秀麗的南方旅行。他性情溫和又信仰虔誠的妻子流了不少眼淚，先細心地幫小艾拉斯姆斯擦乾淨鼻子和嘴巴，再把他抱上車，好讓爸爸與他道別，送上許多親吻。

「再見，我親愛的艾拉斯姆斯．史皮赫，」妻子啜泣著說，「我會幫你看好房子，要常常想我，對我忠實，還有，你坐車睡著時頭經常朝外，當心別弄丟了漂亮的帽子。」史皮赫一概說好。

艾拉斯姆斯在風光明媚的弗羅倫斯結識了幾位同胞，他們盡情享受人生，仗著年輕，大膽耽於這個精采國度裡源源不絕的享樂。大夥兒覺得他是個正直的同伴，他們一起嘗遍美食。個性開朗與天分使然，史皮赫賦予調皮搗蛋正當理由，於是吃喝玩樂變得特別有趣。

這些年輕人（艾拉斯姆斯年方二十七，也算年輕人）一天夜裡來到一座飄著香味的華美花園，園內正在舉行一場歡樂慶祝活動。除了艾拉斯姆斯，每個人都帶了一位女伴隨行，男士都穿從前的德國傳統民族服裝，女士則穿上彩色發亮的節日服裝，人人的款式都不同，好看極了，看起來就像移動中的花朵。有人隨著曼陀鈴的錚錚絃聲唱起一首義大利情歌，男人們一口飲盡杯中的敘拉古[15]佳釀，在有趣的叮叮噹噹聲中，哼唱一首豪邁的輪唱首。義大利果真是愛情的國度。晚風如思念的嘆息輕輕吹拂，又似飄著桔子與茉莉花香的愛之聲，在小灌木花壇中上下波動，融入開始進行的輕鬆詼諧遊戲中，每位可愛的女孩，所有義大利女子專擅的滑稽小把戲紛紛出籠了。

大家的興致愈來愈高，聲音愈來愈大；其中最興奮的是弗里德西，他站起來，一手環住他的女伴，揮舞著另一隻拿著起泡泡的敘拉古佳釀的手，說：「除了妳們這兒，哪裡還有天大的樂趣和至高無上的幸福，迷人美麗的義大利女人啊，妳們就是愛情的化身。但你，艾拉斯姆斯，」他繼續說，並轉向史皮赫，「似乎沒有特別感受，你不僅在赴約會時有違規矩和習俗，未攜女伴參加，你今天也是鬱鬱寡歡，若有所思，譬如你就沒有痛快飲酒和唱歌，我想，你變成乏味憂鬱的男人了。」

「我承認你說的對，弗里德西，」艾拉斯姆斯答道，「我突然沒辦法開心起來。你知道，我家中有個可愛又信仰虔誠的老婆，我打從心眼裡愛她，假使我逢場作戲，與一位女伴共度一晚，我就是明目張膽背叛了她。你們這些尚未娶妻的年輕人情況不同，我可是當爸爸的人了。」

15 西西里島上的沿海古城。

年輕人哄堂大笑，因為艾拉斯姆斯說到「當爸爸」時特別認真，他年輕、平易近人的臉上起了嚴肅的皺紋，特別讓人莞爾。弗里德西的女伴請人把艾拉斯姆斯說的德語翻譯為義大利語，聽完後她一臉肅穆對著艾拉斯姆斯，伸出手指語帶威脅說：「你這個冷漠、好冷漠的德國人！管好你自己吧，你還沒見到尤莉耶塔呢！」

就在這時，入口的小灌木花壇那裡起了一陣騷動，一位美麗非凡的女子從幽暗夜色走進了燭光搖曳的明亮。白皙的皮膚、胸脯、肩膀和頸項，半掩的長袍，長及手肘的蓬蓬袖滾出許多波紋，編好的髮辮盤在前額，後腦勺垂下許多辮子。脖子上掛著金項鍊，腕上纏繞著不只一個手鐲，完全是古代年輕女子的妝扮，乍看以為是從魯本斯或米里斯的女子畫像裡走出來。

豔光四射的尤莉耶塔讓別人相形見絀，她甜美親切的聲音說：「正派的德國年輕人，讓我參加你們精采的活動。我要去找那位，找你們當中缺乏興致也缺乏愛情的人。」說著她風情萬種地走向艾拉斯姆斯，在他旁邊空著的沙發坐下來；沙發是別人假定他會攜女伴來先擺放好的。女孩們竊竊私語：「看，喔，看看，尤莉耶塔今天還是那麼楚楚動人！」年輕人則說：「怎麼搞的，艾拉斯姆斯贏得美人芳心，他會來嘲笑我們嗎？」

艾拉斯姆斯第一眼看到尤莉耶塔，便興起一種很特別的情緒，他不知為何心中翻攪得好厲害。當她走近時，一股陌生的力量席捲上來，重壓在他胸前，他差點停止呼吸。他坐在那裡，專注地盯著尤莉耶塔，當其他小夥子大聲讚美尤莉耶塔嫵媚漂亮時，他的嘴巴不聽使喚，竟說不出一個字來。

尤莉耶塔拿了一個斟滿的高腳杯站起來，很友善地遞給艾拉斯姆斯；他接過高腳杯，輕觸到尤莉耶塔溫柔的手指。他啜飲那杯酒，一股灼熱在血管內竄流。尤莉耶塔戲謔地問：「要不要我當您的女伴？」

錯亂的艾拉斯姆斯拜倒在尤莉耶塔面前，拉起她的雙手到自己胸前，說：「好，妳就是我一直在愛的人，天使！我在無數夢境中見過妳，妳是我的幸運星，我追求的幸福，我更上一層樓的人生！」

大家想，酒精在艾拉斯姆斯的腦子裡興風作浪，因為他們從未見過他這個樣子，他像是變了一個人。「對，妳是我的生命，妳在我心中燃起熊熊火焰。讓我下沉，下沉，墜入妳之中，唯有妳與我存在的地方。」艾拉斯姆斯高喊，但尤莉耶塔輕輕把他摟過去；於是他安靜多了，坐在她旁邊，不一會兒，被尤莉耶塔和艾拉斯姆斯打斷的那齣有玩笑也有歌曲的輕快愛情劇又開始演下去。每當尤莉耶塔唱起來，從胸腔內發出的美妙嗓音，就能點起所有人心中未曾相識、僅止於感覺到的慾望。她水晶般清脆的聲音中蘊含一股神祕的濃郁情感，擄獲了每個人的心。年輕人把他們的女伴摟得更緊了，對望的眼睛閃著熱情的光輝。

紅色微光宣告黎明來臨，尤莉耶塔建議結束慶祝活動；曲終人散。艾拉斯姆斯打算送尤莉耶塔回家，她拒絕了，但告訴他自己住哪裡，他找得到她。那群年輕人唱了一首德國輪唱曲，為活動畫下休止符的時候，尤莉耶塔從小灌木花壇那裡離開；有人看見她身後跟著兩位僕人，手持火把當前導，一行人穿過林蔭小道走遠了。艾拉斯姆斯沒有勇氣與她同行，年輕人這會兒手挽各自的女伴，心情愉快打道回府。艾拉斯姆斯六神無主，內心被思慕與相思苦惱扯碎，但總算跟著拿火把的僕人一起走了。

與朋友分道揚鑣的他，在回家路上走進一條僻靜的街道。這時朝霞已高高升起，僕人將火把抛到石子路上，在噴濺出來的火光中，艾拉斯姆斯面前突然出現一個奇特的人，他又高又瘦，長著長長的鷹勾鼻，眼睛發亮，陰險地歪著嘴，火紅的大衣上有發亮的鋼鈕釦。這個男人發笑，用令人不舒服的刺耳聲音說：「喔，喔！您那身外套、開叉的上衣和羽毛帽，您看起來像是從古老畫冊裡走出來的。艾拉斯姆斯先生，您看起來十分有趣，但您到街上來是給人看笑話的嗎？回到您的羊皮紙卷裡去吧。」

艾拉斯姆斯悶悶不樂地說：「我的服裝礙著您了？」並且想推開這個紅通通的傢伙，

從旁邊通過。那個紅傢伙大聲對他說：「喂，喂，別那麼急，現在還不能去找尤莉耶塔。」艾拉斯姆斯聽了迅速回頭，大聲叫喊：「你說尤莉耶塔什麼？」並揪起紅男人胸前的衣服。

那男人快得像弓箭一樣轉身，馬上消失在艾拉斯姆斯的視線裡。艾拉斯姆斯呆呆站著，手中拿著從紅大衣上扯下來的鋼鈕釦。僕人說：「那是神醫達培圖斗先生。他找您做什麼？」艾拉斯姆斯突然感到一陣恐懼，快步回到他的家。

尤莉耶塔用至上的親切與善意接待艾拉斯姆斯，他內心燃起的熱情讓他瘋狂，她以溫柔與鎮定回待。但她眼中偶爾會閃耀，用奇特的眼神看著他的眼，讓艾拉斯姆斯感覺到一陣震盪從內心最深處輕輕竄起。她絕口不提她愛他，但她與他相處的方式都讓他清楚感覺到，有繩子纏住他，愈來愈緊。

有一次弗里德西遇見他就不讓他走。弗里德西對他喚醒家鄉與家的記憶，艾拉斯姆斯態度柔順軟化了，於是弗里德西說：「史皮赫，你知道嗎，你在跟危險的人打交道。你一定發現了，美麗的尤莉耶塔是最狡猾的情婦，她在人們眼中顯得特別美好，形容她多神祕多不可思議。只要她想要，可以施展出讓人傾倒的魅力，把人纏繞在死結裡。看看你，你整個人變了樣，把自己完全奉獻給誘人的尤莉耶塔，心中不再有你可愛虔誠的妻子。」

艾拉斯姆斯把臉埋入兩隻手心，大聲哭泣並呼喚妻子的名字。弗里德西知道，艱熬的內心拉鋸戰已然開始。他說：「史皮赫，我們快點離開吧。」艾拉斯姆斯激動地說：「好，弗里德西，你是對的，我不曉得怎麼回事，突然覺得好鬱悶，我一定要離開，今天就走。」

他倆匆匆走上街，達培圖斗先生卻擋在前面，衝著艾拉斯姆斯笑了笑，說：「喂，快點，走快點，尤莉耶塔等著，心裡渴念非常，兩眼含淚。嘿，快點，快點！」艾拉斯姆斯像被閃電擊中的樣子。弗德里西說：「這個傢伙，我打從心裡討厭這個江湖術士，他進進出出尤莉耶塔家，兜售他的神奇香精。」

「什麼！」艾拉斯姆斯大喊，「這個面目可憎的傢伙去過尤莉耶塔家，尤莉耶塔的家？」

陽台上有一個柔柔的聲音傳下來，「兩位在哪裡耽擱了？大家都在等您們呢，難道您們都沒想我嗎？」是尤莉耶塔，原來他們兩個不經意地來到她的家門前，艾拉斯姆斯一溜煙閃進了屋。「他進屋去了，再也沒救了。」弗里德西輕聲說，然後繼續漫步過街頭。

尤莉耶塔前所未有地和藹可親，她穿著上次在花園出席的那件衣裳，神采飛揚，渾身青春洋溢。艾拉斯姆斯忘了自己和弗德里西說過的話，感到前所未有的快樂，意亂情迷，然而尤莉耶塔也前所未有地毫無保留，讓他留意到她的真心誠意。他以為她只等候他來。

尤莉耶塔租來的避暑別墅裡即將舉行一場慶祝活動，賓客中有一位年輕但相貌不端的義大利人，更難看的是他的舉止，他十分奉承尤莉耶塔，引發了艾拉斯姆斯的醋意，老大不痛快地與其他人保持距離，孤單在花園裡的小徑上來回踱步。尤莉耶塔找到了他，「你怎麼啦？你沒有全心全意屬於我嗎？」說著她溫柔的手臂摟住了他，在他的唇上印了一個吻。

一道電光火石穿透他，迅速湧上的慾望讓他用力抱住心上人，說：「不，我不讓妳走，否則我就遭天打雷劈！」這些話讓尤莉耶塔浮起一抹怪異的微笑，凝視他的奇特目光不斷震盪出他中內的恐懼。

他倆再度回到賓客那兒，惹人嫌的年輕義大利人現在與艾拉斯姆斯易地而處；醋意激得他衝著德國人說了一堆尖刻傷人的話，尤其是衝著艾拉斯姆斯來。艾拉斯姆斯終於受不了，快步走向義大利人，說：「住口，您那些對德國人、對我的冷嘲熱諷太卑鄙了。再說下去我就把你丟進池塘裡，您就好好游個泳吧。」就在這時候，義大利人手上出現了一把亮晃晃的匕首，發火的艾拉斯姆斯掐住他的咽喉，將他摺倒在地，用力踢他的後頸，這個義大利人喉嚨間呼嚕呼嚕，沒了氣息。

眾人湧向艾拉斯姆斯，他失去意識，覺得有人捉住他，把他往前拖。當他從深度昏沉中醒過來時，他置身於一個小房間內，躺在尤莉耶塔的腳邊，她低頭對著他，雙手抱住他。「你這個德國壞蛋，壞蛋，」她以無比溫柔的語氣說，「你把我嚇壞了！幸好我及時把你救了回來，但弗羅倫斯不再是你應該待的地方。你必須離開，我深深愛你，但你必離我而去。」

分開的想法讓艾拉斯姆斯感到無以名之的痛楚與悲傷。「讓我留下來，」他大聲說，「我寧可死去，活著但不能和妳廝守，死了豈不更好？」然後他覺得有一個痛苦萬分的聲音從遠處傳來，輕輕呼喚他的名字。啊！是他信仰虔誠的德國妻子，艾拉斯姆斯於是沉默不語，而尤莉耶塔的問題很費疑猜，她說：「你一定是在想你的太太？啊，艾拉斯姆斯，過不久你就會忘記我了。」

艾拉斯姆斯說：「但願我永遠屬於妳，一直陪在妳身邊。」此刻，他倆站在房間裡牆上掛的那面又大又明亮的鏡子前，燭光在鏡子兩邊搖曳生輝。尤莉耶塔親暱地把艾拉斯姆斯摟得更緊，低聲說道：「把你鏡中的影像留給我，我真摯的戀人，它應該屬於我，永遠陪在我身邊。」

驚愕的艾拉斯姆斯說，「尤莉耶塔，妳這什麼意思？我的鏡像？」他邊說邊看鏡子，他和尤莉耶塔相擁的甜蜜畫面反射在鏡面上。「妳要如何留下我的鏡像？」他繼續說，「保存跟著我到處流浪，在澄清的水面，磨得光滑的平面上，迎面映照我的鏡像？」

尤莉耶塔說，「你連作夢時自己的身影，在鏡裡發光的身影，竟然都不肯給我，你還奢望全心全意與我相守嗎？連你不安定的形影都不願意留在我身邊，跟著我度過悲苦的餘生？一旦你離去，我的人生再也不會有樂趣和愛可言。」

尤莉耶塔美麗的黑眼珠湧出熱淚。為了愛而痛苦萬分的艾拉斯姆斯瘋了似的，說：「我一定要離開妳嗎？假如我非走不可，我的鏡像就該永遠留在妳身邊，寸步不離。任誰，任魔鬼也不能從妳手中奪走，直到妳全心全意擁有我。」

他說這些話的時候，尤莉耶塔灼熱如火的吻印在他唇上，然後鬆開他，無限思念地張開雙臂對著鏡子。艾拉斯姆斯看見自己的形影從他的一舉一動中分離出去，往前走，滑入尤莉耶塔的懷抱，最後與她一起在奇異的香味中消失無蹤。四周響起許多刺耳的聲音，埋怨中有嘲笑與譏刺；極度震驚的他起了一陣足以致死的痙攣，昏倒在地上，但是害怕——恐懼又將他從昏迷中拉出來，他在微弱光線下蹣跚走出房門，再走下樓。

有人在這幢房子前捉住了他，把他帶上一輛疾駛的車。「看得出來，這個人情緒很激動，」坐在他旁邊的一個男人用德語說，「這個人情緒很激動，其他方面倒還好，您可以讓我全權處理。小尤莉耶塔已經完成了她的任務，把您推薦給我。您的確是個可愛的年輕男子，極度偏好輕鬆愜意的享樂，我們、我以及小尤莉耶塔都很高興。先前一個德國人狠狠地往我脖梗上踢了一腳，就像艾拉斯姆斯腫脹成紫紅色、往外伸的舌頭，看起來很有意思，他痛苦地呻吟與哀號，無法立刻出發。哈，哈，哈。」這個男人嘲弄的說話聲難聽死了，滿口廢話令人反感，那些話如帶刺的匕首，插進了艾拉斯姆斯的胸膛。

「無論您是誰，」艾拉斯姆斯說，「沉默，對這件讓我遺憾的事保持沉默吧！」

男人回答：「遺憾，遺憾！那您也會因為認識了尤莉耶塔，想要贏得芳心而感到遺憾嗎？」

艾拉斯姆斯嘆了一口氣，「哦，尤莉耶塔，尤莉耶塔！」

男子說：「好吧，您太幼稚了，您希望所有事情船過水無痕，但您不得不離開尤莉耶塔，您若留在此地，我能做的，就是幫您奪下盯梢者的匕首，以及避開司法單位的制裁。」

能夠留在尤莉耶塔身邊的想法非常強大，左右著艾拉斯姆斯的心思，他問：「要怎樣才能留在此地？」

那男人說：「我曉得一種很神祕的藥，會使追蹤您的人暈頭轉向，分不清東南西北，簡單說，就是這種藥能讓您在每次出現時都以不同的面貌示人，他們將永遠認不出您來。選一個白天，拜託您站在一面鏡子前，長時間專注地照鏡子，然後我為您的鏡像動手術，絕不傷一根寒毛，這樣您就有了一層保護膜，可以和尤莉耶塔在一起，不落入險境，追求快樂與幸福。」

艾拉斯姆斯提高了嗓門，「好可怕，好可怕！」男人譏諷地問：「我親愛的朋友，什麼東西好可怕？」

艾拉斯姆斯期期艾艾地，「哎，我……想，我……想，」男人迅速插進來說，「留下您的鏡像，留給尤莉耶塔？哈哈哈！精采絕倫，朋友！現在您可以走過田野與森林，城市與村莊，直到您找到妻子和小艾拉斯姆斯，再度成為一家之主。即使沒了鏡像，您的妻子也不會察覺，因為您的人在她身邊，而尤莉耶塔只擁有您閃爍不定的夢中自我。」

「別說了，你這個可怕的人，」艾拉斯姆斯大叫。這時有一隊伍遊行的人手持火把，開心地唱著歌走過來，火光照進車內，於是艾拉斯姆斯認出了他旅伴的臉，也認出了醜陋的達培圖斗醫師。他出其不意跳下車，往遊行隊伍的方向跑，因為他聽出遠處傳來弗里德西悅耳的男低音。朋友們剛用過一頓鄉村風味餐，艾拉斯姆斯很快把發生過的事情從頭到尾告訴了弗里德西，唯獨不提他遺落自己鏡像的那一段。弗里德西偕他趕著進城，以便辦妥必備的東西，等到旭日東昇，艾拉斯姆斯跳上一匹快馬，離開了弗羅倫斯。

史皮赫把旅途中的驚險經歷寫了下來，其中最值得注意的就是遺落鏡像之後，感覺變得十分奇特。譬如說，他想讓跑累的馬兒休息，遂在一座大城市停留，而且沒多想就隨意挑了一家生意興隆的餐館坐下來，不曾留心他的對面掛著一面美麗光滑的鏡子。站在他座椅後面的服務生長相很不討喜，對他而言，鏡中的那張椅子是空的，因為鏡子沒有反射出坐在椅子上的人的鏡像。服務生把發現告訴了艾拉斯姆斯的鄰座，這個人整張桌子繞一圈，跟全桌人指指點點並交頭接耳，於是大家瞧瞧艾拉斯姆斯，再看一看鏡子。

艾拉斯姆斯還來不及反應，同桌一位很正直的人站起身，把他領到鏡子前，要他自己往鏡子裡看一看，然後轉身對著大家大聲說：「真的耶，他沒有鏡像！」大夥兒議論紛紛，「他沒有鏡像，他沒有鏡像！令人作嘔的東西，把他扔出去！」

火大又羞赧的艾拉斯姆斯逃回房間，才進入房門，警察便通知他，命他於一小時之內帶著完整、與本人一模一樣的鏡像去有關當局報到，否則就必須離開這座城市。他飛快趕過去，所到之處都有無所事事的烏合之眾，街上遊蕩的年輕人跟蹤他，在他後頭喊叫：「那個把鏡像賣給魔鬼的人正騎馬趕過去，他騎馬過去！」他好不容易來到空曠的地方，自此無論他到何處，只好藉口天生不愛照鏡子，盡可能快速蓋住所有鏡子。人們戲稱他為蘇沃洛夫將軍，因為將軍的做法與他一致。

當他抵達故鄉，回到自己的家時，親愛的妻子和小艾拉斯姆斯歡天喜地迎接他，不久，平靜安定的家庭生活讓他忘了遺落鏡像的痛苦。有一天，史皮赫心中完全沒有標緻的尤莉耶塔的影子，正陪著小艾拉斯姆斯玩耍；兒子滿手爐灰跑到爸爸那裡，碰到了他的臉。「哇，爸爸，我把你弄黑了，快來看！」小男孩喊著，史皮赫來不及阻止，他已經拿來了一面鏡子放在爸爸面前；他剛好往鏡子裡看。但他馬上哭著丟掉鏡子，匆匆跑回房間。

片刻後妻子走進房間，一臉的訝異與驚嚇，「艾拉斯姆斯都跟我說了。」「說我沒有鏡像，對吧，親愛的？」史皮赫勉強擠出一個笑容，很辛苦地證明，雖然聽起來莫名其妙，因為鏡像是不可能搞丟的，但就算丟了也沒多少損失，每一個鏡像充其量只是一種戲法，從自我觀察轉為虛榮自戀，何況在真實情況與夢境中，這樣的影像只會使真正的自我分裂。

他說這些話的時候，客廳裡有一面遮起來的鏡子，妻子一把拉下那塊布，然後往鏡子裡看，她好似遭到雷擊，跌在地板上。史皮赫把她扶起來，妻子剛回過神來，就厭惡地將他推開。

「走，」她大叫，「走，可怕的人！你不是，你不是我的丈夫，不，你是萬惡的魔鬼，想要扼殺我的幸福，毀掉我。走，走開，你無法左右我的思想，該死的東西！」

她的聲音劃過房間，穿過廳堂，僕人們驚愕地趕過來，大為光火卻也沮喪非常的艾拉斯姆斯衝出家門。心中的怒火驅使他拔腿狂奔，進城後飛馳過公園內僻靜的通道。尤莉耶塔天使般的美貌浮現在他眼前，他高聲說道：「妳在報復我，因為我遺棄了妳，我沒把自己獻給妳，只留下我的鏡像給妳的緣故嗎？唉，尤莉耶塔，我衷心希望完全屬於妳，我為妳犧牲，妳卻擯斥了我。尤莉耶塔，尤莉耶塔，我衷心希望完全屬於妳，我的身心與生命都為妳所有。」

「您有充足的理由這麼說，我親愛的朋友，」達培圖斗先生穿著腥紅色外套，金屬鈕釦閃閃發光，出其不意站在艾拉斯姆斯身旁。對悲慘的艾拉斯姆斯而言，這句話頗有慰藉作用，因此沒多看達培圖斗那張陰險醜陋的臉。他站在原地，用可憐兮兮的聲音問：「我要怎樣才能再找到她？我已經永遠失去她了呀！」

達培圖斗回答，「才不是這樣呢，她其實離你不遠，而且，她非常想念您，覺得您非常珍貴，尊敬的朋友，因為正如您所知，鏡像不過是個可憐又可鄙的戲法。除此之外，一旦她確定了您十分珍貴，換言之，確定了您的身心與生命俱為她所有，就會滿懷感激歸還您光滑、絲毫無損的可愛鏡像。」

「帶我上她那兒，上她那兒！」艾拉斯姆斯喊著，「她在哪裡？」

達培圖斗插話說：「在您見到尤莉耶塔，向她表明心悅臣服，以便換回鏡像之前，還需要解決一件小事。同一個人不會由閣下支配，雖然您是個值得珍惜的人，但因為您仍舊戴著枷鎖，受到束縛。所以，首要之務是解開這個枷鎖。閣下的賢妻和前程似錦的兒子。」

艾拉斯姆斯嚇了一跳，「什麼意思？」達培圖斗繼續說，「也可以透過簡單之至、人性化的方式輕鬆解開這個枷鎖，您知道我請人從弗羅倫斯寄來一帖神奇的藥，以備不時之需。妨礙您和可愛的尤莉耶塔在一起的那些人，只需要品嚐幾滴藥劑，就會在外表不見痛苦，也不會發出任何聲音的情況下昏倒。我們雖然稱之為死亡，然而死亡應該是痛苦的；由於苦杏仁的味道不甜，藏在這個小瓶子內的死亡僅僅有這種苦況。開開心心倒下之後，房子裡會散發一股好聞的苦杏仁味。拿去吧，尊敬的朋友。」他給艾拉斯姆斯一個長頸球狀的玻璃瓶。

「可怕的人，」艾拉斯姆斯喊了出來，「要我毒死妻子和小孩嗎？」

穿腥紅色外套的人說：「誰說有毒藥，瓶子裡只裝了一帖味道很好的家庭用藥，能讓您得到自由。但是，我想讓您自然又人性地運用這帖藥，這是我的癖好。放心拿去吧，我最親愛的朋友！」

艾拉斯姆斯尚未回神，玻璃瓶已經到了他的手上。他精神恍惚地跑回家，回到房間。妻子整夜都在擔心害怕，她堅稱這個回來的人不是她丈夫，而是一個頂著丈夫形體的恐怖魔鬼。史皮赫一腳踏進家門，所有人都嚇得跑開了，只剩下小艾拉斯姆斯敢接近他，天真的問爸爸為什麼沒有把鏡像帶回來？媽媽可要傷心死了。

艾拉斯姆斯呆呆地看著孩子，眼神慌亂，手上還拿著達培圖斗的玻璃瓶。孩子抱著他心愛的鴿子，牠挨近玻璃瓶，伸出鳥喙去啄瓶塞；鴿子的頭立刻垂下去，一命嗚呼。

艾拉斯姆斯嚇得跳起來，「叛徒，」他大聲叫嚷，「你不該引誘我做下地獄的事情！」他把瓶子對準打開的窗戶擲出，於是瓶子摔在庭園的石板地上，裂成許多碎片。一股甜甜的杏仁味瀰漫開來，飄進房間，受到驚嚇的小艾拉斯姆斯跑開了。史皮赫一整天都感到痛苦不堪，直到半夜，心中重新湧現尤莉耶塔的身影，模樣愈來愈鮮明。

很久以前，他陪在她身邊的那一次，她頸上戴了一條鑲嵌許多小紅漿果的緞帶，那時女士流行戴這種飾品，當它是珍珠。尤莉耶塔的緞帶忽然斷了。他拾起滾落的小漿果，迅速藏起其中一顆，因為它曾經戴在尤莉耶塔的脖子上，他一直妥善收藏著。現在，他拿出這顆紅色小漿果，百般凝視，全心全意想著這位失去的戀人。這顆珠子突然發出一股香氣，是他只在尤莉耶塔身上聞過的味道。「啊，尤莉耶塔，只要再見妳一面，沉淪受苦至死也值得。」

這幾句話才說出口，走道上的門前就開始有了動靜。他聽見腳步聲，有人在敲房門，艾拉斯姆斯於惶恐中油然升起一線希望，呼吸因而停頓。他打開門，豔光四射、風情萬種的尤莉耶塔走進來。愛與欲望即將讓他失去控制，他抱住她。

「我來了，我親愛的，」她輕聲溫柔的說，「瞧，我多忠心耿耿保存著你的鏡像！」她拉下遮住鏡子的那塊布。艾拉斯姆斯著迷地看著鏡中的自己，尤莉耶塔依偎著他。但鏡中的他，一舉手、一投足都跟他不一致。

艾拉斯姆斯的脊背發涼，「尤莉耶塔，我難道要因為愛妳而發狂嗎？把鏡像給我，接受我的身心與生命。」

尤莉耶塔說：「親愛的艾拉斯姆斯，我們之間還有些阻礙。你知道的，達培圖斗沒告訴你。」

艾拉斯姆斯打斷她的話，「老天，尤莉耶塔，如果我只能用這種方式為妳所有，我寧可死。」

尤莉耶塔繼續說，「而且你說什麼都不該誘使達培圖斗幹這種勾當。誓言和牧師的祝福突然變得堅不可摧，這真是不妙，但你必須解開牽制你的枷鎖，否則你永遠也不會完全屬於我；關於這個，另外有一個法子比達培圖斗建議過的更好。」艾拉斯姆斯熱切地問，「什麼樣的法子？」

尤莉耶塔的手纏繞著他的頸項，頭靠在他的胸前，呢喃低語：「你在一張小紙條上寫下你的姓名艾拉斯姆斯·史皮赫，然後再寫幾個字：我授權我的好友達培圖斗安排我的妻子和孩子的生活，任意處置他們，解開束縛我的枷鎖，因為從此以後我的身體與不死的靈魂全都歸屬於尤莉耶塔所有，我選擇她當妻子，而且我還會透過一種特殊的誓言永遠與她結合。」

艾拉斯姆斯的每一根神經都在發抖，此際，火熱的吻印在他的唇上，尤莉耶塔給他的那張紙就在他手上。高大的達培圖斗忽然站在尤莉耶塔後面，遞給他一支鋼筆。就在這個關鍵時刻，艾拉斯姆斯左手的一條微血管破裂流血了。

「蘸墨水、蘸墨水，寫、快寫！」穿腥紅色外套的人啞著嗓子說。

「寫，快寫，我永恆唯一的戀人，」尤莉耶塔輕輕地說。

他的筆已經沾上了血水，在桌前坐下來。門開了，一個全身縞素的人走進來，她鬼魅般呆滯的眼睛盯著艾拉斯姆斯，發出痛苦低沉的聲音：「艾拉斯姆斯，艾拉斯姆斯，你，看在耶穌基督的分上，別做壞事！」

艾拉斯姆斯認出了警告他的人是他太太，他用力丟開紙和筆。尤莉耶塔的眼睛射出帶火花的閃電，臉扭擠成難看的一團，身體發燙。

「放了我，該死的壞蛋，妳連我的半點靈魂都不該取得。看在耶穌基督分上，離我遠一點，毒蛇，地獄因妳而燃燒。」艾拉斯姆斯不停喊叫，同時用力推開依舊摟著他的尤莉耶塔。刺耳難聽的哭叫聲響起，房間裡充斥著黑烏鴉拍翅，啪町啪町的聲音。濃密且發出惡臭的煙從牆壁裡飄出來，尤莉耶塔和達培圖斗在煙霧掩護下消失了，燈火熄滅。

清晨的陽光從窗戶照進來，艾拉斯姆斯馬上去找妻子，發覺她溫柔得不得了，小艾拉斯姆斯精神抖擻地坐在床上；她對疲憊不堪的丈夫伸出手，說：「我聽說了你在義大利碰到那些惡劣事情，我為你感到非常遺憾。敵人的惡勢力如此強大，愈是受到惡習牽制，他想要竊取的東西就愈多，無法抗拒突然生起的欲望，才會用陰險的手段劫奪與你完全相似的英俊鏡像。去那邊照照鏡子，親愛的，我的好丈夫！」

史皮赫去照鏡子，但是他全身發抖，愁容滿面。鏡面上一片空白，光潔如新，鏡裡面沒有艾拉斯姆斯．史皮赫。

「這一次，」妻子說，「鏡子沒有反射你的樣子，這樣很好，因為你看起來很可笑，親愛的艾拉斯姆斯。沒有鏡像，你就成了人們的笑柄，不被視為一個正派完整的人，難以為人父，也很難獲得妻兒的尊重；這些你會慢慢理解。小艾拉斯姆斯已經開始笑你了，下次他想用煤炭幫你畫一個大鬍子，反正你不會發覺。你還要在這世界上漫遊一陣子，找機會從魔鬼手中奪下你的鏡像，等到你重新有了鏡像，我衷心歡迎你回來。吻我，（艾拉斯姆斯照辦）好吧，一路平安！偶爾寄幾條新長褲給小艾拉斯姆斯，因為他現在穿的都太短了，連膝蓋都蓋不住，需要很多很多條新長褲。你若是到了紐倫堡，就要有個好爸爸的樣子，寄回家的包裹要添上一隊穿匈牙利彩色制服的輕騎兵玩具，以及一塊香料烘餅。珍重再見，親愛的艾拉斯姆斯！」說完妻子翻個身，然後睡著了。

史皮赫把小艾拉斯姆斯抱起來，讓他偎在胸前；但他大叫大嚷，於是史皮赫把他放回到地上，踏上旅程。有一天他遇見了賣掉自己影子的彼得．史萊姆，兩人計畫從此形影不離，也就是說，艾拉斯姆斯設法投射出影子，彼得．史萊姆則反射出鏡像。但是沒有任何結果。

遺失的鏡像故事結束。

熱愛旅行之人的後記

從鏡子裡看出來的是什麼呀？那真的是我嗎？噢，尤莉雅，尤莉耶塔——絕美的畫面——惡魔——意亂情迷和痛苦折磨——極度思念與沮喪。你看，我親愛的霍夫曼，我的生活中頻頻有清楚可辨的陌生黑暗勢力介入，從睡夢中騙取無數好夢，甚至用奇怪的人物擋我的路。除夕夜的景象在我腦海中縈迴，我差一點就相信那位法律顧問真的是糖膠做的，而他的茶水是耶誕節或新年展覽中的陳列品，迷人的尤莉雅則是林布蘭或者卡洛筆下那位勾魂懾魄的女子，騙走了可憐艾拉斯姆斯．史皮赫的英俊鏡像。原諒我！（一八一五）

柯雷斯柏參事

Rat Krespel

我這輩子認識的人當中，柯雷斯柏參事堪稱奇人中的奇人。我搬到H城，打算在那裡逗留一段時間時，全城的人都在談論他，因為他做了一件傻事，讓自己聲名大噪。

柯雷斯柏是一位受過專業訓練的知名傑出律師，也是優秀的外交官。德國一位掌權且舉足輕重的王公登門請他協助完成一份請願書，用以說明他對某地區的合法權力，並考慮呈交給宮廷。所有事情功德圓滿；因為柯雷斯柏曾經埋怨，他從未找到一間讓他住起來身心愉快的房子，王公為了答謝他，允諾柯雷斯柏儘管依照自己的意思修建一棟房子，費用由他來出。房子蓋在何處，王公將依據柯雷斯柏的選擇而派人買下那塊地。

柯雷斯柏沒有接納這個建議，他維持原議，想要在景色優美地區的那座花園的門前，蓋這棟理想中的房子。他購買了所有需要的材料，然後派人運送過來；接下來的日子裡，人們白天看到他時，他總穿著一件特殊的衣服（他自己根據特定原則縫製而成）拌石灰、篩沙子，把牆基石工整地堆疊起來。他不曾與任何一位建築工程師商量過，沒畫過任何一張設計圖樣。

一個天氣晴朗的日子，他來到H城尋訪一位幹練的建築工程師，拜託他隔天破曉時分帶上幾位徒工[1]和小夥子，許多工人等等，去花園蓋他的房子。建築工程師自然問起了建築圖，當柯雷斯柏回答，他根本不需要什麼圖，一切會按照應有的樣子順利進行時，工程師十分訝異。

工程師第二天早晨帶著他的人馬來到工地，映入眼簾的是一個挖好的整齊四方形地塹，柯雷斯柏告訴他：「這裡是我房子的地基，四堵牆要儘可能砌得高，直到我說夠高了才停。」被柯雷斯柏瘋狂的想法嚇壞了的工程師插嘴問道，「沒有門也沒有窗，沒有防火牆嗎？」

「就像我告訴您的，好人，」柯雷斯柏鎮定地回答，「其餘的問題會一一解決。」現在能打動工程師的，就是接下這樁荒唐工程可獲得的優渥酬勞了。但房子從來不是經由這種方式蓋出來的。建築時工人們不斷發出笑聲；他們不准離開工地，飲食和飲水也充分供應。四堵牆不可思議地向上發展，直到有一天柯雷斯柏喊：「停！」於是抹刀和槌子停止動作，工人們從鷹架上下來，圍著柯雷斯柏而站，每一張笑臉都在問：「接下來要做什麼？」

「讓開！」柯雷斯柏大聲說，跑到花園的一個盡頭，然後慢慢從他所在的地方開步走，一邊挨著牆走，一邊不滿地搖著頭，走到花園另一邊的盡頭後，重新從所站立的

1 滿師的學徒。

地方開步走，和之前一樣搖頭。如此重複幾遍，直到最後他的鼻尖猛然撞到牆，高聲尖叫：「走過來，走過來，你們幫我打一扇門，幫我在這裡打一扇門！」

他定出了長寬以及確切尺寸，一切如他要求的進行。現在，他走進房屋內，露出滿意的微笑。工程師發覺，牆面幾乎有一間兩層樓的房子那麼高。他從容地在屋裡走來走去，砌牆師傅拿著榔頭與斧頭跟在後頭，每當他說：「這裡開一扇窗戶，六呎高，兩呎寬！那邊開一扇小窗，三呎高，兩呎寬！」立刻就鑿通。

我就是這時候抵達H城的，幾百個人圍著花園，每當有石頭落下來，一扇新窗戶在想都想不到的地方完成時，大夥兒一定大聲呼喊，看起來十分有趣。柯雷斯柏採用同樣的方式擴建這棟房子以及所有工事，一定根據他現場臨時指示一一完成。整體行動引人發噱，參事堅信一切到最後會比預期的好，其中最為人津津樂道者，是柯雷斯柏很慷慨，反正不是花他的錢，所以開心提供吃喝、發薪水。這種冒險蓋房子的方式必然招致重重困難，竟然也一一克服了，不多久那個地方就矗立著一棟裝潢好的房子，外觀非常特別，沒有兩扇一模一樣的窗戶，屋內布置則舒適無比。所有進過這間屋子的人都說美輪美奐，等到柯雷斯柏與我比較熟，也邀請我去他家之後，我也有同感。

到目前為止，我尚未與這位特立獨行的男人說過話，因為他忙著蓋房子，無法像從前那樣，每星期二到M教授家中用午餐。當教授特別殷勤邀約，他請人帶話，舉行喬遷之喜之前他一步也不也會踏出家門。親朋好友都期待受邀享用新居落成大餐，柯雷斯柏卻只邀請了工程師、徒工、小夥子以及工人全體。他用精緻的餐點款待他們，砌牆工肆無忌憚大吃山鶉醬，細木工很快樂地把雉雞刨成片，飢餓的工人這一回全靠自己拿到最精華的一塊松露燉肉。這天晚上，工作人員的妻子和女兒也是座上賓，一場盛大的舞會開始了，柯雷斯柏與幾位工程師的妻子跳了幾曲華爾滋，然後就坐到城市樂手那裡，抄起一把小提琴，指揮舞曲直到天空泛起魚肚白。

柯雷斯柏在喬遷宴上像一位平民之友，慶祝完後的這個星期二，我終於在M教授家看到他，我難掩喜悅。柯雷斯柏舉止之怪異世上無雙，你時時刻刻都以為他很僵硬，笨手笨腳，眼看著就要撞上某個地方造成損害，但總是有驚無險。大家也曉得，當他用力踏步，搖搖晃晃，往擺滿了精美杯子的桌子走去，當他拿起一個精雕細描的花瓶四下揮舞，好似在出牌樣子的當下，主人的妻子必定擔憂得臉色發白。

其實柯雷斯柏在上桌前就把教授房間仔仔細細看了一遍，所以悠哉地爬上那張有墊的椅子，把一張掛在牆上的畫拿下來，再掛回去。同時他激昂地說了不少話，（用餐時這就很惹人注意了）一下子就從這件事跳到另一樁事，針對一個點子說了又說，就是不肯換話題。每當他百思不得其解，就像走進迷宮找不到出口，直到別的事情盤據他的心頭為止。他的嗓音不一會兒就轉為沙啞急遽的尖叫，轉瞬又成為拉長的低音哼哼哈哈，但無論怎麼變化，都與柯雷斯柏要表達的內容不同調。

大家正在聊音樂，有人讚美一位作曲新秀，面露微笑的柯雷斯柏輕輕用他哼唱式的聲音說：「但願身披黑色羽毛的魔鬼把這個卑鄙、曲解音樂的人打進十八層地獄！」他接著狂亂脫口而出：「她是天上的天使，純潔，擁有上帝賦予的樂音和音調！是所有聲樂之光源與星座！」說著他熱淚盈眶。大家必須回想一下，一小時前他說過那位著名歌唱家惡毒的話。吃過了煎兔肉，我發覺柯雷斯柏俐落又細心地把兔肉從骨頭上剔下來，然後詳細地打聽起關於兔爪的種種，這個問題是教授五歲的女兒笑著向他提出的。

用餐時，孩子們態度友善地注視這位參事，此刻他們都站起來，走近他的座位，但是害羞又心懷敬畏，保持著適當的距離。「要做什麼呢？」我心想。上甜點了。參事從口袋掏出一個小盒子，盒子裡有一張鋼製的小旋轉凳，他立刻把小凳子擰緊固定在桌上，然後以令人難以置信的靈活與速度用兔骨製作出各種各樣精緻小巧的罐子、盒子以及小球，送給孩子們，他們收到時都歡呼了起來。

在餐桌坐下來之際，教授的外甥女問道：「親愛的參事，我們的安東妮在忙什麼？」

柯雷斯柏的臉發皺，像有人明明咬了一口苦澀的酸橙，卻又希望一副正在享用甜果的樣子。很快的，他的臉扭曲成可憎的面具，憤世嫉俗且陰鬱，沒錯，看在我眼裡，似乎快要含譏帶諷笑出來的樣子。

「我們的？我們親愛的安東妮？」他用拖長、令人不快的哼唱聲音反問。教授很快過來，朝外甥女投去責備的眼光，我從中讀到，她必定觸動了一根極端牴觸柯雷斯柏內心的紘。

「小提琴還好吧？」教授的問題相當詼諧，雙手同時抓住了參事。柯雷斯柏臉上的烏雲迅速散去，以堅定的聲音回答：「非常出色，教授，我今天晚上才拿到我最近說的那把出色的阿瑪蒂小提琴，在我手中演奏它實在是幸運，我今天才把它拆開的。我希望安東妮會細心地把其餘部分拆解開來。」

教授說：「安東妮是個好孩子。」

參事大聲說：「真的，她確實是好孩子！」說時快快轉身，一把抓起帽子和手杖，迅速走出門。我從鏡子看到他眼中有晶瑩的淚光。

參事一離開，我就要教授馬上告訴我，小提琴和安東妮之間究竟有什麼關聯？

「哎呀，」教授說，「像參事這樣特立獨行的人，他也用極瘋狂的方式製作小提琴。」

「製作小提琴？」我驚訝地問。

「對呀，」教授繼續說，「根據行家的評論，柯雷斯柏製作的小提琴無與倫比，是當今最好的。若是他做出一把特別好的小提琴，有時候他會讓別人拉，不過這段時間以來不是。如果他製作了一把好琴，他就自己拉個一或兩小時，賣力演出，讓人著迷不已，然後把那把琴和其他的琴放在一起，再也不碰，也不讓別人動它一下。只要有一把傑出老師傅製作的小提琴待價而沽，不管別人開出什麼價錢，參事會不惜重資買下。和他自己做的琴一樣，這把琴他只拉唯一的一次，然後將之拆解，以便好好研究內部構造。若他自負得以為沒能找到想要的東西，他就悶悶不樂地把琴身各部位丟進一個大箱子裡，和一大堆拆解開來的小提琴放在一起。」

「這與安東妮又有什麼關係？」我急慌慌的問。

「關於這個，」教授說，「關於這個，就是參事可能讓我嫌惡的一點，要是我不知道參事善良，心腸柔軟，我可能不歡迎他來作客，我確信這件事背後一定有個特殊又神祕的理由。參事好多年前來到此地，也就是H城時，他隱姓埋名和一位年老的女管家住在街上一間陰暗的房子裡，不久他不尋常的行為引起了鄰居的好奇，一旦他察覺異樣，他就尋找並結交朋友。在我家也是，到處都有人習慣他在場，他於是變得不可或缺。大家無視他的不修邊幅，連小孩都喜歡他，卻又不會太打攪他，因為他雖然友善，孩子們仍舊對他心存敬畏，這使得他免於所有的糾纏不清。您今天已經看見了，他如何用各種技藝討孩子們歡心。我們當他是個老鰥夫，而他並不反駁這種說法。

「他在此地逗留一陣子之後，動身他處，沒有人知曉他去了哪裡，幾個月後他又回來了。返回後的一天晚上，鄰居們注意到柯雷斯柏家的窗戶一反常態燈火通明，片刻後有人聽到一個非常悅耳的女人聲音，伴隨著槌擊鋼琴的聲音在唱歌。接著出現小提琴的樂音，以及激烈、火藥味十足的爭吵。人們立刻聽出來，是參事在演奏。我也混入因妙不可言的音樂會而聚集在屋前的群眾之中，我必須坦承，與這個聲音，這個非常奇特的陌生人感人肺腑的表演相比，我聽過的那位最著名的女歌唱家的演唱簡直軟弱無力又平淡無奇。我從來對拖得很長的音調，夜鶯婉轉迴旋，潮來潮往，上升至風琴音色的強度，下降至最輕微的呵氣毫無概念。每當這位女歌唱家沉默，每個沉浸在這最甜美魔幻中的人都會在闃然無聲中發出幽幽的嘆息。

「大概到了半夜，人們聽到參事激動的說話聲，另外一個評斷音調好壞、斥責他的，好像是男人的聲音，這中間有一位女孩斷斷續續抱怨。參事愈來愈大聲，愈來愈激動，直到他終於發出那種拉長哼哼唱唱，您聽過的那種聲音。女孩大聲尖叫打斷了他，接著一片死寂，直到樓梯上突然傳來砰砰砰，以及一個年輕人抽抽噎噎跌下來的聲音，他栽進停在一旁的驛馬車，立刻駕車離去。第二天參事看起來心情十分開朗，沒人敢問他前晚發生了什麼事。

「女管家告訴詢問的人，參事帶回來一位美若天仙、非常年輕的女孩，他稱她為安東妮，她唱歌也很好聽。一起來的還有一位年輕男子，他對安東妮溫柔多情，想必將成為她的新郎。但在參事強力要求下，此人很快就動身了。安東妮與參事是什麼關係，至今仍然成謎，確定的是，他百般苛虐那可憐的女孩，監視她就像《賽維亞理髮師》[2]中的巴托羅醫師監視他的被監護人；她幾乎不准在窗戶露面。那一次他因她苦苦哀求帶她參加社交活動，他目不轉睛亦步亦趨跟著她，絕對不讓她聽到任何樂音，安東妮鮮少唱歌，而且也不准在家唱歌。那晚安東妮的歌唱因此成為城裡人的一種幻想，為人津津樂道，變成一樁美妙的奇蹟，一則令人心蕩神馳的傳說，即使未曾親耳聽到的人也經常說起，只要有當地的女歌手想唱歌，就會有人說：『哪隻粗笨的雲雀在那裡聒噪不休？只有安東妮能開口唱歌。』」

我一向對這類如夢似幻的東西很好奇，想當然爾有必要結識安東妮。大家對安東妮歌聲的看法，我早已耳熟能詳，但她是這地方傑出的歌者，遭受瘋狂的柯雷斯柏管束，如同被一位暴虐的巫師套上枷鎖，我倒是沒察覺到。第二天晚上，我當然又聆聽了安東妮天籟般的歌聲，由於她透過一節慢板樂章懇切哀求我營救她，（好笑的是我竟然有我自己是作曲人的錯覺），我很快決定當第二個阿斯托佛，像潛入阿爾晴娜魔法城堡那樣，[3]鑽進柯雷斯柏家，把美聲女王從痛苦不堪的桎梏中釋放出來。

事情發展與我設想的截然不同。我和參事見兩三次面，熱烈討論小提琴的最佳構造，他讓我看他豐富的收藏。一個小房間裡掛了三十把小提琴，其中一把從各方面看來都古意盎然（有雕刻的獅頭等等），而且這把琴掛在較高處，上頭還有一個花冠，頗有琴中之王的意味。

我提問之後，柯雷斯柏說，「這把小提琴是一位默默無名的師傅造成轟動的佳作，大約與塔堤尼[4]同一個時代。我十分篤定，內部結構有什麼特別的地方，如果我把它拆開，也許能揭開一個我長久以來亟思尋根探源的祕密，但是，您若是想笑，儘管笑我吧，這

2 *Le Barbier de Séville*，法國作家博馬舍（Pierre-Augustin Caron de Beaumarchais）寫的劇本。

3 阿斯托佛、阿爾晴娜是義大利詩人阿里奧斯拖（Ludovico Ariosto）撰寫的長篇敘事詩《瘋狂的奧蘭多》的兩位主角。阿爾晴娜是心地壞又醜陋的巫師，阿斯托佛是她囚禁起來的戀人，後來她把他變成一株香桃木。

4 Giuseppe Tartini（1692-1770），義大利著名作曲家與製琴師。

個我給了它生命與聲音的無生命東西，常常用奇妙的方式和我說話。第一次拉它時，我以為自己是催眠者，有能力讓夢遊者動起來，而它自主地用言詞宣告它的內在直觀。您若以為我重視這類幻想，那就太傻了，我連十萬分之一都不信。但奇怪的是，我從來沒想過要拆解沒生命的笨東西。我現在慶幸沒那麼做，因為自從安東妮來這裡以後，我偶爾用這把琴拉些曲子給她聽。安東妮很喜歡聽，非常喜歡。」

參事說這些話時情緒明顯起伏，於是我壯起膽子說：「我最好的參事先生，您願不願意拉給我聽呢？」柯雷斯柏扮了個哭笑不得的鬼臉，拉長哼唱式的聲音吐出：「我的優秀大學生啊，不願意！」這件事就算結束了。

接下來我和他觀看他所有的收藏，其中一部分是充滿孩子氣的珍品。最後他從一個小盒子拿出一張摺疊起來的紙，放在我手上，鄭重其事地說：「您懂藝術，請收下這份禮物當作珍貴的紀念，它應該永遠是您的無價之寶。」說著他輕柔地推著我的肩膀走向門，在門檻上擁抱我。實際上我是被他以這種象徵意味趕出門的。當我打開那小張紙，看到一個約莫八分之一吋長的五度音程，上面寫著：「這就是神聖的施坦米茲[5]在他最後一場演會上，用他的小提琴拉奏的五度音。」

我一提安東妮，就會被輕蔑地打發走，讓我覺得我恐怕永遠見不著她了。然而他卻並無此意，我第二次登門拜訪的時候，在他的房間裡看到了安東妮，她正幫他組裝一把小提琴。安東妮的外貌乍看之下並不讓人印象深刻，但不久我就無法把眼光從她那藍色的雙眼、嬌柔身段上迷人的玫瑰唇色上移開。她很蒼白，一旦有人說了俏皮或輕鬆愉快的話，一抹甜美的微笑展露，雙頰染上緋紅，隨即消褪在紅色的微光中。我自在地與安東妮談天說地，壓根兒沒留意教授曾經說過，柯雷斯柏眼神中的警惕，他就像平常那樣，我甚至覺得他挺欣賞我與安東妮的對話。事情的發展也一如預期，我經常拜訪參事，三人組成的小圈圈習慣了彼此，並且體會出箇中樂趣，我們真的很快樂。

我始終覺得參事怪誕的言行頗堪玩味；但是，安東妮擁有一種我無法抗拒的魔力，深深吸引著我，讓彼時缺乏耐心的我，堪可忍受有些想擺脫的東西。參事怪異特殊的性格中經常雜揉著不高明的品味與無聊，我尤其厭煩的是，只要我把話題轉到音樂，特別是歌唱方面，雖然他凶神惡煞的臉上掛著微笑，惹人嫌的哼唱式聲音卻立刻插進來，談一些牛頭不對馬嘴，大多陳腔濫調的話。我察覺出，若我有意敦請安東妮唱歌，她眼中便流淌著鬱鬱寡歡，藉此阻攔我。但我不放棄，參事刁難反而給了我克服困難的勇氣，

5 Carl Philipp Stamitz（1745-1801），捷克裔德國作曲家、小提琴家。

我非要聽安東妮唱歌不可，免得我作夢及想像時迷失於歌聲中。

一天晚上柯雷斯柏的心情特別好，他拆解了一把很老的克雷莫納[6]小提琴，發現音柱安裝的比一般的琴斜了一點五毫米。豐富的實際經驗太重要了！我成功地讓他談興大發，說起演奏小提琴的風格。根據柯雷斯柏提到的那位年老大師的評論，以前是創作者配合歌手，現在則相反，歌手要適應矯揉造作、複雜的音樂。「更荒唐的是，」我從椅子上跳起來，跑到鋼琴那裡並快速打開，「將音調比喻成撒豌豆到地上，沒有比這更紛亂、更荒唐的了。」

我唱了幾個流行的延長音符，音符來回奔跑，像個鬆脫的陀螺勤快地嗡嗡嗡，碰撞出糟糕的單一和弦。柯雷斯柏笑得前仰後俯，大聲說：「哈哈！我想，我聽到我們的德國義大利人，或者我們的義大利德國人，在唱普奇塔、[7]波徒珈，[8]或任何一位音樂大師的詠嘆調時，勉強當起管絃樂團指揮，更有甚者，硬著頭皮擔任首席男歌手。」

「好吧，」我想，「時候到了。」我轉向安東妮，「對嗎，安東妮對這些歌曲一無所知，對嗎？」我開始唱雷歐納德．雷奧[9]一首深情款款的歌。兩朵紅雲飛上安東妮的臉頰，重新有了生氣的眼睛閃耀著光輝，她快步走到鋼琴那裡，開口，但柯雷斯柏同一瞬間挨擠過來，抓住我的肩膀，用尖銳的男高音呼喊：「孩子、孩子、孩子。」

他接著很有禮貌地彎身握住我的手，以低聲哼唱的方式說：「事實上，我無比尊敬的大學生先生，事實上，如果我大聲、生動地表達我的願望，將抵觸所有的禮節，也牴觸所有良善的社會風俗，那就是可怕的撒旦在此用燒紅的爪子輕輕掐住您的脖子，用這種方式簡單地打發您。撇開這個不談，您必須承認，敬愛的人，顯然今天就要熄燈了，我呢，不會立刻將您扔下樓，那恐怕會傷了您嬌貴的身子。您好好滾回家，假使您不會再見到您真正的朋友，請揣著最大的善意記住他，您應該聽懂了吧？永遠不再登門會面！」說著他擁抱我，轉到我身後緊緊摁住我，慢慢將我推出門，以致於我連再看安東妮一眼都辦不到。我想告訴她，我當時的處境無法毆打參事一頓，其實我應該出拳的。

教授狠狠嘲笑了我一番，斷言我從此與參事交惡；我不必因為安東妮而成為煎熬受苦、窗邊仰望天空的戀人，當一名熱戀中的冒險者，我要說，她太至高無上了。我內心掙扎不已離開了H城，正如那些經常有的事，幻想的鮮豔色彩黯淡下來，至於安東妮，

6 克雷莫納（Cremona）小提琴是義大利自十六世紀以來的製作工藝。
7 Vincenzo Pucitta（1778-1861），義大利歌劇作曲家。
8 Marcos António Portugal（1762-1830），葡萄牙古典教堂音樂暨歌劇作曲家。
9 Leonardo Leo（1694-1744），義大利巴洛克風格作曲家。

是的，我尚未聆賞過安東妮的歌聲，那聲音經常在我內心深處熠熠生輝，好似一道溫和慰藉的玫瑰色微光。

我去德國南方旅行之後，在B城任職約有兩年了，薄霧籠罩的夕陽餘暉中，H城的塔樓高高隆起；我朝它走去，愈來愈接近時，一種難以形容、痛苦又害怕的感覺向我襲來：彷彿胸中有個沉重的負擔，我沒法呼吸；我必須下車走到空曠的地方。但我的抑鬱繼續攀升為肉體的疼痛，片刻後我以為聽到空中盤旋著歡樂讚美詩的和弦。音調變得更清晰了，我分辨得出唱這首教堂讚美詩的男聲。

「那是什麼？那是什麼？」我說，那歌聲像一把燒紅的匕首穿過我的胸膛！

「您沒看見，」從我身旁駛過的郵車伕回答，「您沒看見嗎？那邊教堂的墓地正在埋葬某個人！」

我們果真就在教堂附近，我看見一群穿黑衣的人圍著一塊墓地站立，正要用土填平墓穴。我的眼淚奪眶而出，彷彿那邊的人埋葬了生命中所有的喜悅與樂趣。

我迅速走下山丘，就再也看不到教堂墓地，讚美詩唱完了，然後我發現從葬禮返回的黑衣人群在不遠處的入口。教授挽著他外甥女的手，兩人神情哀戚從我身旁走過，絲毫沒注意到我。外甥女用手帕掩住眼睛，傷心地哭泣。我無法進城，於是派了僕人駕車到常光顧的旅店，離開我熟稔的地區，以擺脫也許是身體因素造成的心情，一路上情緒激動讓我心情惡劣。

我抵達通往一所遊樂場的大道時，一個奇怪景象引起我注意，柯雷斯柏參事由兩位弔唁的人架著，而他一副怪里怪氣，想要跳開逃走的樣子。他一如往常穿著那件自己裁製的上好灰色外套，散漫地把小小的三角帽塞在一個耳朵上，帽上掛著的一塊細長的黑紗在風中飄來飄去。他身上繫著一條掛佩劍的黑色腰帶，但插在腰帶裡的卻是一把長長的琴弓。

我全身上下打了個寒顫，心想這個人瘋了，然後慢慢地跟上去。幾個男人把參事帶到他家，他哈哈大笑擁抱他們，他們走後，他的目光落在我這個就站在他旁邊的人的身上。他呆呆地注視我好一會兒，然後含糊地說：「歡迎，大學生先生！您一定也理解。」說著他抓住我的手臂，把我拉進屋，登上樓梯，進入那個掛小提琴的房間。所有的小提琴都蓋上了黑紗，原先掛那把年老大師製的琴的地方，現在掛著柏樹葉編的花環。我知道發生什麼事了。

「安東妮！噢，安東妮！」我絕望悲痛地呼喚。參事兩手抱胸站在我旁邊，我指著柏樹葉花環。

「她死的時候，」參事鬱鬱但莊重地說，「她死的時候，劈里啪啦打碎了每一把小提琴的音柱，共鳴板也裂了。她的女僕只願意與她同生共死；棺木內躺著她們兩個，女僕隨她一起下葬。」

震驚的我跌坐在椅子上，參事卻用他嘶啞的聲音唱起一首詼諧的歌曲，看到他單腳跳來跳去，那塊黑紗（帽子還戴在他頭上）在小提琴高掛的房間內拂來拂去，實在很駭人。當參事倏忽旋轉，那塊黑紗眼看著就要飄到我這裡時，我無法遏制大聲尖叫了起來；我覺得他好像想把我蒙住，然後我會往下墜入瘋狂的黑色恐怖深淵中。

突然間參事靜靜地站住，哼哼唱唱地說：「孩子？孩子？你為什麼叫這麼大聲？你看到死亡天使了嗎？舉行儀式之前一定出現過了！」他走到房間中央，扯下腰帶間的琴弓，雙手拿著放在頭上，將之折斷，琴弓碎裂成片。

柯雷斯柏大笑說道：「我現在受到譴責了，你是這麼想的吧，孩子？不是嗎？絕對不是、絕對不是，現在我自由了！自由，自由，哈，自由！我以後再也不製作小提琴了再也不製琴了，哈，再也不製琴。」參事用一種恐怖又詼諧的旋律哼唱這些話，還再次單腳跳躍。

極度驚駭的我只想快快走出去，但參事緊緊抓著我，不動聲色說：「留下，大學生先生，別把死亡帶來的痛苦，這突如其來爆發將我撕碎的痛苦，當成我失去理智，之所以如此，全是因為我前不久完成了一件睡袍，我希望穿上它後，看起來像命運，或者像上帝！」參事滿口瘋狂又恐怖的話，直到他累垮了倒臥下去為止；那位年老的女管家被我叫了來，我很高興能回到屋外。

我深信柯雷斯柏瘋了，但教授堅稱不是這樣。「有些人，」他說，「大自然或一場災厄會掀開他們的表層，其他人在表層下面悄悄發展他瘋狂的本質。他們和蛻皮之後殼很薄的昆蟲一樣，任何肌肉動作都清楚可見，看似變形，其實不久後又回復原先的形狀。我們普通人只在腦筋裡打轉的想法，到了柯雷斯柏這兒都會轉化為行動。他平日的所思所想和所作所為，都帶著一絲挖苦的嘲諷，裝瘋賣傻並且遁逃，這不過是他的避雷針而已。從泥土裡生長出來的，他都還給泥土，但他知道要保存神聖的東西；我相信，姑且不論他形諸於外的跳躍式失常，他內心的意識其實安好無恙。安東妮猝死給他很大的打擊，但我打賭參事明天就故態復萌，像平常一樣過日子。」

教授的預言差一點就應驗了，隔天參事和以往沒兩樣，只不過說明他再也不製作小提琴，並且再也不要拉小提琴了。我後來得知，他說到做到。

教授點撥的話更讓我相信，安東妮與參事的關係親密，無微不至，即使她之死令他沉重難當，但他犯了不可饒恕的罪刑。在指責我感覺他犯下的罪行之前，我不打算離開；我要撼動他內心最深處，迫使他坦白承認自己的可憎行為。我愈是思索這件事，就益發認為柯雷斯柏是個大壞蛋，我的言談因而更火爆、更有說服力，似乎自然而然成為一篇真實、鏗鏘有力的傑作。

我就這樣武裝起自己，情緒高張地來到參事家。我找到他，他表情鎮靜，面露微笑，正專心做玩具。「您怎麼還能，」我開口對他說，「您的靈魂怎麼還能有片刻安寧，您若想起那醜惡的行為，應該像遭蛇咬一樣痛苦吧？」參事詫異地盯著我，鑿子放到一邊。

「為什麼，我的好人？」他問，「您請先坐下吧！」但我殷切地繼續說，我愈來愈激動，想直接指控他殺死了安東妮，同時威脅他不報仇誓不罷休。作為入行不久的司法人員，我滿腦子法律條文，我滔滔不絕，向他保證將窮盡一切方法找出證據，將他交給法官。

其實我有些不知所措，因為在我波瀾壯闊的演講結束之後，參事若無其事地注視我，一語不發，頗有我應該繼續說，而他洗耳恭聽的味道。事實上我也嘗試這麼做，然而我詞不達意，淨說些廢話，於是我沉默了。我尷尬的處境讓柯雷斯柏幸災樂禍，臉上掠過一抹不懷好意的譏笑。然後他神情轉為嚴肅，口氣十分慎重：

「年輕人！你大概以為我古怪又精神失常，這我不跟你計較，因為我你二人都關在這間瘋人院裡頭，你痛斥我，我臆想自己是上帝，那是因為你自認是上帝之子；你哪來的膽子，竟想滲入一個你並不瞭解，而且不應該瞭解的生命，並企圖理解箇中神祕的線索？她走了，那個祕密也消除了！」說到此柯雷斯柏頓住，站起身在房間裡來回走了幾回。我鼓起勇氣請他解釋；他定定地看著我，抓著我的手，把我帶到窗邊，兩面窗扇都是打開的。他兩手扶著探出窗外，往下看著花園，講起他的人生給我聽。他講完，我離開時深受感動，同時深感慚愧。

關於安東妮，前不久的情況是這樣的。二十年前，參事尋訪並購買年老大師製作的小提琴，這件事從愛好增強為不可抑制的熱情，促使他去到義大利。那時候他尚未自己動手製琴，因此也就沒有拆解老提琴。他在威尼斯聽人說起著名的歌手安琪拉，哎，當時她可是聖本篤劇院熠熠發光的首席。他不僅對安琪拉精湛表演的高明藝術佩服得五體投地，也對她天使般的美貌醉心不已。參事想辦法結識安琪拉，儘管粗魯無文，卻仍然憑藉他活潑、令人驚豔的小提琴琴藝贏得芳心。兩人密切交往不過幾星期就結婚了，但結婚一事不宜公開，因為安琪拉無法離開劇院，也無法放棄著名歌手的名號，不願屈就不甚響亮的「柯雷斯柏」這個姓。

柯雷斯柏形容安琪拉小姐成為他的妻子之後，如何趾高氣昂折磨他，極盡諷刺之能事。所有首席歌手可能會有的堅持己見與情緒，柯雷斯柏認為，都在安琪拉小小的身軀中生了根。有一次他想貫徹自己的意志，於是安琪拉找來一大堆有名望的人，包括神職人員、音樂大師、學者，他們不知道他是她的丈夫，責罵他是個最不堪忍受、最沒禮貌的情人，在小姐鬧彆扭時竟然不懂得安撫。一回柯雷斯柏在經歷了這種狂風暴雨場面之後，逃到安琪拉在鄉間的別墅，拉他的克雷莫納小提琴，任心思馳騁，因而忘卻了那一日的煩憂。但過沒多久，一路追趕參事的這位小姐走進了大廳，當下的她溫柔可人，惹人愛憐，先凝望再擁抱他，頭偎依在他的肩膀上。正沉醉於和弦世界的參事若無其事繼續拉琴，四壁發出回音，他的手臂與琴弓一不小心碰到了這位小姐。她氣急敗壞往後退，大叫：「德國野獸！」她搶下參事手上的小提琴，往大理石桌上一摜，摔成碎片。

參事呆住了，站在她面前動也不動，有如一座雕像。他如同大夢初醒，猛力抓住安琪拉，把她從樓台扔出窗外，接下來發生了什麼一概不聞不問，先逃往威尼斯，再返回德國。過了好一段時間後，他才明瞭自己做了什麼好事；雖然他知道。那扇窗戶距離地面只有五英尺，而他在上述情況下將安琪拉扔出窗外實在無奈，是被逼出來的，但他依舊痛苦不安，尤其是安琪拉明白告訴過他，她有喜了，更加深了他的歉疚。

他不太敢打聽她的下落，大約八個月後，親愛的妻子寄來一封語氣十分溫柔的信時，他又驚又喜，信中她隻字未提在別墅發生的事，只捎來她誕下一個可愛小女兒的消息，並懇切地提出一個請求，初為人父萬分喜悅的親愛丈夫應立刻啟程前往威尼斯。

柯雷斯柏並未馬上出發，反而向一位熟朋友打聽妻子的近況，獲悉輕盈如小鳥的安琪拉在吵架那日降落在一片柔軟草地上，無論拋下或撞擊都沒有對她的身體造成影響。自從柯雷斯柏那次出人意表的行為，安琪拉完全變了；再也不見她陰晴不定，想法古怪，更不會折騰人了。至於正在為下一場嘉年華作曲的音樂大師，是太陽底下最幸運的人，因為安琪拉這次不像以前那樣，在演唱他的詠嘆調之前沒完沒了的修改很多遍，而他只能忍耐。朋友認為，大家絕口不提促使她性情改變的原因，是不希望每天都有女歌手飛出窗外。

參事感動莫名，雇了馬匹，登上車子。「停！」他突然喊出來，「萬一，」他喃喃自語，「萬一她沒徹底改變，等我一到，惡魔又在安琪拉身上施展力量，怎麼辦呢？我已將她拋出窗外一次，現在若遇到同樣情況，我該怎麼辦？我還有別的法寶嗎？」他下車，執筆寫一封溫柔呵護的信給他已痊癒的妻子，信中他語調客氣，再三讚美寶貝女兒和他一樣，耳後有一顆痣。然後，他留在德國。

兩人持續頻繁書信往來。誓言相愛、邀約、抱怨心愛的人不在身邊、未實現的願望、希望等等心聲，在威尼斯到H城，H城到威尼斯的信箋上飛揚。安琪拉終於來德國，她這位F城大劇院第一女歌手一如既往神采奕奕，無視於自己不再年輕，用無與倫比天籟般的歌聲折服了所有人；她的嗓音完美如昔，無絲毫減損。這段期間安東妮逐漸長大，她的母親寫信給父親，津津樂道安東妮成為了一流歌手。事實上柯雷斯柏在F城的朋友無不苦勸他來一趟，欣賞兩位幾無軒輊的女歌手難得一見的演出。朋友們不清楚參事與這對母女的真正關係。柯雷斯柏非常想親眼看看她，他女兒常駐在他心中，而且經常在他夢中出現，但只要思及妻子就覺得渾身不自在，只好在家中與拆解開來的小提琴在一起。

你們聽過F城那位前程似錦，突然間失蹤的年輕作曲家B，沒有人曉得他為何消失（或許你們認識他？）。他深深愛上了安東妮，因為安東妮真誠地回應他的愛，他懇求母親大人立刻同意這樁充滿藝術氣息又神聖的婚事。安琪拉不反對，參事更是欣然應允，年輕作曲家猶如榮獲嚴厲的法官賞識。柯雷斯柏以為會收到婚禮已舉行的好消息，接到的卻是一封蓋上黑色封印，出自陌生人筆跡的信。R醫師通知參事，安琪拉在劇院著了涼，病情加劇，就在安東妮舉行結婚典禮前一天的夜裡過世了。安琪拉向這位醫師透露，自己是柯雷斯柏的妻子，安東妮則是他的女兒；因此，醫師希望他趕緊對孤女伸出援手。雖然安琪拉撒手人寰，參事深感震撼，但不久他就覺得，生活中極度讓人不快且可憎的原則消失了，他現在總算可以自由呼吸。

接獲噩耗當天他便啟程前往F城。你們大概很難想像，參事向我描述他看到安東妮的那一刻多麼悲從中來。即使他的遣詞造句異於常人，所描繪的情景仍然妙不可言，雷霆萬鈞，我連略提一下都力有未逮。安東妮承襲了安琪拉的和藹可親與嫵媚，惹人厭的那一面一概從缺；沒有時不時就冒出來，費人疑猜的魔鬼性情。

新郎來了，溫柔可人的安東妮非常了解父親，開口唱起馬蒂尼神父[10]寫的一首讚美詩，她知道母親安琪拉在與父親兩情相悅之時，一定常唱這些讚美詩給他聽。參事淚如泉湧，他從未聽過安琪拉唱歌。安東妮的聲音特別且罕有，時而有若風絃琴在呵氣，又如夜鶯引吭高歌。她的聲音不像發自人類的胸膛；因為喜悅和愛情感覺濃烈的安東妮唱了一首又一首拿手的歌，被激發出狂喜熱情的B為她伴奏。

10 Giovanni Battista Martini（1706-1784），義大利音樂家。

柯雷斯柏先是沉醉，然後轉為若有所思，沉靜地，陷入沉思中。最後他一躍而起，讓安東妮枕在他胸前，輕輕低聲求她：「妳若是愛我，就再也不要唱歌，我會傷心，惶恐……惶恐，再也不要唱了。」

「不，」隔天參事對R醫師說，「唱歌時，她兩腮的紅暈聚攏成兩塊深紅色的斑，那不單純因為是一家人，而是，是我擔心的東西。」打從這段談話一開始，醫師就流露出極為憂慮的神情，他答：「可能是賣力唱歌導致，不然就是天生如此，好，安東妮的胸腔有個器官上的缺陷，使得她的嗓音具有絕妙的力量，以及那種罕見的，我想說，超越人類歌唱領域的音色。但她恐將早逝也是後果之一，如果她不斷唱下去，我估計她還有六個月時間可活。」參事的心如刀割，裂成了碎片。他的生命中，首次有一棵開出似錦繁花的大樹，樹根卻將被鋸斷，不再能開花散葉。

他心意已決，他對安東妮和盤托出，讓她選擇：和新郎一起，追隨他與世界的誘惑，但早早殞落；或者，她願意陪伴父親，給他從未感受過的寧靜與喜悅，然後多活幾年。安東妮啜泣著倒進父親的臂彎，柯雷斯柏希望被撕碎的安東妮心裡明白，不用做進一步解釋。他與新郎談話，但是新郎不怎麼在意安東妮永遠不會發出任何一個音，於是參事心中了然，即使是B也無法抗拒想聽安東妮唱歌的誘惑，至少要聽到她唱他譜寫的詠嘆調。還有這個圈子，喜好音樂的人，想必也已獲悉安東妮的病情，但是群眾看重享樂，自私自利又殘忍。

參事與安東妮從F城消失，前往H城。B聽說他們走了，絕望的他循蹤追上了參事，和他一起抵達H城。「只要看他一眼，死也甘心，」安東妮哀求。「死？死？」盛怒中的參事大叫，猛然打了一個寒噤。女兒，這廣大世界上唯一點燃起他前所未有過的心靈喜悅，促使他與人生和解的女兒，將棄他而去，於是他寧可選擇可怕的結果。

B坐到鋼琴前，安東妮唱歌，柯雷斯柏興高采烈拉起小提琴，直到安東妮的腮幫子出現一個又一個紅色斑點，然後他下令停止；當B與安東妮道別，她尖叫一聲後昏了過去。

「我想，」（柯雷斯柏這樣告訴我），「我想，她已經，如我所料，死了，她走得很安詳，而且同意我這樣做。我抓著呆若木雞、貌似傻笑的B的肩膀，說：（參事恢復了他哼唱式的語調）『至高無上的鋼琴大師，由於您希望也盼望確實謀殺您親愛的新娘，您現在可以走了，除非您有意一直等下去，等到我用磨得發亮的長獵刀插進您的心臟，如此一來，我女兒極為慘白的臉蛋上，將因您價值不菲的鮮血噴濺到她而增添一些血色。您快跑吧，但我還是能朝您背後補上又快又準的一刀！』我說這些話時看起來一定很恐怖；他驚駭地大叫，跳起來，拔腿狂奔，穿過門，跑下樓梯。」

B跑了之後，參事正想把失去意識躺在地上的安東妮扶起來，她幽幽長嘆一聲，睜開了眼睛，但旋即像死了似的又閉上雙眼，柯雷斯柏爆發出無望的悲嘆。女管家請了醫師來，醫師說安東妮的健康狀況固然起伏甚大，但並無危險，事實上她也很快恢復了元氣，參事原本不敢如此奢望。現在，她與柯雷斯柏相依為命，純真的童稚心靈擁有了父愛；她參與他熱愛的事，接受他不可理喻的情緒和突然湧現的點子。她幫他拆解老舊小提琴，膠合新琴。「我不想再唱歌了，只為你而活，」每當有人敦請她唱歌，而她拒絕時，就微笑溫柔地對父親這樣說。

參事盡可能不讓別人有機會央請她開金嗓，所以，他不愛帶她參加社交活動，極力避開所有與音樂有關的東西。他當然明白，要安東妮完全放棄她苦練到已臻完美的藝術，對她來說多麼痛苦。當參事有意埋葬那把與安東妮買下然後拆解的精美小提琴時，她憂傷地看著他，輕聲懇求：「這把也要拆嗎？」參事不知哪來的力量，使得他沒有拆解那把小提琴，還拉起它演奏。他才試了幾個音，安東妮便大聲歡呼：「喔，這就是我，我又要唱了。」這個樂器清澈如銀鈴的聲音中，蘊含著獨一無二的高妙，聽起來像從人的胸膛發出來的。

柯雷斯柏感動得無以復加，拉得比任何時候都好，當他使出全力拉節奏分明的段落，深刻表達出上下起伏時，安東妮拍手，陶醉地說：「啊，我做得多好！我做得多好呀！」從那以後，他們的生活既寧靜又充滿歡樂。她經常對參事說：「我想要唱點什麼，爸爸！」柯雷斯柏於是從牆上取下琴，為安東妮拉她愛聽的歌，她打從心眼裡高興。

我抵達此地前不久，一天深夜，參事聽到有人在隔壁房間彈那架鋼琴，一會兒後他清楚分辨出，那是B很平凡的前奏風格。他想起床，但好像有千鈞重擔壓在他身上，彷彿被鑄上了鐵鍊，他動都沒法動一下。現在，安東妮輕輕呵氣的聲音插了進來，愈來愈高亢，升高到用極強的音唱出來，接下來，這些美妙聲音組成深深感動人心的歌曲，是B以古老音樂大師的虔敬風格特地為安東妮譜的曲子。柯雷斯柏說，他所處的情況變得很費解，因為他巨大的恐懼中卻也結合了前所未有的極樂。他驟然間被一股強烈的清明包覆，就在此刻他看見B和安東妮，兩人擁抱在一起，彼此對看，意亂情迷。那歌聲以及伴奏的鋼琴聲不斷傳出，但未見安東妮開口唱歌，也不見B碰觸鋼琴。

參事此時昏昏沉沉，在聲音構成的畫面中昏倒了。當他醒來時，夢中讓他害怕不已的感覺依稀存在。他跑進安東妮的房間，她雙眼緊閉躺在沙發上，嘴角有一抹迷人的微笑，雙手虔誠地交握，好像睡著了，正夢見天堂以及令人高興的事。她死了。

國家圖書館出版品預行編目資料

胡桃鉗與老鼠王：霍夫曼奇幻故事集 / ETA霍夫曼（E.T.A. Hoffmann）著；楊夢茹譯. -- 初版. -- 臺北市：商周出版：家庭傳媒城邦分公司發行, 2019.01
面；　公分. -- (Neo fiction ; 18)

譯自：Nussknacker und Mausekönig

ISBN 978-986-477-583-5(平裝)

875.57　　　107020605

胡桃鉗與老鼠王——霍夫曼奇幻故事集
Nussknacker und Mausekönig

作　　者 / E.T.A.霍夫曼（E.T.A. Hoffmann）
譯　　者 / 楊夢茹
企劃選書 / 程鳳儀
責任編輯 / 余筱嵐

版　　權 / 林心紅
行銷業務 / 林秀津、王瑜
副總編輯 / 程鳳儀
總 經 理 / 彭之琬
發 行 人 / 何飛鵬
法律顧問 / 元禾法律事務所 王子文律師
出　　版 / 商周出版
台北市104民生東路二段141號9樓
電話:(02) 25007008　傳眞:(02)25007759
E-mail:bwp.service@cite.com.tw
Blog:http://bwp25007008.pixnet.net/blog
發　　行 / 英屬蓋曼群島商家庭傳媒股份有限公司城邦分公司
台北市中山區民生東路二段141號2樓
書虫客服服務專線:(02)25007718;(02)25007719
服務時間：週一至週五上午 09:30-12:00；下午 13:30-17:00
24 小時傳眞專線：(02)25001990；(02)25001991
劃撥帳號：19863813；戶名：書虫股份有限公司
讀者服務信箱：service@readingclub.com.tw
城邦讀書花園：www.cite.com.tw
香港發行所 / 城邦(香港)出版集團有限公司
香港灣仔駱克道193號東超商業中心1樓
E-mail:hkcite@biznetvigator.com
電話:(852) 25086231 傳眞:(852) 25789337
馬新發行所 / 城邦(馬新)出版集團【Cite (M) Sdn. Bhd. 】
41, Jalan Radin Anum, Bandar Baru Sri Petaling,
57000 Kuala Lumpur, Malaysia.
Tel: (603) 90578822　Fax: (603) 90576622
Email: cite@cite.com.my

封面設計 / 陳文德
排　　版 / 極翔企業有限公司
印　　刷 / 韋懋印刷事業有限公司
經 銷 商 / 聯合發行股份有限公司
電話:(02) 2917-8022　Fax: (02) 2911-0053
地址:新北市231新店區寶橋路235巷6弄6號2樓

■2018年12月27日初版　　Printed in Taiwan
定價380元

感謝歌德學院(台北)德國文化中心協助
歌德學院(台北)德國文化中心是德國歌德學院(Goethe-Institut)在台灣的代表機構，五十餘年來致力於德語教學、德國圖書資訊及藝術文化的推廣與交流，不定期與台灣、德國的藝文工作者攜手合作，介紹德國當代的藝文活動。
歌德學院(台北)德國文化中心Goethe-Institut Taipei地址:100臺北市和平西路一段20號6/11/12 樓
電話:02-23657294　傳眞:02-23687542　網址:http://www.goethe.de/taipei

城邦讀書花園
www.cite.com.tw

 ISBN 978-986-477-583-5

商周出版

廣　告　回　函
北區郵政管理登記證
北臺字第000791號
郵資已付，免貼郵票

104　台北市民生東路二段141號2樓

英屬蓋曼群島商家庭傳媒股份有限公司城邦分公司　收

請沿虛線對摺，謝謝！

商周出版

書號：BCL718	書名：胡桃鉗與老鼠王	編碼：

請於此處用膠水黏貼

商周出版

讀者回函卡

感謝您購買我們出版的書籍！請費心填寫此回函卡，我們將不定期寄上城邦集團最新的出版訊息。

不定期好禮相贈！
立即加入：商周出版
Facebook 粉絲團

姓名：________________ 性別：□男 □女

生日：西元________年________月________日

地址：________________

聯絡電話：________ 傳真：________

E-mail ：

學歷：□ 1. 小學 □ 2. 國中 □ 3. 高中 □ 4. 大學 □ 5. 研究所以上

職業：□ 1. 學生 □ 2. 軍公教 □ 3. 服務 □ 4. 金融 □ 5. 製造 □ 6. 資訊
□ 7. 傳播 □ 8. 自由業 □ 9. 農漁牧 □ 10. 家管 □ 11. 退休
□ 12. 其他________

您從何種方式得知本書消息？
□ 1. 書店 □ 2. 網路 □ 3. 報紙 □ 4. 雜誌 □ 5. 廣播 □ 6. 電視
□ 7. 親友推薦 □ 8. 其他________

您通常以何種方式購書？
□ 1. 書店 □ 2. 網路 □ 3. 傳真訂購 □ 4. 郵局劃撥 □ 5. 其他________

您喜歡閱讀那些類別的書籍？
□ 1. 財經商業 □ 2. 自然科學 □ 3. 歷史 □ 4. 法律 □ 5. 文學
□ 6. 休閒旅遊 □ 7. 小說 □ 8. 人物傳記 □ 9. 生活、勵志 □ 10. 其他

對我們的建議：________________

請於此處用膠水黏貼